D·I·O
디오

박건 게임 판타지 소설
GAME FANTASY STORY

D.I.o 4

박건 게임 판타지 소설

초판 1쇄 찍은 날 § 2010년 9월 29일
초판 1쇄 펴낸 날 § 2010년 10월 6일

지은이 § 박건
펴낸이 § 서경석

편집팀장 § 서지현
편집책임 § 주소영
편집 § 박우진

펴낸곳 § 도서출판 청어람
등록번호 § 제1081-1-89호
등록일자 § 1999. 5. 31
어람번호 § 제1-1186호

주소 § 경기도 부천시 원미구 심곡2동 163-2 서경B/D 3F (우) 420-822
전화 § 032-656-4452 팩스 § 032-656-4453
http://www.chungeoram.com
E-mail § chungeoram@chungeoram.com

ⓒ 박건, 2010

ISBN 978-89-251-2305-9 04810
ISBN 978-89-251-2108-6 (세트)

Dynamic island on-line

D.I.O

디오

각건 게임 판타지 소설

GAME FANTASY STORY

나를 숨 막히게 하는 것 ④

도서출판
청람

Contents

Chapter 18

팔미호 VS 독각화망

"수고하셨습니다!"

"경험치 찼다. 바로 5레벨 시험 쳐야지."

"으으…… 경험치가 리셋될 줄 알고 인벤토리도 왕창 넓혀 놨는데 승급 시험에 필요한 경험치가 상향되다니."

"맞아. 설마 승급 시험을 치르는데 경험치가 모자랄 줄은 몰랐어."

자리에 모인 이들은 모두 5이상의 레벨을 경험한 실력자들이며 개중 아돌이나 한마, 제로스, 오제 등은 고르고 고른 인재들이 모여 있는 베타 테스터 중에서도 상위 1%의 강자들. 하드코어 버전이 레벨에 비해 난이도가 높았음에도 별다른 작전이나 연습없이 클리어할 수 있었던 건 그들이 레벨을 뛰어넘는 실력을 가지고 있기 때문이었다.

"시험의 방. 진입."

"난 혹시 모르니까 좀 더 수련해야지. 이제 요구 경험치가 높아져서 실패하면 타격이 너무 크다."

"수고하셨어요! 친추할 테니 거절 마시고요!"

36명의 유저가 흩어지기 시작했다. 계속해서 퀘스트를 클리어하기 위해서 별의 신전에 남는 유저도 있었으나 적어도 멀린은 거기에 속하지 않았다. 애초에 그는 퀘스트에 별 관심이 없었다.

"그나저나 그 하드코어라는 건 뭐였지? 게다가 높은 난이도라고는 하지만 들인 시간에 비하면 경험치가 상당한 것 같은데…… 사람들이 그렇게 급했던 것도 그렇고… 한정판 이벤트 같은 건가?"

멀린은 사람들이 모두 흩어진 후 남쪽을 향해 걸었다. 그가 향하는 곳은 사냥터도 훈련장도 없었기에 어느새 그는 혼자서 거리를 걷고 있었다.

"야호! 지금 어디로 가는 거야, 주인?"

……사실은, 엄밀히 말하면 혼자가 아니다.

"머리에 앉지 마. 거기가 둥지도 아니고."

"사실 나도 별로 편하지는 않아. 머리카락이 조금 더 풍성했으면 좋겠는데."

"그걸 말이라고 하냐?"

퉁명스러운 멀린의 머리 위에 앉아 있는 건 붉은색의 깃털

이 인상적인 맹금류(猛禽類), 독수리다.

"솔직히 용이길 바랐는데."

투덜거린다. 사실 알의 모습에서 쉽게 예상했던 펫이 용이기 때문이었지만 그의 머리 위에 앉아 있는 붉은색의 독수리는 바로 부정의 말을 내뱉는다.

"안타깝지만, 용은 별도의 수련 없이도 리(理)에 도달하게 되는 초월종(超越種)이기 때문에 지원자가 별로 없어. 물론 모든 용이 초월종인 건 아니지만…… 지능이 낮은 하위 용종은 그 낮은 지능 때문에 지원을 못하니까."

"지원?"

이해할 수 없는 단어에 의문을 표하자 붉은색의 독수리는 잠시 멈칫거리더니 자연스럽게 화제를 돌린다.

"그나저나 이름 안 줘, 이름? 나 기대하고 있는데."

그 붉은색의 독수리는 멀린이 평소 가지고 있던 알에서 태어났다. 생명체라 인벤토리에 넣을 수 없었던 그 알은 하드코어 모드를 수행하던 도중 그만 적의 공격에 노출, 피격당하게 되었는데 어째서인지 그 순간 폭발해 적에게 엄청난 데미지를 주었다.

'뭐, 다른 사람들은 내 마법인 줄 아는 것 같지만.'

그렇다. 실제로 다른 유저들은 그가 강력한 공격 마법을 쓴 것인 줄 알고 기뻐했다. 이러니저러니 해도 그의 복장은 순수 마법사의 것이기 때문에 정작 싸움을 무공이나 궁술로 수행한다 해도 결국은 마법을 쓸 것이라는 생각을 무의식적으로 하게 마련이니까. 물론 그건 타인들의 입장일 뿐 정작 본인은 알이 폭발하는 순간 기겁할 수밖에 없었다. 알을 들고 다니며 마력을 주입한 시간이 얼마였던가? 하지만 알이 폭발하는 순간 폭염을 헤치고 솟구쳐 오른 붉은색의 독수리가 있었다.

"하지만 알에서 갓 태어난 주제에 이미 다 자란 상태에다 전투력까지 가지고 있다니."

"뭐 새끼 때부터 키우는 게 정들이기에는 좋겠지만 인간 수준의 지능을 가지고 전투까지 가능하려면 단번에 성체가 되는 게 편하지."

"즉, 단순한 애완용이 아닌 조력자로서의 위치를 가진다는 거야?"

멀린의 말에 붉은색의 독수리는 고개를 끄덕였다.

"우리 주인 똑똑해서 좋구만. 하지만 펫에도 등급이라는 게 있어서 다 나처럼 똑똑하고 강하고 멋진 건 아냐. 지능도 거의 없고 전투력도 떨어지는 단순한 애완용으로서의 펫도 있겠지. 지능이 높아도 새끼 때부터 키우는 펫도 많지는 않지만 있고."

확실히 멀린의 기억에도 별 전투력이 없던 펫들을 데리고 다니던 유저들이 꽤 있었다. 똑같은 고양이라고 해도 언젠가 그와 거래를 했던 아크의 펫, 엘리는 강대한 마력을 품고 있는데 반해 여고생 유저들이 데리고 다니던 고양이는 문자 그대로 그냥 고양이였다. 개별적인 차이가 크다는 말이다.

"아, 이름 정했다."

"뭐?"

"붉은매라고 하자."

태연한 목소리. 그러나 반발은 바로 튀어나온다.

"뭐 인마? 난 독수리야!!"

"매나 독수리나 그게 그거 아냐?"

"이, 이런 무식한 소리라니!!"

기가 막힌다는 표정으로 빼액 소리친다. 멀린으로서는 별 상관없는 일이었는데 나름대로 중요한 일인 모양이다.

"흐음……. 그럼 정천(靜天)은 어때?"

"정… 천?"

"맑은 하늘이라는 뜻이야."

사실은 붉은매라는 만화의 주인공 이름이다.

"맑은 하늘…… 괜찮은데? 좋아! 오늘부터 내 이름은 정천 이다! 하하하! 주인 네이밍 센스 괜찮은데?"

기뻐하는 그의 모습에 일순간 죄책감을 느끼는 멀린이었지 만 크게 이상한 이름도 아니었기에 고개를 끄덕였다.

"좋아, 정천. 네가 할 수 있는 일이 뭐가 있지?"

"일단 멋지고 잘생겼지!"

"조류 멋진 건 잘 모르겠고, 능력 말이야, 능력."

짧은 시간이지만 정천의 성격을 대략적이나마 파악한 멀린 의 대처에 정천은 시시하다는 듯 투덜거린다.

"흥. 멋진 펫을 얻었는데 기뻐할 줄 모르다니…… 뭐, 능력 이라면 일단 눈썰미."

"눈썰미?"

전혀 예상하지 못한 답변에 의문을 표하자 정천이 답했다.

"그래, 눈썰미. 난 한 번 본 대상의 대략적인 능력과 성향을 파악하는 게 가능해. 레벨이라던가 사용하는 힘이라던가 그 경지 같은 걸 알 수 있지. 심지어 그 사람이 악한지 선한지도 알 수 있어. 정확하지는 않지만 성격도 알 수 있지."

단순한 전투만이 가능할 거라고 생각했던 멀린으로서는 뜻밖의 능력이었다. 레벨이나 사용하는 힘을 아는 거야 별로 신기할 것도 없는 일이지만 대상이 악한지 선한지조차 알 수가 있다니.

"그거 유저한테도 통해?"

"당연하지. 너희라고 뭐 더 잘난 거 있냐?"

정신간섭에 대해서라면 면역에 가까운 보호를 받고 있는 유저들이지만 대략적인 수준과 성향을 읽어내는 건 어렵지 않은 일이다. 물론 그 보호가 강력한 만큼 독심술 같이 마음을 읽어내는 기술은 아무리 뛰어난 실력을 가지고 있어도 단편적으로밖에 사용하는 게 불가능하며, 최면 암시 등은 애초에 먹히지도 않는다.

"그리고?"

"시각하고 청각을 공유한다거나 말을 전달하는 게 가능해."

"말을 전달해?"

"이건 그냥 한번 경험하는 쪽이 이해하기 쉽겠군."

정천은 가볍게 눈을 감더니 붉게 빛나는 영기(靈氣)를 한 줄기 뽑아냈다. 마치 실처럼 보이는 붉은색의 영기는 자연스럽게 늘어나 멀린의 왼쪽 손목에 묶였다.

"…어?"

그리고 시점이 변한다. 놀랍게도 그의 시야에 들어오는 건 그 자신의 모습이다.

푸득!

날갯짓 소리와 함께 순식간에 땅이 멀어진다. 신기하게도 온몸의 감각이 그대로인데 시점만 변해 있다. 땅을 딛고 있는 발바닥의 감촉. 불어오는 바람. 그는 현재 분명히 땅에 서 있었지만 그의 시야는 하늘을 날고 있었다. 귓가를 스치는 바람 소리로 보아 청각도 정천의 청각을 듣고 있는 모양이었다.

"어때? 이제 아무 말이나 해봐."

"아무 말이나 해보라니 무슨…… 어?"

무심코 말했다가 들려오는 소리에 깜빡한다. 그의 목소리는 불어오는 바람 소리에 섞여 있다. 본체가 아닌 정천의 입을 빌어 말한 것이다.

"아하. 말을 전달한다는 게 이거군. 너를 보내면 멀리서도 말을 거는 게 가능하겠네."

"그렇지."

"하지만 유저한테는 귓속말이 있잖아? 이거 쓸모없네."

"……."

상처받은 듯 말을 멈추는가 싶더니 순식간에 시야가 원래대로 돌아왔다. 어느새 그는 땅에 서 있었다.

"신기해. 말하는 거야 그렇다고 쳐도 시각 공유는 괜찮다.

하늘에서 보는 풍경이 제법 멋진데?"

"뭐 그렇지."

쓸모없다는 말에 살짝 삐친 듯 뚱하게 대답했지만 그리 속이 좁은 편은 아닌 듯 이내 신경 쓰지 않는 분위기. 멀린이 다시 물었다.

"이것 말고 다른 능력도 있어?"

"이미 봤겠지만 불과 바람의 속성력을 가지고 있어. 그리고 두 속성력을 잘 이용하면 폭발을 일으킬 수 있지."

그건 정천이 처음 태어났을 때 이미 목격한 사실이다. 알이 터지면서 일어난 폭발은 제로스의 주문에 맞먹을 정도의 위력을 가지고 있었다.

"그거 몇 번이나 사용할 수 있어?"

"몇 번이 아니라 어느 정도의 간격에 한 번이냐고 물어야지. 지금 내 경우 네 시간 37분에 한 번씩 쓸 수 있어. 그나마 횟수도 하루에 세 번 정도고."

"엑? 뭔 텀이 그렇게 길어? 게다가 딱 네 시간 37분씩 나눠 떨어진단 말이야?"

평소 봐오던 디오의 시스템이 아니다. 마치 일반적인 게임의 쿨 타임 시스템과 비슷하지 않은가? 하지만 정천은 당연하다는 듯 고개를 끄덕였다.

"내 역할은 보조지 주전력이 아냐. 전투 능력도 돌발적인 위험에서 주인을 지켜주기 위해 있는 거지, 대신 싸워주라고 있는 건 아니니까."

"그래도 아깝네. 그 폭발은 꽤 강력했는데."

"하지만 경험치를 소모해서 날 성장시키거나 하는 방법도 있지."

"그래? 하지만 가진 경험치도 별로 없으니 뭐."

멀린은 짐짓 아쉽다는 표정을 지었지만 애초에 펫이라는 전력 자체를 생각해 본 적이 없었던 만큼 금세 아쉬움을 떨치고 걸음을 계속했다.

"그나저나 어디 가는 거야?"

"바다."

"바다는 왜 가는데? 바다에는 몬스터도 별로 없지 않나?"

그의 말대로 바다에는 몬스터가 그리 많지 않다. 물론 그렇다고 그 바다가 현실과 똑같이 평화로운 곳이라고 묻는다면 전혀 아니지만, 바다에 있는 몬스터들이 육지에 있는 사냥터에 상주(?)하고 있는 몬스터들에 비해 현저하게 적은 건 부정할 수 없는 사실이니까.

이는 대부분의 유저들이 육지에서 생활하기 때문에 나타나는 현상인데, 이러니저러니 해도 유저들의 전투 경험을 위해 존재하는 몬스터들은 유저들이 자주 찾는 곳일수록 그 숫자가 많아지게 된다.

다이내믹 아일랜드는 수천 개의 지역으로 나뉘어져 있으며 그 구역마다 몬스터가 위치해 있다.

"물론 모든 구역에 몬스터가 있는 건 아니어서 전혀 몬스터가 없는 구역도 있지. 여기 같은 도시라던가 도시를 연결시켜

주는 도로, 혹은 게이트처럼. 하지만 그렇지 않은 대부분의 구역에는 항상 '최저' 수준의 몬스터가 자리 잡고 있고 그건 그구역에 있는 유저의 숫자에 비례해 늘어나게 돼."

"즉, 바다에 몬스터가 별로 없는 건 바다에 유저가 없기 때문이다?"

"그래. 게다가 바다에 유저들이 많이 들어갈 일은 없을 테니한동안은 계속 그렇겠지."

정천의 말에 멀린은 바다에서 만난 몬스터들을 떠올렸다. 확실히 해양 몬스터들은 그 숫자가 많지 않았다. 오히려 바다에서 더 많이 보이는 건 일반적인 물고기들이었을 정도니까. 하지만 문득 떠오르는 의문에 물었다.

"흠. 하지만 유저가 별로 없어도 몬스터들이 많이 있는 곳도 있지 않아? 나 바다에서 몇 번 떼로 몰려다니는 몬스터들을 만난 적 있는데. 지상에도 오크 부락이나 오우거 동굴 같은 곳들이 있고."

"거긴 애초부터 단체전을 생각하고 만든 사냥터라 그렇고."

그리고 그런 사냥터들 중 가장 큰 규모를 가지고 있는 것이바로 절망의 숲과 적막의 사막을 포함하고 있는 네 군데의 사냥터. 그것들은 하나하나가 100킬로미터에 달하는 넓이를 가지고 있으며, 바깥쪽에는 고만고만한 수준의 몬스터가 있을뿐이지만 안으로 들어가면 들어갈수록 상상을 초월하는 수준의 괴물들이 득실대는 위험 지역이다.

"뭐 몬스터야 아무래도 상관없지. 딱히 싸우자고 하는 게임도 아니고."

"싸우자고 하는 게임이 아니라고? 그럼 왜 하는데?"

"게임이야 당연히 놀려고 하는 거지. 물론 목표라면 또 하나 있지만."

그렇게 중얼거리며 오른손을 들어 올린다. 손등에는 변형된 육망성이 그려져 있었다. 아직은 회로의 형태일 뿐이지만 더 많은 마력이 집중된다면 마력이 결정화(結晶化)되어 보석의 형태로 변할 것이다.

"아차, 생각난 김에 해놔야지."

키이잉—!

가벼운 중얼거림과 함께 바람이 불었다. 정확히 말하면 바람 그 자체는 아니다. 주변에 있던 마나가 그의 오른손으로 빨려 들어가면서 대기에 영향을 준 것이다.

쩌적.

그의 오른 손등에 새겨진 마법진에 마나가 몰려들어 서서히 형태를 이루기 시작했다. 처음에는 단순한 시멘트나 석고처럼 보였지만 시간이 지날수록 점점 옥색으로 변한다.

"결정화? 하지만 이 말도 안 되는 속도는……."

정천이 믿을 수 없다는 목소리로 중얼거렸지만 멀린은 신경도 쓰지 않았다. 걸음조차 멈추지 않았다. 푸른빛으로 빛나는 오른손을 늘어뜨린 채 계속해서 걸어간다.

웅.

완연한 옥색으로 변했던 마법진이 이내 자수정으로 변한다.

하지만 그것마저 잠시였을 뿐 보라색의 자수정은 다시 녹색의 에메랄드로. 에메랄드가 다시 분홍색의 스피넬로. 스피넬이 다시 푸른색의 사파이어(Sapphire)로 변한다.

욱씬.

"음……!"

지끈거리는 고통에 설계를 멈춘다. 그의 마력 설계 능력이 괴물 같은 수준이기는 하지만 단지 그것만으로 세븐 쥬얼 학파의 5단계를 넘어설 수는 없다. 하늘을 찌르는 재능을 가지고 있다 해도 단지 그것뿐이라면 정도 이상의 경지를 넘어서지 못하는 것이다.

> 마정석. 옥(Jade)이 생성됩니다!

> 옥(Jade)이 자수정(Amethyst)으로 진화하였습니다!

> 자수정(Amethyst)이 에메랄드(Emerald)로 진화하였습니다!

> 에메랄드(Emerald)가 스피넬(spinel)로 진화하였습니다!

> 스피넬(spinel)이 사파이어(Sapphire)로 진화하였습니다!

> 영력(Type 마력)이 16포인트 증가하였습니다!

"어렵네……."

한순간 전력을 다해 집중했음에도 더 이상의 설계가 불가능하다는 것을 깨닫고 마력을 갈무리한다. 그리 긴 시간이 아니었음에도 식은땀이 비 오듯 내리고 있었다. 그로서는 정말 드물게도 자신의 능력을 한계까지 끌어올린 상황이기 때문. 처음에는 별다른 생각 없이 설계를 이어나갔는데 느닷없이 들이친 한계에 무리를 해버리고 말았다.

"지금 뭘 한 거야?"

"그나마 필요한 최소치의 마력을 획득해 놓은 거지. 해보고 싶은 게 있어서인데…… 흠. 생각만큼 마력이 늘지 않는걸. 이번에는 레벨 제한도 아니니 능력 부족이라는 말인데."

멀린은 마음에 안 든다는 듯 투덜거렸지만 그의 머리 위에 앉아 있는 정천은 차분하게 가라앉은 눈동자로 멀린의 손등에 박혀 있는 푸른색의 보석을 바라보았다.

'이 녀석…….'

신음한다. 물론 마력은 정천의 전문 분야가 아니었지만 그는 자신이 본 이 광경이 절대 정상적인 상황은 아니라는 걸 눈치챘다. 물론 마력은 능력만 된다면 빠른 시간 내에 쌓는 게 가능한 힘이지만 아무리 그래도 이 속도는 비정상적이다. 심지어 그런 짓을 어디 조용한 곳에서 정신을 집중해 한 것도 아니고 걸어가면서 하다니.

"하지만 7단계 중 5단계에 도달했는데 마력이 160포인트밖에 안 되는 건 좀 이상하지 않나? 게다가 순도도 영……."

멀린은 손등에 박혀 있는 사파이어를 보고 한숨 쉬었다. 보석이라고는 하지만 순도가 너무나도 떨어진다. 조금 심하게 말하자면 보석이 아니라 그냥 파란색의 돌멩이로 보일 지경. 아무래도 긴 시간을 들여 정제하지 않고 단숨에 물질화시킨 부작용인 모양이다. 무지막지한 마력 설계 능력으로 커다란 그릇을 만들었지만 거기에 담길 내용물까지 손보지는 못한 것이다.

"시간이 걸리겠네."

"응? 아, 그렇지 뭐. 급할 것도 없으니 천천히 해도 상관없어."

잠시 정천이 머리 위에 있다는 걸 잊어먹었던 멀린은 고개를 끄덕이다가 정천이 생각 이상으로 균형을 잘 잡는다는 사실을 깨달았다. 머리 위에 앉아 있는데 고개를 끄덕임에도 흔들리지 않는 건 꽤 대단한 일이 아닌가? 게다가 분명 머리 위에 있음에도 한순간 그 존재를 놓칠 정도로 기척이 적고 무게가 가볍다. 과연 평범한 동물은 아니라는 뜻이다.

"리벨 학파였다면……."

"응?"

느닷없는 말에 멀린이 의문을 표하자 정천이 말했다.

"만약 네가 익힌 게 서클 시스템(Circle System)을 가지고 있는 리벨 학파의 마법 체계였다면 넌 벌써 5서클의 마법사가 되었을 거야. 마력도 별로 부족하지 않았겠지."

"어? 그럼 내가 학파를 잘못 고른 건가?"

"그럴 리는 없는데……."

"응? 뭐라고?"

"아니, 아니야. 바다나 가시지."

퉁명스럽게 대답하는 정천의 목소리에 멀린은 정면을 바라보았다. 주위는 평원이라 시야가 탁 트여 있었지만 아직 바다의 모습은 보이지 않았다.

"아, 맞다. 바다까지 거리가 꽤 되니까 지금부터는 뛰어간다."

"맘대로."

대답과 동시에 멀린의 몸이 달리기 시작했다. 물론 내공도 5년치밖에 없기 때문에 진기의 보조를 받지는 못했지만 마스터 급 타이틀 여의수신(如意水神)의 효과로 체력, 근력, 생명력이 150포인트를 넘어가는 그는 이미 100미터를 5초대에 돌파하는 주력(走力)을 가지고 있다. 100미터를 8초에 돌파할 수 있을 정도로 조절하면 무려 10여 분에 가깝게 달릴 수 있을 정도다.

두두두두!

'육체의 성능이 다를 텐데도 달리는 법을 아는군. 녀석이 살고 있는 세계에서는 이렇게 강력한 몸을 가질 일이 없을 테니 베타 테스트 때 익숙해진 건가?'

격하게 달리고 있는 멀린이었지만 신기하게도 그의 머리 위에 앉아 있는 정천의 몸은 마치 접착제로 머리에 붙여놓기라도 한 것처럼 작은 흔들림도 없는 상태. 그리고 그런 상태에서 그는 사색에 잠겨 있었다.

'하지만 어째서 저런 학파를 선택한 거지? 게다가 이 심법은 금단선공이잖아?'

적어도 정천이 보기에 멀린은 선택한 학파도 무공도 적합하지 않다. 아니, 어쩌면 선택한 영력의 종류조차 부적절할지도 모를 지경이다. 이런 괴물 같은 재능을 가지고 있음에도 별다른 힘을 가지고 있지 않다는 것이 그 증거.

만약 그가 선택한 심법이 북명신공이었다면 그는 이미 풍부하고 정순한 내공을 소유하게 되었을 것이다. 만약 그가 선택한 영력이 내공이나 마력이 아닌 차크라였다면 그는 물의 차크라로 현문(賢門)까지 열어버렸을 것이다.

하지만 그럼에도 멀린은 마력과 내공을 받아들였으며 그중에서도 마나를 물질화하는 금단선공과 세븐 쥬얼 학파를 선택했다. 이것들은 물질화한 마력이나 내공을 굳혀 영자기관(靈子機關)을 만드는 기능을 가진 수련법으로, 이는 끊임없이 스스로를 단련할 자들에게는 굳건한 힘을 선사하겠지만 괴물 같은 상상력과 마력 설계 능력을 가진 멀린에겐 족쇄밖에 안 된다. 그야말로 최악의 상성. 멀린의 상상력은 무한하다고 할 수 있는데 물질화된 영자기관이 그 무한에 가까운 멀린의 상상력과 설계 능력을 제한해 버리고 만다.

'이상해.'

멀린의 상태는 펫이 된 지 얼마 지나지 않아 많은 걸 알지 못하는 정천조차 의문을 품을 수밖에 없을 정도로 이상하다.

디오의 영력 선택과 무공 또는 학파의 선택은 우연이 아닌 영혼에서 뽑아낸 데이터를 기반으로 이루어질 텐데 이런 선택이 이루어지다니.

'자신의 재능을 잘 깨닫지 못하고 능력치를 리셋해 다른 영력을 고른 모양이군. 생각해 보면 첫 선택에서도 간혹 강렬한 의지나 욕구로 다른 힘을 선택하는 케이스도 있다고 들었고.'

만약 그렇다면 여러모로 재수가 없는 녀석이라고 생각하며 한숨 쉬는 정천이었지만 굳이 그 말을 입 밖으로 꺼내지는 않았다. 펫에 불과한 그가 시스템적인 요소에까지 참견하는 건 그릇된 일인 데다가 꼭 재능에 맞는 영력을 선택해야만 강해질 수 있는 것도 아니다. 자신의 재능에 걸맞지 않은 힘을 선택해 오히려 강대한 힘을 얻는 경우도 얼마든지 있지 않은가.

하지만.

멀린은 능력치 리셋 같은 건 한 적도 없고 처음 주어진 영력과 학파를 선택—물론 금단선공은 마리가 넘긴 것이었지만—해 그대로 플레이했다. 이 모든 건 정천의 착각일 뿐인 것이다.

'뭐 상관없지. 그걸 전부 감안하더라도 이 녀석의 재능은 보통이 아냐. 별 기대를 한 건 아니지만 난 상당히 운이 좋은 케이스에 들어가게 되겠군.'

타닥.

그리고 그렇게 정천이 생각을 마무리할 즈음 멀린의 몸이 멈추었다.

"도… 착!! 바다다! 헉헉……."

10여 분 정도를 전력질주로 달린 멀린은 잠시 고개를 숙이고 헉헉거렸다. 하지만 체력이 강했던 만큼 금세 회복하고 몸을 세운다.

첨벙첨벙.

그리고 바로 바다로 들어가기 시작한다. 아직은 해변이었기 때문에 물이 발목에 찰 뿐이다.

"아차, 장비 2번."

가볍게 중얼거리자 몸을 덮고 있던 로브가 사라지고 기본 속옷만이 남았다. 멀린으로서는 당연한 행동이었지만 그 느닷없는 탈의에 정천은 당황했다.

"뭐 하는 거야?"

"뭐 하나니. 수영하려고 하는 거지."

"아니, 게임에 접속해서 왜 수영을……."

첨벙!

"우왁?!"

갑작스럽게 깊어지는 바다에 멀린이 몸을 던져 버리자 그 머리 위에 앉아 있던 정천이 기겁해 하늘로 날아올랐다. 당연한 말이지만 멀린의 머리에서 중심을 잘 잡을 수 있다고 해서 물속에서 수영을 하는데도 머리에 붙어 있을 수 있는 건 아니다. 게다가 정천은 불의 속성력을 가지고 있었기 때문에 물에 젖는 건 별로 환영할 만한 사태가 아니다.

"푸하! 바다야 얼마 쉬지도 않은 것 같긴 하지만 그래도 무지 반갑다! 날씨도 좋고~!"

그러나 정천이 기겁해서 날아오르거나 말거나 멀린의 기분은 상쾌하기만 하다. [수영 스킬을 획득하셨습니다!]라는 텍스트는 신경 쓰지도 않는다.

"아차. 노래 들어야지."

다시 장비를 변경해 로브를 불러온 후 그 안에서 만들어진 그림자로 클로즈 베타 때 만들었던 마법 물품을 꺼내 양 귀에 꼈다. MP3처럼 음악을 재생해 들을 수 있게 술식을 담은 물건들이었다.

가슴속에 바람이 분다~ ♬

"어이, 이봐?"

하늘로 날아오른 정천은 헤엄치기 시작한 멀린의 모습에 황당해하며 말을 걸었지만 이미 음악 감상을 시작한 멀린은 출렁거리는 파도를 헤치며 나아간다. 부스터도 뭣도 없는 물리적인 수영이었기 때문에 속도는 빠르지 않았지만 다리를 움직여 물을 한 번 찰 때마다, 팔을 내저을 때마다 수영 스킬의 랭크가 빠르게 오르고 있었다. 아마 예전 랭크를 되찾는 데까지 그리 긴 시간도 걸리지 않으리라. 하지만,

"어디 가냐……."

해변에서 노는 게 아니라 점점 육지에서 멀어지는 멀린의 모습을 정천은 기막힌다는 듯 보고 있을 뿐이었다.

　　　　　＊　　　　＊　　　　＊

　디오의 세계에는 여덟 개의 도시가 존재한다. 그것은 모든
유저들의 시작점이자 흔히 초보자들의 도시라 불리는 스타팅
과 각기 다른 힘을 가르치는 7대 성지를 합한 숫자로, 유저들
은 도시마다 설치되어 있는 게이트(유료)를 이용해 이동하곤
했는데 굳이 게이트가 아니더라도 도시와 도시를 이동하는 건
불가능하지 않다. 도시와 도시 사이에는 깨끗하게 정비되어
있는 도로가 깔려 있기 때문이다.

　"허억… 허억……."

　그리고 그 도로를 한 사내가 달리고 있었다. 전신은 땀으로
범벅이고 거친 숨을 내쉬고 있었다. 디오에 접속한 유저라면
하나같이 능력자일 텐데 그의 몸에서는 한 줌의 영기조차 느
껴지지 않는다. 단순한 체력만으로 달리고 있는 건데 그것도
그리 대단한 수준은 아니었다.

　휘청. 우당탕!

　힘겹게 달려나가던 사내, 랜슬롯의 몸이 흔들리더니 그대로
쓰러져 버린다. 속도를 줄이다 쓰러진 게 아니라 달려가던 도
중 쓰러진 것이기 때문에 달리던 속도를 이기지 못하고 바닥
을 뒹굴었다.

　"후우… 후우……."

　힘겹게 숨을 몰아쉬며 몸을 일으킨다. 한계에 다다른 근섬
유가 비명을 지르고 있었지만 그 비명 소리마저 강제로 짓이

기고 달려나간다.

"대단하군."

천향의 영지를 지키는 경비병 딜리스 7은 약 10킬로미터 이상 떨어진 랜슬롯의 모습에 눈을 가늘게 떴다. 예전 랜슬롯과 마주쳤을 때와는 다르게 그녀의 코 위에는 붉은 테의 안경이 걸려 있다. 원판이 워낙 좋아서 그런지 지적인 매력이 물씬 풍겼다.

"뭐가 대단한데?"

당연하지만 그녀와 같은 광경을 볼 수 없는 카라 7은 느닷없는 그녀의 말에 눈을 동그랗게 뜨며 정면을 바라보았다. 당연하지만 그 앞으로 보이는 것은 아스팔트로 포장되어 있는 도로뿐. 그런 그녀에게 딜리스 7은 자신이 쓰고 있던 안경을 넘겼다.

"봐."

"아니, 대체 뭘 보…… 어? 전에 그 유저잖아?"

그들이 지키고 있는 천향의 영지 동쪽 도로는 사람이 별로 오가지 않는 길이기 때문에 분명히 기억하고 있다. 모두들 게이트를 이용할 때 스타팅에서 천향의 영지까지 달려왔던 사내. 물론 천향의 영지는 7대 성지 중에서도 스타팅에서 가장 가까운 도시지만 그래도 그 거리는 100킬로미터에 달한다. 웬만해서는 그냥 게이트를 타고 오는 것이다.

"어때 보여?"

"엄청 느리다. 아니, 이 정도면 그냥 일반인인데?"

사실이다. 지금 랜슬롯은 100미터를 돌파하는데 15초가 넘을 정도로 힘겹게 달리고 있었다. 이건 능력자의 움직임이 아니다. 그리 특별하지 않은 일반인도 추월할 수 있는 속도.

"상태를 봐."

"상태를? 아니, 저 정도 능력자의 상태를 봐봤자……."

"봐."

"……?"

딜리스 7의 차분한 목소리에 카라 7은 의문을 표하면서도 시스템을 열었다. 직업이나 그런 건 관심도 없었기에 딜리스 7의 말 그대로 상태만 확인했다.

그 상태는 이랬다.

Status

아이디 : 랜슬롯   레벨 : 2
상태 : 빈사
스태미나 :   0/20   오오라 :   0/20

카라 7은 잠시 그 상태 창이 뜻하는 바를 이해하지 못했다. 그것도 그럴 것이 전혀 예상 밖의 모습이었기 때문. 하지만 총명한 그녀는 이내 눈을 크게 떴다.

"어때?"

"어… 에? 이게 뭐야? 고장 난 건가?"

디오 속 유저들의 체력에 0포인트라는 건 있을 수 없는 일이다. 만약 그 대상이 영력이라면 완전히 소모해 바닥이 드러나게 하는 것 또한 불가능하지는 않지만—물론 그렇다고 해도 그 과정은 너무나도 힘들고 고통스럽다—체력이라면 상황이 전혀 다른 것이다.

육체 안에 존재하는 모든 생체학적인 에너지를 소비한다는 건 바꿔 말해 죽었다는 뜻이다. 심장이 뛰어 피를 돌리고 전신에 산소를 공급할 힘마저 없다는 뜻이니까.

"뭐야, 저 녀석. 어떻게 움직이는 거지? 뭐가 저 몸을 움직이고 있는 거야?"

기가 막힌다는 듯 중얼거리는 카라 7의 의문은 너무나도 당연한 것. 그리고 그런 의문에 딜리스 7이 답했다.

"정신력."

"하? 지금 그게 말이 된다고 생각해?"

"말이 돼, 적어도 오오라 능력자라면."

마력은 세계를 구성하는 요소를 자신의 제어하에 두게 됨으로써 성립한다. 내공은 천지 간에 충만히 차 있는 기운을 정제하여 자신의 육체에 쌓아감으로써 성립한다.

그런 면에서 볼 때 내공과 마력은 그 발현 방식은 전혀 다를지언정 힘을 저장하는 방식은 비슷하다고 할 수 있다. 즉, 외부의 기운을 자신의 것으로 함으로써 그 힘을 키워 나가는 것.

하지만 오오라의 경우는 전혀 다르다. 물론 오오라 사용자들도 명상 등을 하긴 하지만 그럼에도 외부의 기운은 일절 받아들이지 않는다. 그들의 힘은 외부가 아닌 '내부에서 만들어지는' 것이다.

정신(精神).

그렇다. 정신이야말로 오오라의 시작이자 끝이다. 오오라 사용자들이 끌어올리는 힘은 그 어디에서도 빌려오는 것이 아닌 정신 그 자체에서 만들어진다.

"그렇다는 건……."

"그래. 저 녀석의 몸은 이미 움직일 수 있는 상태가 아닌데도 달리고 있단 뜻이지."

근육이 비명을 지른다. 신경이 고통을 전달하기 위해 바쁘게 뛰어다니느라 주인의 통제를 듣지 않는다. 달리는 게 아니라 걷는 것도, 어쩌면 가만히 서 있는 것조차 불가능한 몸 상태. 하지만 그럼에도 랜슬롯의 달리기는 그 속도를 늦추지 않는다. 계속해서 근육을 통제하고 육체를 제어해 앞으로, 앞으로.

의지(意志)가 육신(肉身)을 초월한다.

"이해할 수 없어."

하지만 카라 7은 고개를 흔들었다. 그녀의 상식에서 이해할 수 없는 범위의 일이기 때문이다.

"바보짓이야. 통각 제어도 저런 고통까지 막아주지는 못한다고. 자신의 능력 밖의 일을 하느라 고생하는 데 대체 무슨 의미가……."

"있어."

고행(苦行).

그것은 흔히 육신을 괴롭히고 고뇌를 견뎌내는 수행을 이르는 말이다. 이는 보통 구도(求道)의 뜻을 가진 자들이 걸어가는 과정으로, 자기 통일과 정신성을 개발하기 위한 자기 수련을 뜻하는데 이는 정신을 단련하고 의지를 오롯이 하기 위한 수단으로 사용된다.

"그러니까 지금 저게 그 고행이라는 거라고?"

"알고 하는지는 모르지."

딜리스 7의 목소리는 차분했지만 카라 7은 여전히 이해할 수 없다는 표정이었다.

"하지만 이상해. 이런 게 무슨 훈련이야? 그냥 고통을 느끼는 걸로 능력을 단련하다니. 그럼 칼 같은 걸로 자기 몸을 찌르는 자해도 수련이란 말이야? 그럼 고통을 쾌감으로 느끼는 변태는 천하무적이고?"

"그렇게 단순한 개념이 아냐. 구도자들이 자신의 몸에 고통을 주는 것만으로 고행을 하는 건 아니니까."

딜리스 7의 말에 카라 7은 고개를 갸웃거렸다.

"구도자라면…… 종교인들?"

"비슷하긴 하지만 특정한 신을 믿는 종교인들의 고행과는 전혀 달라. 오오라 사용자들의 고행은 누구에게 죄를 청하는 행위가 아니니까."

"뭐가 다른 건데?"

"말하자면…… 절대적인 신을 믿고 따르는 기독교는 신성력 쪽이고, 내면을 갈고닦아 해탈의 경지에 이르려 하는 불교가 오오라라는 뜻이지."

"기독교와 불교?"

카라 7은 파니티리스 출신이었지만 그 비유를 알아들을 수 있었다. 왜냐하면 디오의 NPC 역할을 하고 있는 이들에게 유저들이 살고 있는 지구에 관한 정보가 개방되어 있기 때문이다. 물론 정보가 개방되어 있을 뿐 강제적으로 주입하는 건 아니기 때문에 직접 알아보지 않으면 알 수 없다. 오크 영웅이었던 성묵이 유저들이 게임을 플레이하는 방식으로 디오에 접속하는 건 알면서도 현대 총화기에 대해서는 아는 게 없던 것이 그 예.

하지만 자연스럽게 예를 지구의 것으로 들 정도라면 상황이 좀 다르다. 정말 많은 시간을 지구의 정보를 찾는데 썼으면 모르겠지만 카라 7이 알고 있는 딜리스 7은 관련 시스템에 접속한 적도 없었으니까. 그리고 그렇다는 건.

"너 지구 출신이었어?"

"응. 하지만 저 녀석들이 살고 있는 지구는 아냐."

뜻밖의 말에 순간 눈을 깜빡거렸지만 이내 한 가지 사실을 떠올리고 손바닥을 쳤다.

"아, 맞아. 그 행성 100개라고 했지?"

"복사 붙여 넣기로 무작정 늘린 다음 시대만 바꾼 거지. 그

대단하다는 창조신이 한 짓인지, 아니면 다른 절대신이 벌인 짓인지는 모르겠지만."

물론 단순히 시대만 바꾼 건 아니어서 차이점들이 꽤 있다. 실제로 그녀가 살던 지구는 18세기부터 영력의 존재를 발견해 사용하기 시작했으며, 그녀는 군에 소속된 몸으로 정부에서도 특별 취급을 할 정도의 강자였다. 대충 알아봤을 뿐이지만 현재의 유저들이 유입되고 있는 지구와는 분명히 다른 환경이다.

털썩.

그리고 그렇게 말할 때 마침내 랜슬롯의 몸이 쓰러져 버린다.

"어, 쓰러졌다."

"의지가 육신을 초월했다 해도 결국 움직이고 있는 것은 육신이니까."

의지가 아무리 강렬하다 해도 무한히 달린다는 건 불가능한 일이다. 아무리 강한 정신이라도 육신을 버리고 해탈이라도 하지 않는 이상 거기에 구속될 수밖에 없는 것이다.

"결국 정신이 육체의 제어를 포기하게 된 거야?"

"아니. 제어할 대상이 없어진 거지."

"그게 무슨…… 아."

쓰러져 있던 랜슬롯의 몸이 점점 흐릿해지더니 금빛 연기로 흩어져 버린다. 그것은 유저의 죽음을 뜻하는 현상. 딜리스 7은 쓴웃음을 지었다.

"영리하군."

"영리하다니 뭐가? 무리한 훈련을 하다 죽어버리는 게 영리하다고?"

"하지만 저 녀석도 여기서의 죽음은 끝이 아니라는 걸 알고 벌인 짓이야. 게다가 지금 저 상태에서는 능력치도 깎이지 않겠지."

"엥? 아무리 2레벨이라도 죽으면 당연히 능력치를 깎……아!"

총명한 카라 7은 조금 전에 보았던 그의 능력치를 떠올렸다. 영력인 오오라는 20위(位)였고 스태미나도 20포인트. 그것이 뜻하는 바는 한 가지다.

"…최저 능력치."

"그래. 악의적으로 영력을 뽑아내 사용한다면 복구되지 않겠지만 단순히 죽는 거라면 페널티를 받지 않지."

물론 사망 페널티 중 시간 제한만은 피할 수 없겠지만 디오의 시간이 현실보다 12배나 빨라지게 되면서 디오 속 24시간은 현실에서 치면 고작 두 시간에 지나지 않는다. 만약 2레벨을 도달하면서 얻은 100포인트를 사용했다면 그걸 어디에 투자했든 간에 사망 페널티로 깎여 버렸겠지만 랜슬롯은 보너스 포인트를 사용하지 않음으로써 페널티를 피할 수 있었다.

"이거야 처음부터 죽을 생각이었다는 거잖아? 죽기 위해 달리는데 도대체 무슨 가치가 있다고."

"죽기 위해 달린 게 아냐."

말을 멈춘다. 그리고 조용한 목소리로 말을 잇는다.

"죽게 되더라도 멈추지 않겠다고 다짐한 거지."

"……."

그야말로 할 말을 잊게 만드는 마음가짐이었다. 정령사로서 밝고(?) 즐겁고(?) 희망차게(?) 자신의 힘을 단련해 온 카라 7은 여전히 그 마음가짐을 이해할 수 없었지만, 죽게 되더라도 다시 살아날 수 있는 환경에서 수련하는 것을 약간이지만 부러워(!)하는 딜리스 7의 시선에 더 말을 잇지 못했다.

*　　*　　*

파도의 움직임에 따라 쏟아지는 햇빛이 어그러지며 바닥을 비춘다. 바닥을 뒤덮고 있는 오색의 산호들이 형형색색 화려하게 빛나고 있다.

'멋지다……'

멀린은 해류를 따라 천천히 흘러가며 주변 풍경을 감상했다. 유리알처럼 투명하고 넓게 깔려 있는 산호의 모습은 마치 거대한 화원에 들어온 것처럼 화려하다. 현실에서는 정말 보기 힘들 정도의 장관이었다.

쿠르르…….

물살을 일으키며 한 무리의 물고기 떼가 멀린의 앞으로 다가온다. 그것들은 손바닥만 한 크기의 물고기들이었는데 한곳에 수백, 수천 마리 이상 모여 고래 정도의 덩치를 만들어낸다.

적의는 없는지 멀린이 슬쩍 움직이자 화들짝 놀라듯 물러서 멀어진다.

'확실히 지금까지의 온라인 게임하고는 달라. 이건 단순한 게임이 아니라 관광용으로도 엄청난 각광을 받겠어.'

실제로 디오의 레벨 업 시스템은 모든 유저를 끌고 가려는 의지가 없다. 실력이 없는 유저는 아무리 게임을 오래 해도 레벨을 올릴 수 없는 것. 클로즈 베타 테스트 때에는 진취적이고 능력이 뛰어난 유저들만을 모아 다들 수련에 정진했지만 아무런 제한 없이 받아들이기 시작한 이상 분명 낙오자가 생기기 시작할 것이다.

'레벨 업을 포기하는 유저들이 생기겠지.'

하지만 레벨 업을 포기한다 해도 디오의 세계는 충분히 경이롭고 즐길 거리가 많은 곳이다. 당장 멀린의 생각처럼 관광을 위해 접속하는 사람들이 생길 수 있고 현실에서 볼 수 없는 동물이나 몬스터를 보기 위해서도, 직접 싸우지는 않더라도 다른 사람들의 전투를 구경하기 위해 접속할 수도 있다. 게다가 디오 속의 시간은 현실보다 무려 12배나 빠르기 때문에 공부를 하거나 휴가를 길게 보내기 위해 찾아올 수도 있다.

'사회적으로 엄청난 변화가 생길 수밖에 없어.'

이건 인터넷이 생겨난 것보다 더 강렬한 문화적 충격이다. 그것도 점점 발전해 만들어진 게 아니라 느닷없이 생겨났으니 더더욱 그럴 것이다. 지금까지의 게임이나 인터넷과 다르게 단점 하나 없이 장점만이 가득한 가상의 세계는 사람들의 생활 패턴과 의식을 잠식하기 시작할 것이다. 그리고 아마 그 결과는……

"살아 있냐?"

깊은 생각에 빠져드는 멀린의 머릿속으로 텔레파시가 날아들었다. 익숙한 목소리다.

"물론 살아 있지. 무슨 일이라도 있어?"

"그런 건 아니지만 너무 심심해. 아니, 너 대체 잠수한 지 얼마나 지난 건지 알긴 아냐?"

"스무 시간?"

"이… 대체 네놈은 고래냐 사람이냐?"

기막혀하는 정천의 텔레파시를 들으며 가볍게 물을 차 수면으로 향한다. 수영 스킬이 다시 AA랭크에 도달한 데다가 물친화 능력도 예전 수준까지 끌어올려 신속한 움직임이었다.

"푸하! 심심했어?"

"계속 날다 보니 날개가 다 아프다, 이 녀석아."

말뿐이 아닌지 정말 아래로 내려와 멀린의 머리 위에 앉는다. 날개 근육이 결리다고 시위하기라도 하듯 날개를 이리저리 비틀어 근육을 풀기까지 했다.

"흐음. 오래 나는 게 힘들다면 잠깐 바다에 내려와서 쉬면 되잖아? 다리를 움직여서 앞으로 나가고."

"내가 오리로 보이냐?"

기가 막힌다는 듯 중얼거리는 정천의 말을 들으면서도 멀린은 슬금슬금 앞으로 나갔다. 물살이 그의 몸을 밀어내고 있었기 때문에 나아가는 속도는 그리 빠르지 않았다.

"그나저나 저기 저 이상한 해류는 뭐냐? 무슨 띠처럼 늘어져 있는데 아무리 높이 올라가도 끝이 안 보여. 게다가 멀리서도 시끄러운 게 심상치 않아 보이고."

멀린이 스타팅 남쪽 바다에 뛰어든 지 어느새 열흘이라는 시간이 지났다. 물론 그건 디오 속의 시간일 뿐 현실에서는 하루도 지나지 않았기 때문에 로그아웃을 한 적은 없다. 현실보다 12배나 느리게 가는 시간이라는 건 유저들에게 문자 그대로 상상을 초월할 정도로 많은 시간을 부여하는 것이다.

"정천, 너 물 싫어해?"

"당연하지. 내 속성 몰라? 불과 바람이라고."

멀린 역시 잘 알고 있는 일이었지만 다시 물었다.

"그럼 물에 젖으면 타격을 입어?"

"타격까지는 아냐. 그냥 물이 몸에 닿는 느낌이 싫은 거지."

"그건 다행이네."

"다행이라니 무슨 소……."

텁.

이해할 수 없는 말에 의문을 표하려는 순간 멀린의 양손이 정천의 몸을 붙잡는다.

그리고 잠수.

"……?!"

비명조차 지르지 못하고 버둥거리려는 정천을 끌어당겨 품에 안은 채 속성력을 발동, 부스터를 가동해 고속으로 가라앉기 시작한다. 해류의 흐름이 수직으로 떨어져 내리고 있었기 때문에 그 속도는 상당한 수준. 그리고 그렇게 움직이는 멀린의 머릿속으로 정천의 비명이 울려 퍼졌다.

"우아아아악!! 무슨 짓이야!!"

"정신 집중 풀리면 놓친다."

"그런……!"

정천은 기가 막힌다는 듯 한차례 부르르 떨었지만 어느새 자신이 깊은 심해에 도달했다는 사실을 깨달은 듯 고개조차 움직이지 않고 몸을 사렸다. 아무래도 물을 싫어한다는 말은 사실인 모양이었다.

쿠르르…….

노이즈 벨트는 시속 20킬로미터가 넘는 해류로 이루어져 있다. 시속 20킬로미터라는 게 언뜻 별것 아닌 것 같은 속도지만 물살이 그 속도라면 돌고래라도 빠져 죽을 수준. 게다가 노이즈 벨트의 외각 해류는 무려 800미터나 되는 심해까지 수직으로 곤두박질치기 때문에 휩쓸리면 그냥 죽어나가는 수밖에 없다.

'음? 해류가 빨라졌다?'

하지만 그런 와중에도 멀린은 주변 상황을 파악할 정도로 여유가 넘쳤다. 이미 물이라는 매질의 리(理)를 체득했기에 속성력이 없어도 물의 흐름을 잡아 탈 수 있기 때문이다. 하물며 물에 대한 친화력을 가지고 있는 지금은 해류가 몇 배는 더 빨라져도 무리없이 견딜 수 있는 수준이다.

'두 배… 까지는 아니지만 1.5배 이상 빨라졌어. 이 정도면 거의 시속 40킬로미터는 되겠다.'

이쯤 되면 돌고래 정도가 아니라 수중 몬스터라도 죽어나갈 수준이다. 멀린이야 물의 흐름을 감각적으로 파악할 수 있기 때문에 상관없지만 다른 사람이라면 설사 물에 대한 속성력을 멀린 이상으로 가지고 있어도 목숨이 위험하다.

촤악!

해류를 따라 심해로 가라앉았다가 떠오른다. 만약 그대로 해류에 몸을 맡긴다면 원을 그리며 움직이는 해류로 인해 처음 출발한 자리로 돌아오기 때문에 수면에 올라오기 직전 부스터를 가동, 새로운 해류에 몸을 던져 노이즈 벨트 건너편으로 넘어갔다. ∞ 모양으로 해류가 흐르고 있기 때문에 가능한 일이었다.

"푸하! 해류가 빨라져서 더 빨리 왔어…… 아야!"

수면 위로 올라가 탄성을 지르던 멀린은 그의 품을 빠져나와 날아오른 정천의 분노의 부리질(?)에 이마를 부여잡았다. 생명력이 높아 피부가 질긴데도 핏방울이 나올 정도로 매서운 공격이었다.

"악! 이 근본없는 펫이 주인 치네!"

"뭐 인마? 내가 물이 싫다고 말하자마자 그 깊고 험한 곳까지 끌고 간 게 누군데!"

얼마나 놀란 것인지 말이 다 떨려 나온다. 말이야 대충 했지만 정천은 정말 물을 싫어했다. 얼마나 싫어하냐면 샤워하기 싫어 버둥거리는 고양이보다 100배는 더. 이쯤 되면 싫어한다고 하기보다는 무서워한다는 표현이 알맞으리라.

"하지만 물이 묻어도 상관없다면서?"

"육체적인 문제가 아니라 정신적인 문제야! 누군 똥물에 빠지면 목숨이 위험해서 질겁하나?!"

생각보다 더 강렬한 반응에 멀린은 뒤통수를 긁었다.

"에구… 미안. 하지만 지금 이 방법이 아니면 저 바다를 넘어올 수가 없는걸."

"무슨 소리야? 나야 하늘로 날아오면……."

하지만 그렇게 말하며 고개를 돌렸다가 노이즈 벨트 중앙 부분에 있는 인공 섬들을 발견했다. 운동장 두 개 정도 더한 크기의 섬들은 대략 2킬로미터 정도의 간격으로 자리하고 있었는데, 그 안에는 은색의 골렘들이 빼곡히 앉아 있었다.

"오호, 저것 때문에…… 하지만 대단하군. 하나하나가 8레벨에 달하는 아이언 골렘(Iron Golem)인데다 버프가 걸려 있어."

"그런 걸 보는 것만으로 알아?"

멀린의 물음에 정천이 고개를 끄덕였다.

"눈썰미에 대해서는 말했었잖아. 어쨌든 저 녀석들 지닌 마력량하고 방어력을 보조하는 버프가 걸려 있어. 게다가 골렘 자체에 별다른 술식이 설치되어 있지 않은데도 영구히 유지되다니…… 시스템적인 요소인 것 같은데?"

어쨌든 외부와 단절되어 시스템에 통제되고 있는 디오의 세계에서는 그런 개념의 물품들이 왕왕 존재한다. 예를 들자면 도시에 존재하는 비파괴(非破壞) 설정의 건물들이나 7대 성지의 외처(外處)와 내처(內處)를 나누는 원형 결계가 그것이다.

디오의 시스템에 의해 성립된 [설정]은 물리법칙이나 마법적인 한계조차 초월한다. 문자 그대로 말이 되지 않는 개념조차 말이 되게 만들어 버리는 것이다. 지금 노이즈 벨트를 지키는 골렘들에게 걸려 있는 버프 역시 버프를 유지할 마력이나 작동원리 등 마법이 유지될 그 어떤 요소가 없이도 유지되고 있다.

"즉, 개발자들이 걸어준 버프라는 말이야?"

"말하자면 그렇지. 하지만 결국 저 선 뭐냐? 우리 뭔가 넘어오면 안 되는 걸 넘은 거 아냐?"

타당한 질문이다. 일반적으로 배치되어 있는 몬스터들이라면 버프 같은 게 걸려 있을 리가 없으니까. 하지만 기본적으로 총명한 멀린은 대략이나마 상황을 파악했다.

"흠…… 짐작이지만 아마 여기는 아직 일반적인 유저들한테 허용된 공간이 아닐 거야."

"그게 안 된다는 소리잖아."

"그 정도까지는 아니지. 만약 정말로 넘어가면 안 되는 거라면 이렇게 이상하게 막을 게 아니라 내처를 가로막는 원형 결계처럼 그냥 유저가 못 넘어가게 막으면 그만이니까."

몬스터들의 버프도 그렇다. 만약 단순히 못 넘어가게 하기 위해 배치한 거라면 8레벨 몬스터들을 배치한 후 버프를 걸 게 아니라 처음부터 10레벨을 넘어서는 초강력의 몬스터들을 배치하면 그만이다. 하지만 그럼에도 8레벨의 몬스터들을 배치되어 있다는 건 결국 한 가지 결론을 뜻하는 것이리라.

"그게 뭔데?"

"저 버프는 풀어주기 위해 존재한다는 거지. 언젠가 유저들이 노이즈 벨트를 넘어설 때 너무 강력한 몬스터들이 있으면 넘어갈 수가 없잖아? 하지만 그렇다고 있는 몬스터를 죄 없애버린 다음 다른 몬스터를 새로 만드는 건 번거로울 테고."

"즉, 당장 유저들이 대적하지 못하면서도 나중에는 잡을 수 있게 한 거다?"

"응. 솔직히 노이즈 벨트의 해류는 너무 거세니 잠수함이나 배처럼 물 위에 떠우는 방식은 아닐 테고 대기하고 있는 몬스터들도 비행형인 걸 보니 아마 비행선이나 날개 아이템 같은 걸 만들어서 공중전(空中戰)을 벌이게 할 것 같아. 그리고 아마 그때 저 녀석들의 버프를 풀어버릴 테지."

개발자들이 들었으면 뜨끔했을 정도로 정확한 예측이었지만 어차피 정답을 모르는 정천은 어깨를 으쓱일 뿐이다.

"하긴 뭐 넘어가지 말라는 경고가 붙어 있던 것도 아닌데 긴장할 필요는 없겠지. 몬스터들은 어때?"

"그게 좀 특이한 게 여기 몬스터들은 그리 호전적이지 않더라고. 심지어 자기들이 몬스터라는 것도 모르던데?"

"뭐?"

정천은 멀린의 말에 깜짝 놀란 듯 움찔거렸다.

"왜?"

"아니, 잠깐만."

그렇게 중얼거린 정천의 몸에서 희미한 영기(靈氣)가 피어오르고 붉은색의 눈동자가 빛난다. 주변 정보를 받아들여 해석하기 시작한 것이다.

"어? 너 이상한 힘을 쓰는구나. 이 느낌은 차크라인가? 조금 다른 것 같기도 하고."

"…감도 좋군."

기본적으로 차크라는 외부에서 알아채기 힘든 힘이라는 걸 알고 있는 정천은 나름대로 힘을 잘 갈무리했음에도 단박에 눈치채 버리는 멀린의 모습에 쓰게 웃었다.

'아직도 수련이 부족하단 건가.'

하지만 그러거나 말거나 결과는 나왔다. 다행히도 걱정은 기우였던 모양인지 그들이 있는 곳은 [밖]이 아니다.

"그나저나 지금 뭐 한 거야?"

"주변을 좀 살펴본 거야. 확실히 들어오면 안 되는 곳은 아니네."

그렇게 말하고 날개를 움직여 높이 날아오른다. 주변에 별다른 특이사항은 없다. 몬스터들의 모습도 보이지 않는다.

"그나저나 어디로 가는 거야?"

"남쪽. 지도에 섬이 몇 개 정도 표시되어 있었으니 그걸 찾아서…… 응?"

하지만 지도를 불러 지형을 살피던 멀린은 말을 멈췄다. 왜냐하면 클로즈 베타 테스트 때에는 지도에서 확인 가능했던 섬들이 보이지 않았기 때문이다. 마치 지도에 검은 먹물을 뿌린 것처럼 검은색으로 물들어 있고, 멀린이 서 있는 위치로부터 반경 1킬로미터 정도만 밝아져 있었다.

"왜 그래?"

"아니, 탐험 시스템을 만든 것 같네."

지도가 보이지 않으니 새로 오는 녀석들이 섬에 상륙하려면 직접 찾아야 하는 상황이었지만 멀린은 전혀 신경 쓰지 않았다. 클로즈 베타 테스트 때 한번 맵을 열어본 적이 있는 그는 이미 섬들의 형태와 위치를 완벽하게 기억하고 있었기 때문이다.

"그나저나 이젠 뭘 할 생각이냐?"

"일단은 계속 남쪽으로 가볼 생각이야. 가는 김에 섬들에도 좀 들러보고."

그렇게 말하고 수영을 시작한다. 그리 격렬하게 움직이고 있는 것도 아닌데 몸은 쭉쭉 나아간다.

좌아악.

그리고 속도를 점점 높인다. 사실 지금까지 멀린은 별로 서둘러 이동하지 않았다. 어차피 급할 건 없기 때문에 금단선공을 연마하고 마력을 가다듬으며 이동한 것이다. 예전엔 금세 도착했던 노이즈 벨트까지 열흘이나 걸린 것도 같은 이유였는데 이제는 상황이 좀 달라졌다. 열흘에 걸쳐 연마(硏磨)한 사파이어가 어느 정도 선명한 순도를 지니게 된 것이다.

"하지만 4단계까지는 보석들이 책에 쓰여 있는 대로였는데 왜 5단계는 오팔이 아니라 사파이어인 거지?"

일곱 개의 보석으로 그 경지를 구분하는 세븐 쥬얼 학파는 입문 단계인 언노운(Unknown)에서 손등 위에 마법 회로를 만들어 내는 것으로 마력의 축적을 시작해서 1단계 옥(Jade), 2단계 자수정(Amethyst), 3단계 에메랄드(Emerald), 4단계 스피넬(Spinel), 5단계 오팔(Opal), 6단계 루비(Ruby), 7단계 다이아몬드(Diamond)의 순서로 변형되며 그 과정까지 극복하게 되면 마침내 궁극의 경지라 불리는 제로 샤이닝(Zero Shining)에 도달하게 된다.

하지만 어쩐 일인지 5단계에 들어선 멀린의 보석은 오팔이 아닌 푸른색의 사파이어. 그 이해할 수 없는 현상에 멀린이 의아해하고 있는데 정천이 말했다.

"그렇게 절대적인 기준은 아닐 거야."

"응, 뭐가?"

"그 마정석의 종류 말이야. 학파 이름까지는 모르겠지만 마력을 물질화시켜서 형태를 만드는 거라면 결국 사람마다 그 결과가 다를 수밖에 없어."

"하지만 4단계까지는 똑같았는데?"

"그거야 네가 그 과정을 한 번에 넘어가 버려서 그렇지."

"그런가?"

의아해하면서도 물살을 헤치고 나아가는 멀린의 주위는 평온하기만 하다. 본래 바다에는 몬스터가 그리 많지 않은 편이지만 그래도 10여 분에 가까운 시간 동안 한 마리도 못 볼 정도라는 건 특이한 일. 아무래도 몬스터들의 분포가 다이내믹 아일랜드와 조금 다른 모양이었다.

"아, 섬이다."

"응? 어디에 섬이… 아, 있군. 저게 보이냐?"

멀린의 머리 위에서 날아가고 있던 정천은 깨알만 해 보이는 섬을 보며 기가 막힌다는 표정을 지었다.

"보이기야 조금 전부터 보였지. 크기가 별로 안 커서 무인도일 줄 알았는데 몬스터가 제법 있네."

태연하게 중얼거리는 멀린의 모습에 정천은 눈에 도력(道力)을 집중해 살폈지만 거리가 거리인지라 섬이 있다는 것 외에는 별다른 정보를 입수할 수 없었다. 인간인 멀린이 보고 있는 광경을 독수리인 그가 볼 수 없는 것이다.

물론 정천이 멀리 보는 수련을 한 건 아니지만 기본적으로 눈 속에 초점을 맺는 중심와(中心窩)를 두 개나 가지고 있는 독수리는 인간보다 네 배에서 여덟 배 이상 좋은 시력을 자랑하는 존재. 게다가 원격시를 사용하지 않더라도 '보는' 것에 특화된 힘을 가지고 있는 정천은 아무래도 상당한 시력을 가지고 있을 수밖에 없다. 그런데 그런 그보다 인간이 더 뛰어난 시력을 가지고 있다니? 물론 육체적인 한계를 뛰어넘는 것이 이능의 힘이라지만 강화안만 전문적으로 파고드는 것도 아닌데 벌써 이 정도 수준이라는 건 대단한 일이다.

"…이제 나도 보이는군. 그리 크지는 않은데?"

"거의 원형에… 지름이 대충 11킬로미터네."

"10킬로미터도 아니고 11킬로미터라니. 정확해?"

"진짜 정확하게 말해주랴? 11킬로 452미터하고도 13센티미터다. 짜샤."

별생각없이 한 질문에 예상치 못한 답변이 돌아오자 정천은 황당한 표정을 지었다.

"아니, 그걸 봐서 알아?"

"응. 물론 정확히 어디까지를 섬이냐고 하냐에 따라 달라질 수도 있겠지만 일단 발로 디딜 수 있는 크기는 대충 그 정도."

심시력(深視力)이다. 쉽게 설명하자면 눈으로 거리를 재는 능력. 물론 심시력이라는 건 후천적인 훈련으로도 어느 정도 기를 수 있는 능력이지만 그것도 어느 수준을 넘어가면 한계가 찾아온다. 조금 냉정한 말이지만 그냥 타고나는 수밖에 없는, 아무리 대단한 노력을 하더라도 어떻게 할 수 없는 분야.

하지만 타고나더라도 이건 좀 이상하다. 물론 강화안을 사용하면 멀리 있는 사물을 보는 게 가능하지만 보는 것과 그 거리를 재는 건 전혀 다른 차원의 문제다.

'10킬로미터가 넘는 거린데 센티미터 단위로 젤 수 있다고?'

그야말로 허황된 소리지만 거짓이라기엔 멀린의 목소리 어디에도 어색함이 없다. 뭔가를 자랑하려는 것도 아니고 그냥 지나가듯 하는 말. 문자 그대로 사실을 말하는 것이다.

"흐음… 저 섬, 뭔가 이상한데?"

그러나 정천이 무슨 생각을 하고 있는지 관심없는 멀린은 섬의 모습을 보며 언젠가 보았던 지도를 떠올렸다. 지금 그의 눈앞에 있는 섬은 그 지도에서 봤던 작은 섬 중 하나와 완전히 같다. 하지만 다른 점이 딱 하나 있다.

'동남쪽으로 이동했어. 5킬로미터 정도?'

지도의 모습을 사진으로 찍어낸 것처럼 완전히 기억하는 멀린이 아니었으면 눈치채지 못했을 미묘한 변화. 하지만 지금의 맵은 어둠으로 가려져 있어 당장 눈앞에 있는 섬밖에 확인할 수가 없다.

"왜 그래? 멍 하니 있고."

"아니, 뭐 천천히 알아볼 일이니까."

"······?"

"그나저나 몬스터가 꽤 많네. 하지만 기색이 묘한걸?"

중얼거리며 멀린은 섬으로 다가갔다. 그의 기억에 노이즈벨트 남쪽 바다에 위치한 섬은 서른 개가 넘는다. 그중 큰 섬은 정말 커서 가장 커다란 여섯 개의 섬 중 세 개는 지름이 100킬로미터가 넘어 제주도보다도 큰 면적을 가지고 있다. 정말이지 질릴 정도로 커다란 세계다.

"이 기운은······."

"알아? 마력 같기도 한데 조금 다른걸. 마치 차크라 같은데 조금 다른 네 기운처럼."

태연하게 말하는 멀린의 모습에 정천은 한숨 쉬었다. 예전 기본 테스트에서 질리도록 멀린을 경험한 마리처럼 놀라는 걸 관두기로 한 것이다.

"요력(妖力)이야."

"요력? 저 녀석들이 요괴란 말이야?"

"그래. 그리고 내가 쓰는 힘은 도력(道力)이지."

"요력에 도력이라…… 그럼 너는 도사?"

도력을 쓰니까 도사. 참으로 단순한 말이었지만 정천은 고개를 끄덕였다.

"비슷하지. 아, 참고로 내가 펫이라서 도력을 쓰는 건 아냐. 펫도 종류에 따라 사용하는 힘이 전혀 다르거든."

그렇게 말하면서도 정천은 연신 섬의 분위기를 살폈다. 섬은 중앙에 위치한 큼직한 호수를 제외하고는 큼직큼직한 나무들로 빽빽이 들어차 있는 숲이었는데, 그 숲 여기저기에 요괴들이 자리하고 있었다. 기색을 봐서는 아직 멀린과 정천의 존재를 깨닫지 못한 상태. 그리고 그런 그들의 모습을 바라보던 멀린은 언젠가 본 적 있는 몬스터들의 모습에 눈을 동그랗게 떴다.

"육미호(六尾狐)다. 게다가 저건 도깨비잖아?"

"몬스터들이군."

은빛 털에 여섯 개의 꼬리를 가지고 있는 여우가 해변에 위치한 커다란 바위 위에서 늘어지게 자고 있다. 모래사장에 있는 두 마리의 도깨비는 모래로 온몸을 덮어 머리만 드러내고 있었는데, 그 옆에는 검은빛이 감도는 방망이가 세워져 있는 상태. 그 모습을 가만히 보고 있던 멀린이 말했다.

"…흠. 역시 다르다."

"뭐가?"

"보통 몬스터들은 대기 상태라도 저렇게 늘어지진 않거든. 유저들한테 기습을 당할 수 있으니까."

몬스터들이 본격적으로 전투 상태에 들어서는 건 유저들이 그들의 인식 범위 내로 들어갔을 때부터지만 그전이라고 빈틈을 마구 보이는 건 아니다. 게다가 바위 위에서 광합성을 하고 있는 육미호도 그렇고 모래에 파묻혀 머리만 내밀고 있는 도깨비도 그렇고, 그 분위기가 너무나 평온하다. 아무리 그래도 그렇지 이건 마치 바캉스라도 나온 것 같은 광경이 아닌가? 멀린이 황당해하는데 그의 앞으로 텍스트가 떠오른다.

> 요괴의 섬 청림도(青林島)를 최초로 발견하셨습니다!

> 최초 발견 보너스로 경험치 5,□□□혼을 획득하였습니다!

"엇. 최초 발견자라고 경험치 주네."

"그렇다는 건 네 녀석 말대로 탐험 시스템을 만든 걸지도 모르겠군."

정천의 말에 고개를 끄덕인다. 이미 섬에 상당히 접근해서 요괴들 쪽에서도 그들을 발견한다.

"엉? 저 녀석들 뭐야?"

"뿔도 뭣도 없네. 저거 인간 아냐?"

"어디서 온 거지?"

몸을 덮고 있던 모래를 무너뜨리며 상체를 일으킨 두 도깨비가 수군거리는 광경은 상당히 신기했다. 물론 도깨비 족이야 절망의 숲에서도 심심치 않게 등장하는 몬스터지만 그들은 하나같이 호전적이어서 '죽어라!' 라던가 '뒈져라!' 등의 말을 지껄일 뿐 이런 식으로 호기심을 표하는 경우는 없었다.

참방.

멀린은 오랜만에 발이 땅을 딛는 감촉을 느끼며 섬에 상륙했다. 물론 그가 가장 강력한 전투 능력을 발휘할 수 있는 공간이 물속이라는 걸 생각할 때 함부로 뭍에 올라서는 건 위험한 일이지만 그는 아무래도 상관없다는 표정으로 어느새 자신의 머리 위에 앉아버린 정천에게 물었다.

"그나저나 너 아이디 같은 것들은 보여?"

"당연하지."

"그럼 저거 뭐야?"

현재 멀린과 정천을 멀뚱멀뚱 보고 있는 두 마리의 도깨비의 머리 위에는 지금까지 멀린이 봐왔던 아이디와 약간 다른 방식의 글자가 떠 있었다. 그 내용은 [도깨비 전사 가람], [도깨비 술사 나린]으로 크게 특별할 게 없지만 그들의 아이디는 마치 말풍선 같은 백색의 판자에 둘러싸여 있었다.

"나도 모르지. 공지사항에 언급 없었어?"

"공지사항?"

멀린은 정식 서비스가 시작된 후 확인했던 공지사항을 떠올렸다. 분명 아이디에 관련된 부분이 있었다.

4. 아이디 표시 방식이 변경됩니다.

1)유저의 경우 기본적으로 아이디가 흰색으로 표시되지만 설원지대 등 흰색이 잘 보이지 않는 지형에 서게 될 경우 검은색으로 바뀌게 됩니다. 또한 NPC의 경우 유저와 같은 방식으로 아이디가 표시됩니다만 말풍선으로 아이디가 꾸며짐으로써 표시됩니다.

2)몬스터의 경우는 자신보다 매우 약하거나 비선공의 몬스터는 초록색. 약한 몬스터는 노란색. 동급의 몬스터는 파란색. 강한 몬스터는 보라색. 매우 강한 몬스터는 붉은색으로 표시됩니다.

…그래. 아마 이런 내용이었을 것이다. 하지만 지금 그의 앞에 있는 도깨비들은 단지 이 공지사항만으론 설명되지 않는다. 당장 그들의 아이디는 보라색으로, 멀린보다 고 레벨의 몬스터라는 건 이해하겠는데 NPC들의 아이디를 꾸민다고 쓰여 있는 말풍선이 만들어져 있는 게 아닌가? 멀린이 의아해하자 정천이 말한다.

"여기가 아직 개방 안 된 장소라 그런 거 아냐?"

"하긴 그럴지도. 뭐 급할 건 없으니 차차 알아가지 뭐."

그렇게 중얼거리며 도깨비들에게 다가갔지만 도깨비들은 덤벼들지도 물러서지도 않은 채 멀린의 모습을 바라보기만 할 뿐이다. 일단 적대하는 분위기도 아니지만 뭘 어떻게 반응해야 할지 모르는 표정들이다.

"엉, 너 뭐……."

휙.

도깨비 중 하나가 멀린에게 말을 걸려고 했지만 멀린의 몸이 너무나 자연스럽게 그들을 지나친다. 참으로 안타까운 말이지만 지극히 일반적인 미적 감각을 가지고 있는 멀린에게 우락부락한 도깨비들은 별로 친해지고 싶은 몬스터가 아니다. 그가 관심을 보인 것은 덩치만 해도 2미터나 되는 도깨비가 아닌,

몽실.

"캬, 캬항? 너, 넌 뭐야?!"

커다란 바위 위에 늘어져 햇볕을 쬐고 있던 육미호는 자신을 향해 성큼성큼 다가서는 멀린의 모습을 멍하니 바라보고 있다 그만 그가 자신의 꼬리를 잡는 일련의 동작을 막아서지 못했다. 빠르다고 하기보단 성큼성큼 다가와 꼬리를 잡는 동작 자체가 너무나 자연스러워 그 흔한 주술 하나 못 쓰고 잡혀 버린 것이다.

"오오, 부드럽다. 게다가 털도 잡티 하나 없이 하얘."

"야, 넌 또 뭐…… 노, 놓지 못해?"

멀린에게 꼬리를 잡힌 육미호가 당황한 듯 버둥거린다. 하지만 이런 상황에까지 왔으면서도 덤비지 않는 걸 보면 확실히 일반적인 몬스터들과는 그 성향이 다르다. 인식과 동시에 선공을 미덕(?)으로 아는 다이내믹 아일랜드의 몬스터들에 비

하면 그야말로 평화주의자라고 해도 좋을 정도. 그리고 육미호가 생각보다 순하다는 걸 눈치챈 멀린은 아예 육미호를 번쩍 들어서 품에 안았다. 예전 공성전에서 봤던 육미호는 제법 덩치가 있었던 것에 비해 그 몸길이가 30센티미터 정도밖에 안 돼서 품에 쏙 들어온다.

"아, 육미호 짱 귀엽다. 헉헉……."

"뭐, 뭐야. 너? 저리 가!"

"정화된다……."

"캬항?!"

드디어 분노한 육미호가 주술을 발휘해 멀린을 쳐내고 근처에 있던 바위 뒤로 숨는다. 물론 살기가 담겨 있지 않은 공격이었기 때문에 별다른 피해는 없었다.

"야, 너 징그럽게 뭐 하냐."

"시끄러워. 아 내 펫도 저렇게 귀여우면 얼마나 좋을까."

"뭐? 나처럼 멋있는 펫이 어디 있다고!"

정천이 발끈했지만 멀린은 신경 쓰지 않고 육미호를 향해 고개를 돌렸다. 육미호는 바위 뒤에 몸을 반쯤 숨긴 채 경계 태세를 취하고 있었다.

"헤에. 재미있는 녀석이잖아?"

"미호 녀석이 저렇게 쩔쩔 매는 건 처음 봤네."

해변에서 노닥거리고 있던 두 명의 도깨비가 자기들끼리 숙 덕거리며 다가온다. 두 마리 중 앞서 나선 도깨비는 기본적으로 덩치가 상당한데다 묵직해 보이는 방망이를 어깨에 걸치고 있어 그 압박감이 상당했다.

"어? 그러고 보니 이름이 표시되네."

노이즈 벨트 이북의 몬스터들은 이름이 표시되지 않는다. 다만 지성을 가진 몬스터들, 예를 들어 오크 영웅 성묵이나 나가 기사 켈트록처럼 자신의 이름을 스스로 밝히는 이들 때문에 알게 되는 정도가 전부일 뿐 시스템적인 요소로 알 수 있는 방법은 없었다.

"응? 무슨 말이지?"

"아니, 별로. 만나서 반가워. 멀린이라고 해."

"난 가람. 이 녀석은 나린. 자경대원이지."

가람이라고 자신을 소개한 도깨비는 마치 보디빌더처럼 온몸이 근육질의 사내였고, 나린이라고 하는 도깨비는 비교적 늘씬한 몸을 가지고 있는 여인이었다. 피부는 둘 다 물감을 칠하기라도 한 것처럼 붉고 머리 위에는 한 뼘 정도 되는 뿔이 달려 있었다.

"그나저나 너 어디에서 어떻게 온 거냐? 공간이동이나 비행술로 바다를 건널 정도로 대단해 보이지는 않는데. 그렇다고 헤엄쳐서 왔다는 건 문자 그대로 말이······."

"맞아."

"······?"

"헤엄쳐서 왔다고."

"······."

태연한 멀린의 대답에 두 도깨비는 황당하다는 표정을 지었다.

"뭐? 여기서 가장 가까운 섬도 100리(약 40킬로미터)나 떨어져 있는데 헤엄쳐서 와?"

"날아오는 것보다는 쉽더라고."

"이것 참."

기가 막혀 헛웃음 짓는 가람의 말에 나린이 의심스럽다는 표정으로 멀린을 바라보았다.

"저기 가람, 이 녀석 인어 아닐까?"

"인어라니. 하지만 지느러미가 없잖아?"

"그렇긴 하지만 아쿠아랜드에 살고 있는 인어 중 왕족 몇은 인간으로 변신하는 게 가능하다고 들었어. 뭐 소문일 뿐이지만 여기에 난데없이 인간이 나타나는 것보다는 설득력있는 것 같은데."

그렇게 말하며 희미하게 보이는 감정은 적의(敵意)다. 이유는 알 수 없지만 청림도의 요괴들은 아쿠아랜드의 머메이드들과 사이가 좋지 않은 것 같았다.

"아니, 잠깐. 미안한 말이지만 난 틀림없이 인간이야. 머메이드…… 그러니까 인어들이 인간으로 변할 수 있다곤 해도 그 기색까지 변하진 않을 거 아냐?"

물론 겉으로 봐서는 표시가 안 나겠지만 지금 멀린의 앞에 있는 두 도깨비는 멀린보다 고 레벨의 몬스터. 게다가 기본적으로 주술에 능한 도깨비들이라면 상대방을 탐지하는 것쯤 너무나 간단한 일이다.

"어때, 나린?"

"확실히…… 인어들의 기색은 느껴지지 않아. 하지만 아무리 그래도 인간이 여기까지 헤엄쳐 온다는 건……."

까득.

하지만 문득 들려오는 묘한 소리에 말이 멈춘다. 그건 마치 이를 가는 것 같은 소리였다. 딱딱한 두 개의 물건을 마찰시켜 나는 것 같은 소리. 그리고 그 소리와 함께 수풀을 헤치고 커다란 그림자가 모습을 드러냈다.

"큭. 또, 또 여기 모여서. 키킥. 노닥거리고… 킥. 있냐?"

그렇게 말하는 얼굴은 틀림없이 인간의 것이다. 전체적으로 날카로워 보이는 인상에 매서운 눈동자 때문에 꽤나 신경질적으로 보이는 사내.

하지만 안타깝게도 인간의 모습을 하고 있는 건 얼굴뿐으로 그 몸은 인간의 그것이 아니다. 거의 수십 개는 되어 보이는 다리와 단단해 보이는 껍데기로 되어 있는 몸. 놀랍게도 그는 인간의 머리에 지네의 몸을 하고 있었다.

'인면오공(人面蜈蚣)이군.'

처음 보는 몬스터지만 무협지라던가 하는 책에서 종종 본 기억이 있어 단번에 알아볼 수 있었다. 물론 무협지에서는 주인공에게 내단을 넘겨주기 위해 존재하는 불쌍한 생명체였지만 디오 속에서 인면오공이란 강렬한 맹독을 뿜어내는 위협적인 몬스터다. 종족 레벨도 상당해서 기본적으로 8레벨이 넘는다. 대표적인 고 레벨 몬스터로 유명한 오거보다 강력한 괴물인 것이다.

"크르륵. 이, 인간이잖아?"

그리고 그런 괴물은 멀린의 모습을 발견하자마자 침을 질질질 흘리기 시작했다. 살기는 없었지만 위기감을 느낄 수밖에 없는 광경이었다. 새로이 모습을 드러낸 이 괴물은 멀린을 보고 식욕을 느끼기 시작한 것이다!

"잠깐 인엽, 섬 안에서 싸우면 안 된다는 천류화님의 명령을 잊었어?"

"큭. 키릭. 그건 너희 여우들의 법인데 내가 따를 필요가 있나?"

육미호의 경고에 비웃음으로 답한 인면오공은 붉게 빛나는 눈동자로 멀린을 쏘아보았다. 보통의 사이즈였던 입이 좌우로 찢어지며 흉측하게 벌려진다. 그리고 그 순간 인면오공의 아이디를 장식하고 있던 백색의 판자가 붉은색으로 돌변했다.

인면오공 인엽 (마레벨) 이 적대감을 드러냅니다!

"위험해!!"

화악!

정천의 외침과 함께 하늘에서부터 맹렬한 폭염이 날아오더니 멀린의 머리를 스쳐 인엽을 후려친다. 얼굴에 느껴지는 것은 후끈한 열기. 멀린은 느닷없이 무슨 짓이냐고 소리치려 했지만 그 순간 폭염이 다 태우지 못한 녹색의 액체가 바닥으로 떨어진다.

치이익.

멀린이 서 있던 곳은 해변에 위치한 바위였는데 놀랍게도 그 녹색의 액체가 떨어진 자리는 물 맞은 솜사탕처럼 너무나도 간단히 녹아내린다. 폭염이 대부분을 태워 버려 그 양이 몇 방울 되지도 않았는데 사람 머리통 하나 정도는 우습게 들어갈 정도의 구덩이가 파인 것이다.

"인엽, 너……!"

"캬악!!"

붉은색의 도깨비 가람이 방망이를 잡으며 나섰지만 인엽이 괴성과 함께 살기를 뿜어내자 견디지 못하고 물러선다. 가람은 도깨비 족 중에서도 상당한 실력을 가져 방망이를 가지는 게 허락된 강자지만 그 수준은 고작 6레벨에 지나지 않고, 그건 나린 역시 마찬가지. 육미호인 미호가 7레벨로 그들보다 강하긴 하지만—물론 레벨 시스템 자체를 모르는 그들은 그냥 좀 더 강하다는 식으로만 알고 있다—인면오공으로서 성체에 이른 인엽에 비하면 그 전투력이 현격하게 떨어지는 것이다.

"물러서, 멀린!"

"누가 그러기 싫어서 이러고 있겠냐……."

이미 한 번 기술을 사용해 한동안 전투를 도울 수 없는 정천의 말에 멀린은 쓴웃음을 지으며 잔뜩 일그러져 있는 얼굴을 움켜쥔 채 자신을 노려보는 인엽의 모습을 바라보았다.

정천이 뿜어낸 불꽃은 대부분 그를 향해 떨어지던 독액을 태워 버린 후 땅에 내리박혔지만 그중 일부는 고개를 들어 올렸던 인엽의 얼굴에 명중했다. 정통으로 맞은 건 아니라도 폭염의 기운이 워낙 강했기 때문에 인엽은 얼굴이 반 이상이 타 버리는 중상을 입었다.

'제길. 저 녀석 나한테 무슨 원한이 있다고 저런 지경에 처했으면서도 이런 살기를 뿜어내는 거야?'

물론 멀린도 인엽이 정천의 공격에 휩쓸리는 순간 뒤로 피신하려고 했다. 그는 좀 당황했다고 위기의 상황에 패닉에 빠질 정도로 멍청하지 않다. 오히려 사고(思考)의 속도가 너무나도 빨라 남들이 상황을 파악하기도 전에 모든 가능성과 결과까지 미리 예측하고 움직이는 게 가능한 존재였지만, 그럼에도 그는 인엽이 정천의 공격에 맞아 괴로워하는 모습을 보면서도 물러서지 못했다.

'느낌이 안 좋아. 지금 내 경공 실력으로는 몇 걸음 물러서지도 못하고 죽을 것 같아.'

그건 예측이라기보다는 오히려 예감에 가깝다. 별다른 근거조차 없는 가설이지만 멀린은 강하게 그렇게 느꼈다. 지금 인엽은 괴로워하며 얼굴을 어루만지고 있지만 그가 도망가려 한다면 '뭔가'를 할 것이고 그건 절대 멀린에게 긍정적인 결과를 만들어내지 않을 것이다.

"크옥…… 거기 새 대가리. 인간을 도와 나를 치다니 무슨 짓이지? 죽고 싶냐?"

"헹. 죽고 싶냐니 웃기지도 않는군. 네가 날 잡을 수나 있어? 이번에는 확 잿더미로 만들어 버리는 수가 있다."

하지만 그렇게 말하면서도 절대 고도를 낮추지는 않는다. 그의 속성은 화염과 바람으로 독에는 제법 유리한 입장을 가지고 있었지만, 신장 자체가 워낙 작은데다가 이러니저러니 해도 생명체였기 때문에 일단 공격을 당하게 되면 치명적인 상태에 빠질 가능성이 높다.

저벅.

"킥. 인간, 지금부터 한 발자국만 더 움직이면 한 줌 독수로 녹여 버린다."

"하, 하하. 갈등이 있다면 평화적으로 말로 해결하는 게 좋지 않을까?"

"킥킥킥. 먹이와 포식자 간에 평화적인 해결이라는 건 있을 수 없지."

살기 진득한 인엽의 말을 들으며 멀린은 식은땀을 흘렸다. 만약 그가 지금 있는 곳이 물속이었다면 이런 사태에 처할 필요도 없다. 물속에서의 그는 UFO에 가깝기 때문에 코앞에서 화살이 쏘아져도 같은 속도로 물러날 수 있을 정도니까.

하지만 안타깝게도 멀린은 이미 섬에 상륙한 상태다. 그리고 일단 땅을 딛는 순간 멀린의 기동성은 급격하게 떨어지게 된다. 물론 멀린은 경공 역시 익혔지만 그 수준은 극히 일반적인 정도에 불과하다. 물러서고자 했을 때 인엽이 공격을 한다면 꼼짝없이 당하고 말 것이다.

'하지만 물러서야 해.'

물러서면 공격하겠다는 경고에 가만히 있는 건 멍청한 짓이다. 움직이면 공격을 가한다는 말이 가만히 있으면 용서하고 풀어준다는 뜻은 아닐 테니까.

'좀 부상을 입더라도 바다까지만 달아나면……'

바다까지의 거리는 대략 30미터 정도로 경공을 발휘해도 다섯 발짝 이상 걸어야 하는 거리다. 9레벨이나 되는 인면오공이 반응을 못할 정도로 물러서는 건 불가능하지만 어차피 고통 같은 건 느끼지도 않는 멀린은 적의 공격을 크게 두려워하지 않는다.

쾅!

"키에엑! 네놈!"

하늘을 날아다니는 정천을 예의 주시하던 인엽은 도망가는 멀린의 모습을 발견하고 입을 벌려 무언가를 뱉어냈다. 아니, 사실 뱉어냈다는 표현은 틀리다. 인엽의 입에서 뿜어진 그것은 발사했다는 말이 더 어울릴 정도로 빨랐기 때문이다. 멀린의 순발력으론 단지 그게 날아온다는 걸 느낄 수 있을 뿐이지 정확히 뭔지조차 인식할 수 없을 정도.

'안 보여. 하지만 막으려면, 적어도 피하려면 봐야 해!'

생각은 빛살과도 같다. 그의 뇌는 인간보단 슈퍼컴퓨터에 가까운 속도로 외부의 정보를 받아들여 처리하기 시작한다. 빠르게, 좀 더 빠르게. 두 배. 네 배. 여덟 배. 열여섯 배. 그리고…….

―사고(思考)를 가속(加速)한다.

생각을 빨리하면 결과적으로 시간은 느려진다. 물론 그것은 실제로 시간을 천천히 흐르도록 만드는 게 아니기 때문에 육체의 움직임 역시 느려지지만 이런 식의 고속사고(高速思考) 능력이 가능하다면 어떤 식의 공격이라도 인식하는 게 가능해진다.

탄환의 속도는 초속 990미터. 시속으로 치면 무려 3,500킬로미터에 달해 능력자라도 인식하기 쉽지 않지만 그 속도가 10분의 1로만 줄어들어도 능력자라면 별다른 어려움 없이 그 모습을 확인하는 것이 가능하다. 실제로 지금 멀린은 자신에게 날아드는 공격을 문제없이 확인하고 있었다.

'구슬이잖아?'

정확히 말하면 구슬 모양으로 응축된 독기다. 녹색의 구슬에서는 어째서인지 무색의 기운이 흘러내리고 있었다.

'무색무취……. 일단 공기 중에 흩어지면 대비도 못해.'

게다가 천천히 날아오는 구슬은 단지 보는 것만으로 섬뜩한 기분을 들게 한다. 맞는 게 아니라 스치기만 해도, 아니, 구슬에서 흘러나온 독기를 단 호흡만 들이켜도 절대 좋은 꼴은 보지 못한다는 확신이 들었다. 스치지도 않고 피해야 한단 말이다.

저벅.

한 발짝 물러선다. 하지만 이미 구슬은 어느새 세 뼘 앞으로 다가와 있었다. 그는 시간을 천천히 흐르도록 만든 게 아니라 생각을 빨리하고 있는 것뿐이다. 육체의 움직임은 전혀 빨라지지 않는다.

'막아야 해.'

생각하는 순간 두 개의 염체, 즉 영휘와 샤이닝이 두 개의 판자 모양으로 변해 구슬 앞으로 늘어선다. 위칼레인의 반지에 깃든 이 두 염체는 기본적으로 영기로 만들어져 있기 때문에 물리적인 성질을 가지도록 하게 하지 않으면 물리법칙의 제약에서조차 자유롭다. 지금은 멀린의 능력이 부족해 힘들겠지만 물질화하지 않는다면야 이론상 광속으로 움직이는 것도 가능하다.

치이익!

그러나 먼저 구슬을 막아선 영휘의 중앙에 구멍이 나기 시작했다. 놀랍게도 인면오공의 독이 영체에까지 타격을 주고 있는 것이다!

'큭! 너무 쉽게 뚫려. 속도가 줄긴 하지만 이렇게까지 쉽게 뚫리면 비스듬히 막아서 방향을 틀지도 못하잖아?'

치이익!

이미 구슬이 샤이닝까지 뚫고 넘어오고 있지만 고작 한 발짝 더 물러설 틈을 줬을 뿐이다.

'그냥 오른팔로 대력금강수를 때려 버릴까? 오른팔이 망가지겠지만 로그아웃해서 쉬면 회복이…… 아냐, 아냐. 회복이야 되겠지만 신체 부위를 영구히 손실하면 최대 생명력이 떨어진다고 들었던 것 같아.'

생각한다, 생각하고 또 생각한다. 가설을 세우고 가능성이 높은 방법을 뽑아낸다. 그리고 그런 결과 마침내 뽑아낸 결론은.

키잉.

마력이 움직인다. 그렇다. 그것이 답이다. 사고를 가속해 시간이 천천히 흐르게 만든다 해도 결국 육체의 속도가 한정된다면 할 수 있는 대처는 그리 많지 않지만, 그 제약은 마법 사용에 큰 영향을 미치지 않는다. 마력은 시간에 구애받지 않는다. 술사의 정신과 의식이 빨라진다면 빨라질수록 얼마든지 그 속도에 호응해 빨라지는 것이 마력이다.

'질풍. 날파람!'

핑!

멀린은 오른손을 세로로 그어 올렸다. 그리고 농담으로라도 손바람이라고는 말할 수 없는 바람이 몰아치고 멀린을 향해 날아들던 구슬이 반대편으로 튕겨 나간다.

'이것만으로는 안 돼.'

바람으로 구슬을 돌려보냈다. 그리고 그것으로 방어는 성공이지만 이대로 물러서도 인엽의 입장에서는 다시 공격을 하면 그만. 때문에 멀린은 그어 올렸던 오른손을 당기며 왼손을 내뻗었다.

철컥.

그의 왼손에는 강철 토시가 장착되어 있었다. 강철 토시라고는 하지만 얇은 두께를 가지고 있어 그 위에 옷을 걸치면 잘 보이지 않는 물건. 그리고 그 물건은 멀린이 마법적인 신호를 보내자 은은한 진동과 함께 가동하기 시작했다.

위잉…….

그것은 예전 승급 시합에서 얻었던 티라노사우루스의 뼈 2세트를 클로즈 베타 테스트 때 만났던 네크로맨서, 전갈에게 준 후 받았던 물건이다.

피어싱(Piercing)이라는 이름을 가지고 있는 이 토시는 미리 장착되어 있던 화살을 20센티미터 정도 되는 본체에서 발생한 척력(斥力)으로 날려 보내는, 일종의 레일건(Railgun)이다. 물론 거대한 전력이 아닌 마력으로 발생시키는 척력이기 때문에 무지막지한 속도로 쏘아내는 건 아니지만 매우 작은 사이즈의, 그러니까 5센티미터 정도 되는 미니 화살을 어지간한 권총탄에 가까운 속도로 날려 보낼 수 있다.

한번 발사하면 에너지가 소모되기 때문에 단발로밖에 쓸 수 없고 한번 쏘고 나면 10초 정도의 마력 충전 시간이 있기는 하지만 사용자의 별다른 액션 없이 발동하기 때문에 비장의 한 수로 쓸 만하다.

픽! 치이익!

"캬아아악!!!"

피어싱에서 발사된 화살이 독 구슬을 깨뜨림과 동시에 원래대로 시간이 흐르기 시작한다. 멀린으로서는 정말 무수하게 많은 생각을 할 정도로 긴 시간이었지만 현실에서는 0.1초도 채 지나지 않았다. 제삼자의 입장에서 보자면 인엽이 입에서 뭔가를 발사하는 순간 멀린의 양손이 휘둘러지고, 인엽이 고통에 괴성을 내지르는 것으로밖에 보이지 않을 정도다.

팡!

그리고 멀린은 지체없이 땅을 박차 후퇴했다. 하지만 인엽역시 만만치 않아서 고통스러워했던 몸짓이 거짓이었다는 듯순식간에 추격을 시작했다.

"인간……! 인간!!! 키이익! 한 입에 삼켜주마!"

"좀 봐줘! 아니, 그보다 그 지독한 독을 맞았는데 왜 멀쩡한거야?!"

멀린이 튕겨낸 독 구슬이 몸에 맞고 깨지며 독기를 흩뿌렸는데 놀랍게도 인엽의 붉은색 껍질에는 흠조차 나지 않았다. 그나마 괴로워하는 것도 껍질 사이로 스머든 독기 때문인 것같은데, 그것도 피부가 좀 일그러지는 수준으로 크다고 말할정도의 타격은 아니다. 아무래도 독을 다루는 요괴다 보니 독에 대한 내성이 있는 것 같다.

두두두두!!

"우와, 빨라!!"

인면오공이란 인간의 얼굴을 가진 지네를 말한다. 즉, 인엽의 모습은 사람의 머리를 제외하고는 지네의 그것에 가깝다는것. 그 몸에 달린 수십 개의 다리는 별다른 이능 없이도 인엽을 어지간한 자동차보다 빠른 존재로 만든다.

"죽어라!"

그리고 그렇게 돌진해 온 인면오공이 입을 크게 벌리더니그대로 멀린의 목을 물어뜯기 위해 덤벼들었다. 그때가 딱 멀린의 오른 다리가 무릎까지 물에 잠겨든 시점이었다.

촤악!

앗, 하는 순간에 멀린의 몸이 무지막지한 속도로 바다를 향해 끌려간다.

"엑?"

"어엉?"

"캬악! 이건 또 뭐야?!"

각기 다른 신음성이 터져 나왔다. 왜냐하면 너무나 비현실적인 광경이었기 때문이다. 마치 바다 속에 커다란 거인이 있어 물속에 들어간 멀린의 오른 다리를 잡고 휘두르는 것처럼 그의 몸이 삽시간에 100미터는 당겨지더니 물보라와 함께 물속에 빠져든다. 인엽은 어떻게든 공격하려 했지만 멀린이 뒤로 빠지는 속도가 너무 빨라서 손도 발도 댈 틈이 없다.

쿠르르······.

그리고 순식간에 바다 깊숙한 곳까지 잠수한 멀린은 한순간 급격하게 움직인 마력을 수습하면서 주먹을 불끈 쥐었다.

'성공했어! 초등학교 이후로는 한 번도 안 해봤는데!'

사고를 가속하는 건 그가 어릴 때 가끔 사용하던, 아니, 사실을 말하자면 거의 매일매일 사용하던 재주다. 방식은 특별한 게 없어서 그냥 생각을 더 빨리하는 것만으로 멀린은 세상이 느려진 것처럼 인식하는 게 가능했다.

당연한 말이지만 그건 일반적인 사람들은 흉내조차 내지 못하는 행위. 게다가 요령이라곤 그냥 생각을 빨리하는 게 전부이기 때문에 남에게 가르칠 수조차 없다.

"캬악! 인간 놈 도망가다니! 캬아악!"

인엽은 얼굴을 험악하게 일그러뜨리며 마구 난동을 피웠다. 두 눈은 살기로 붉게 타오르고 사방으로 독기가 흘러나가기 시작했다.

"멈춰, 인엽! 더 이상 마음대로 행동하면 우리도 참지 않아!"

"크르르륵! 참지 않아? 크하하하! 그래! 인간을 못 먹은 것도 열 받는데 아쉬운 대로 너희로 입가심을 해주지!!"

화악!

말과 동시에 자욱한 독기를 뿜어낸다. 멀린에게 쏘아냈던 응축된 독기가 아닌 광범위한 공간을 뒤덮는 독무(毒霧)였다.

"나린!"

"치잇! 뒤로 물러서!"

이런 방식의 공격에는 별다른 저항 수단을 가지고 있지 않은 근육질의 도깨비 가람이 빠지고 나린이 나섰다. 그녀는 땅을 박차며 손에 들려 있던 방망이를 휘둘렀다.

팡!

방망이를 휘두르자 놀랍게도 자욱하게 일어났던 독무가 뒤로 밀려난다. 하지만 물리적인 방망이질에 기체라고 할 수 있는 독무가 밀려나다니? 뭔가 주술적인 기교가 깃든 기술이었지만 인엽은 아랑곳하지 않고 재차 독기를 뿜었다.

팡! 팡!

나린은 계속해서 방망이를 휘둘렀지만 독무는 멈칫거리기만 할 뿐 삽시간에 두 도깨비와 육미호를 포위해 버린다. 주술사로서 독기에 저항할 힘을 가진 나린이지만 성체에 도달한 인면오공과 정면으로 대결하기엔 그 힘이 모자라다. 그녀의 힘으로는 잠깐의 시간을 버티는 게 한계. 하지만 그 순간 인엽의 얼굴이 타오른다.

화악!

"키이익!! 이 여우 년이!!"

미호는 인엽이 독기를 뿜어내는 것을 멈추고 괴성을 지르는 모습을 보며 여우불을 껐다. 기습적인 일격이었지만 애초에 여우불은 환술을 걸기 위한 것이지 뭔가를 태우기 위한 불꽃이 아니어서 이런 방식으로는 크게 힘을 발휘할 수 없다.

"일단 물러나자! 마을까지만 가면 저 녀석이라도 멋대로 하지 못해!"

"그래. 겨우 세 명이서 저런 괴물과 싸워줄 의리는 없… 응?"

"갑자기 왜… 윽?"

그러나 그 순간 가람과 나린의 몸이 쓰러졌다. 평소 장난을 즐겨 하는 도깨비지만 이런 상황에 장난을 할 리는 없으니 뭔가 잘못된 것이다.

"윽?"

그리고 미호의 몸 역시 굳어졌다. 환술을 걸기 위해 그녀의 몸 주위를 맴돌던 여우불이 모조리 꺼지고 몸이 비틀거린다.

"킥! 멍청한 녀석들. 내 독이 전부 눈으로 보이는 종류만 있는 줄 안 거냐?"

목적을 달성했다는 것인지 주변을 휘감던 녹색의 안개가 사라지고 인엽이 수십 개의 다리를 움직여 다가온다. 육미호와 두 명의 도깨비는 어떻게든 몸을 일으키려 했지만 꿈틀거리는 정도가 한계로 도저히 일어설 수 없다. 일어서긴커녕 요력을 끌어올리는 것도 힘겹다.

"너… 천류화님이 이 일을 아시면……."

"헹! 그깟 년 따위 안 무서워. 그리고 지금 죽을 너희가 고자질이나 제대로 할 수 있을까?"

음흉하게 웃으며 입을 벌리자 인간의 그것에 가까웠던 입이 좌우로 쩍 늘어나며 크게 벌어진다. 육미호를 집어삼키고 그 요력을 흡수하기 위함이었는데 그 순간 다른 목소리가 끼어든다.

"여어~! 못생긴 놈!"

"키익! 건방진 인간 놈 어디……."

푹.

"캬아아악?!"

발끈하며 고개를 돌리는 인엽의 눈동자에 화살이 틀어박혔다. 고개를 돌렸을 땐 화살이 눈동자에서 1밀리미터도 떨어지지 않은 위치까지 날아든 상태여서 회피고 뭐고 할 틈이 없었다.

팅! 쩡!

그러나 이어 날아온 두 개의 화살은 수십 개의 다리 중에서도 특별히 커다란 사이즈의 다리를 휘둘러 쳐냈다. 기습이 눈동자에 박혀서 타격을 입은 거지, 인면오공은 화살 따위로 잡을 수 있는 수준의 몬스터가 아니다. 인면오공은 몸체 부분으로 말하자면 소총을 쏴도 흠집조차 안 나며 권총 정도라면 외갑 틈새의 연골 부분이나 얼굴에 맞춰도 상처 입지 않는 괴물 중의 괴물인 것이다.

"와. 9레벨만 되도 엄청 무섭네. 역시 전에 하급 마족도 전 갈 형 아니었으면 쉽게 못 잡았으려나?"

애초에 멀린의 공격은 그리 강한 힘을 담고 있지 않기 때문에 인면오공 급의 몬스터는 급소에 정확히 맞추지 않는 이상 데미지 자체가 들어가지 않는다. 만약 지금 이 순간 멀린이 근거리, 아니, 하다못해 중거리에만 있었어도 인엽의 즉각적인 반격이 이루어졌을 정도지만 안타깝게도 멀린이 벌써 500미터 이상 떨어져 있다는 걸 깨달은 인엽은 이를 갈았다.

"키익! 네놈! 인간 놈! 감히 내 눈을…… 쿨럭?"

분노해 소리치다가 피를 토한다. 그리고 경악에 눈을 부릅 뜬다.

"네놈, 대체 무슨 짓을… 독은 아닌데……?"

격살시(擊殺矢). 그것은 화살에 담긴 내력을 적의 체내에 침투시켜 인위적인 주화입마를 일으키는 기술이다. 가진 기운은 큰데 그 힘을 제대로 다루지 못하는 존재에게 격살시는 그야말로 치명타라고 할 만한 공격이다. 게다가 멀린의 격살시는 특별한 데가 있어서 마치 바이러스처럼 적은 힘으로도 상당히 치명적인 타격을 준다.

'하지만 이것만으로 될 리가 없지.'

인면오공이 별로 대단한 심법 같은 걸 쓰진 않겠지만 영물이나 요괴들이 가지고 있는 힘 역시 나름대로의 방식으로 순환을 이어나가기 때문에 상대가 멀린보다 더 약하지 않은 이상 격살시만으로 살해하는 건 불가능에 가깝다. 사실 이건 그다음 이어질 공격에서 내부를 보호할 기의 흐름을 헤집기 위해 발사한 것이다.

끼익.

아직은 데케이안의 각궁을 당기기엔 여러모로 힘겹기 때문에 꺼내 든 미스릴 활의 시위가 당겨진다. 당연한 말이지만 그 과정은 모두 인엽의 눈에 똑똑히 담기고 있었다.

"키엑! 네놈! 더 이상 그따위 공격은 안 먹혀!"

"그건 두고 볼 일이지."

핑!

그리고 화살이 발사된다. 하지만 어쩐 일인지 이번 화살의 속도는 상당히 느리다. 그전에 날아든 두 개의 화살만 해도 500미터의 거리를 격하면서도 전혀 속도를 떨어뜨리지 않고 직선으로 날아들었는데, 이번 화살은 하늘 높이 올라갔다가 포물선을 그리며 떨어진다.

"키에엑! 지금 나랑 장난치자는 거냐!!"

살짝 고개를 들어 화살의 모습을 살핀 인엽은 정말로 그게 그냥 화살이라는 걸 깨닫고 분노하며 커다란 다리 중 하나를 움직여 쳐냈다. 그리고 그 순간 그의 남은 한쪽 눈에 단창이 박혀 들어간다.

"캬아아아악?!"

괴성을 지르며 땅을 뒹구는 인엽. 그리고 그 모습을 다 보고 있던 두 도깨비와 육미호는 기가 막힌다는 표정을 지었다.

"먼저 화살을 하늘로 쏘아내고 그다음 포물선으로 화살을 쏴서 고개를 들게 한다고? 아니, 그거야 그렇다 쳐도 그게 눈에 정확히 박혀 들어간단 말이야?"

그러니까 이런 거다. 멀린은 아직 인엽이 그를 인식하고 있지 않을 때 단창을 하늘로 쏘아냈다. 그리고 그 뒤 인엽의 한쪽 눈에 정확히 화살을 명중시키고 한쪽 눈을 봉쇄, 이어 추가적인 두 개의 화살을 발사해 인엽이 생각할 틈을 빼앗았다. 그리고 발사된 포물선의 화살…… 인엽은 그 화살을 보기 위해 고개를 들었고 그렇게 드러난 눈동자에 맨 처음 발사했던 단창이 명중했다. 그야말로 귀신같은 궁술이다. 그리고,

"터져라."

쾅!!

인엽의 눈에 박혔던 단창에서 무수한 한글이 떠오르는가 싶더니 폭발했다. 다만 멀린이 단창에 새겨놓은 폭염 주문은 단창 전체가 폭발하는 게 아니라 창날 부분으로 집중된 폭발이 앞으로 밀고 나가는 형태이기 때문에 반동으로 단창은 눈에서 빠져 빙글빙글 20~30미터 정도를 날아 바다에 빠졌다. 인엽의 몸은 크게 비틀거리더니 바닥에 쓰러졌다.

쿵!

골격 자체가 워낙 단단한 만큼 머리가 날아가거나 하지는

않았지만 인간과 똑같이 머리통에 위치한 뇌에 치명적인 타격을 입어 죽지 않고는 버틸 재간이 없었다. 문자 그대로 즉사. 그러나 멀린은 감히 그 시체에 다가가지 않았다.

"으악. 그런 공격을 맞았는데도 안 죽어?"

"무, 무슨 소리야? 죽었잖아?"

중독되 비틀거리고 있던 나린이 무슨 소리를 하느냐는 표정으로 바라보았지만 멀린은 이미 다음 화살을 시위에 걸고 발사했다.

핑! 퍽!

단창이 빠져나갔던 눈동자에 새로운 화살이 파고들어 간다. 이번에는 정말 어떤 저항도 없었던 만큼 화살이 거의 절반 이상 파고든다. 하지만 어째서인지 멀린의 얼굴은 심각하다.

"그래도 안 죽어? 젠장 아깝지만 단창을 하나 더 써야……."

"아니, 잠깐! 잠깐! 죽었잖아!"

"무슨 소리야. 시체가 안 사라지는데!"

그렇다. 멀린이 확인사살을 계속하고 있는 이유는 인엽의 시체가 사라지고 드랍 아이템이 떨어지지 않기 때문. 지금 멀린은 인엽이 죽은 척하며 자신을 유인하고 있다고 생각했다.

"무슨 바보 같은 소리야? 인엽의 독기가 강하긴 하지만 자기 몸을 녹일 정도는 아냐."

"아니, 난 그런 문제 때문이 아니라…… 웅?"

하지만 그러다 문득 생각한다. 이들이 정말 자신이 NPC인지 모른다면 아이템 처리 역시 당연히 다를 것이다. 생각해 보

면 승급 시험이나 퀘스트에서 만난 NPC나 몬스터 역시 시체
가 사라지거나 아이템이 드랍되지는 않았다.

촤아악.

물방울 하나 튀지 않을 정도로 자연스럽게, 하지만 그러면
서도 상당한 속도로 바다를 가로질러 땅을 밟는다. 그리고 가
볍게 손을 휘두른다.

"날파람."

바람 계열 주문이 발동하자 주변에 있던 독기가 날아갔다.
물론 독기가 어디까지 번져 있는지 모르니 이왕이면 원거리에
서 주문을 사용하는 게 안전하지만 안타깝게도 수식연산이라
면 학을 떼는 멀린은 몸에서 멀리 떨어진 마력은 재배열할 줄
몰랐다.

"흐음."

멀린은 최대한 독기가 안 묻어 보이는 인엽의 몸 중 한 부위
를 들어보았다. 그리고 텍스트가 떠오르길 기다렸지만 아무런
텍스트도 없다.

쏴아아—!

이어 바닷물이 멀린의 등 뒤로 따라와 무슨 생명체처럼 움
직이더니 쓰러져 있던 인엽의 몸을 감싸고는 그대로 둥그렇게
말아 그 부피를 줄인다. 이어 멀린이 말했다.

"일단 얼리자."

찌저적.

중얼거림과 함께 인엽을 감싸고 있던 바닷물이 얼어붙기 시

작했다. 얼음이 다 얼기까지는 채 1분이 걸리지 않았는데 이어 멀린이 품속에서 꺼낸 하우징 속으로 그 시체가 들어가 버렸다.

"오, 끝까지 뭐라고 안 하네. 또 선행 어쩌고 할 줄 알았는데."

멀린이 그렇게 시체를 챙기고(?) 있을 동안 도깨비 술사 나린은 방망이를 휘두르고 있었다.

팡!

"쿨럭!"

손바닥으로 종이뭉치를 치는 것 같은 소리와 함께 가람과 미호의 입에서 거무죽죽하게 변색된 피가 튀었다. 몸 안의 독을 밖으로 몰아낸 거지만 완전히 다 몰아내진 못한 듯 안색이 그다지 좋아지지 않는다. 게다가 남을 해독해 줄 수 있을 뿐 스스로를 해독할 수 없는 나린은 더 이상의 방망이질을 하지 못하고 쓰러졌다.

"나린!"

"하아… 하아……. 미안, 독기가 너무 강……."

미처 말을 다 잇지도 못하고 정신을 잃었다. 그나마 가람과 미호는 그녀가 독기를 밀어내 줘 의식을 잃지는 않았지만 제대로 몸도 가눌 수 없는 상태였다.

"안 좋아 보이는데 괜찮아?"

"괜찮을 리가 없……!"

발끈해 소리치려 하던 미호가 말을 멈추고 새하얀 몸을 부르르 떨었다. 똑같이 독에 대해 별다른 대처 능력이 없는 상태에선 아무래도 그녀처럼 신장이 작은 쪽이 더 빠르게 중독된다. 더불어 요력을 다룰 뿐 육체 능력 자체는 보통의 여우보다 크게 특별할 것 없는 미호에게 중독 상태는 치명적이었다.

"후우… 후우……. 시간이 없어. 어서 마을로 돌아가서 마을의 어른 분들에게 치료를 받아야 해."

그나마 그들 중에서 가장 멀쩡한 건 건장한 덩치의 가람이었다. 기본적으로 덩치부터가 상당한 그는 따로 해독 능력은 없다 해도 어느 정도 독에 저항이 가능해 보였다. 나린에게 응급조치를 받은 만큼 시간이 지나면 혼자서라도 회복할지도 모르지만 그때쯤이면 체력이 부족한 미호와 나린은 이미 시체가 된 다음이리라.

"어때, 정천? 뭐 해독 스킬 같은 거 없어?"

"미안한 말이지만 치유 계통 능력은 하나도 없어. 하물며 성체가 된 인면오공의 독을 해독할 수 있을 리가 없지."

그리고 그건 멀린도 마찬가지였다. 물론 그 역시 마법사로서 해독 주문 정도는 알고 있었지만 말 그대로 지식으로만 알고 있는 정도인데다 그 수준도 매우 떨어졌다.

"거기, 인간."

"아니, 멀쩡한 사람한테 웬 인간?"

"아, 미안. 거기 사람."

"……."

머리를 긁적이는 가람의 모습에 멀린은 황당하다는 표정을 지었다. 아무래도 이 도깨비들은 정말로 인간을 본 적이 없는 것 같다.

"하여튼 이게 중요한 게 아니라. 나 좀 도와줘."

"도와달라니. 뭐를?"

"이 녀석들 독이 너무 퍼졌어. 치료를 할 수 있는 마을 어른 들에게 가야 해."

"하지만 그걸 왜 내가…… 응?"

하지만 거기까지 말하고 멈칫한다. 왜냐하면 그의 눈앞으로 익숙한 창이 하나 떠올랐기 때문이다.

Mission

[호위]

제한시간:00:59:46

부상자들을 옮겨라!

인면오공의 독에 도깨비와 육미호가 중독되었다. 이들의 독을 완전히 치료할 수 있는 요괴가 위치한 곳까지 이들을 호위하자.

미니맵 가동 / 주요인물 표시. 해독이 가능한 요괴.
약탈 허용 / 대상 : 공격하는 요괴 전원.

"실시간으로 퀘스트가 뜨네. 여기라서 그런 건가 아니면 패 치 사항인가?"

"뭐? 무슨 이상한 소리를……."

"아니, 도와줄게."

"어?"

가람이 당황하거나 말거나 쓰러져 있던 나린을 등에 업었다. 도깨비라서 그런지 여자 치고는 키가 상당했지만 멀린도 키가 작은 편은 아니어서 업는데 문제가 생길 정도는 아니었다.

> 경고! '타인'의 물품을 허가없이 손에 넣으셨습니다! '선행' 점수가 3점 감소됩니다!

> 경고! 위에서 경고한 내용을 1분 내에 취소하지 않으면 선행 -3점이 그대로 굳어버립니다!

나린을 업어서 떠오른 경고 문구는 아니다. 나린은 아직 살아 있는 몬스터였으니까. 경고 문구가 날아든 건 그가 나린을 업으면서 그녀의 손에 들려 있던 도깨비 방망이를 뺏어 들었기 때문이다.

'흠. 기본적으로는 NPC지만 적의를 보이면 몬스터라는 거군.'

도깨비 방망이는 제법 욕심이 나는 물품이었던 만큼 혀를 차며 그녀의 허리춤에 방망이를 걸어주었다.

> 잘하셨습니다.

"옮겨주려는 거냐?"

"응. 하지만 생각보다 가볍네. 게다가 피부가 좀 붉어서 그렇지 상당히 볼륨있는 몸매라 업는 보람이 있……."

"내가! 내가 업을게!"

지쳐서 후들거리는 주제에 가람이 나린의 몸을 뺏어 든다.
미호의 몸은 이미 허공에 떠 있는 상태. 멀린이 위칼레인의 반
지에 깃들어 있던 염체 중 영휘를 바구니 모양으로 바꿔 미호
의 몸을 집어넣은 것이다.

"좋아. 그럼 움직이자. 어느 쪽으로 가면 되지?"

그렇게 묻기는 했지만 시야 우측 상단에 떠오른 미니맵에
이미 그 대상이 표시된 상태다. 대상은 두 명이다.

'독요 정희…… 는 척 봐도 아군이 아니지? 인면오공 쪽 수
괴로 보이는데.'

그리고 또 한 명이 그나마 좀 아군으로 보이는 이름이다. 실
제로 그 이름은 조금 전에도 들어봤던 것이다.

"마을 쪽으로 가자. 우리가 이렇게 약해져 있으니 시시껄렁
한 요괴들이 시비를 걸 수 있어."

"천류화라는 요괴를 찾으면 되나?"

"뭐? 팔미호님께 가겠다고?"

깜짝 놀라는 가람의 모습에 멀린이 물었다.

"잘은 모르겠지만 대단해 보이는데. 그 정도면 해독해 줄 수
있지 않겠어?"

"물론 그렇지만… 흠. 글쎄. 지금 천류화님이 이 섬에 계신지
잘 모르겠어. 천류화님이라면 아마 본 섬에 계실 것 같은데."

"본 섬?"

멀린은 미니맵에 그려져 있는 길을 따라 달리며 물었다. 대충 방향은 맞는 것인지 가람은 별다른 태클 없이 대답했다.

"이곳에 대해 전혀 모르는군. 우리 요괴들이 지배하고 있는 환요마도(幻妖魔島)에는 동서남북으로 꽤 커다란 규모의 섬들이 위치하고 있어. 여기는 그중에서도 북쪽에 위치한 청림도(靑林島)고."

"아하. 그럼 여기 말고도 섬이 세 개 더 있다는 말이군. 본섬까지 치면 네 개고."

"그렇지. 그리고 팔미호님은 이곳 출신이면서도 본 섬에서도 그 이름이 쟁쟁할 만큼의 강자다. 우리 같은 무명소졸이 쉽게 뵐 수 있는 분이 아냐."

그의 말을 들으며 멀린은 예전 보았던, 그러나 지금은 확인이 불가능한 지도의 모습을 떠올렸다. 그의 말을 듣고 생각해 보니 확실히 청림도의 남쪽 부분에 위치한 거대한 섬의 모습이 떠오른다. 그 크기는 상당해서 다이내믹 아일랜드에 위치한 망자의 대지와도 비슷할 정도의 규모. 현실에서 굳이 예를 찾자면 제주도보다 조금 더 큰 크기다.

'일일이 탐험하기엔 섬의 규모가 너무 커. 지금처럼 퀘스트가 생길지도 모르고. 그냥 섬 최초 발견 보너스나 먹고 남쪽으로 향해야겠군.'

멀린은 사냥을 해서 레벨을 올리는 것보다는 탐험을 목표로 게임하고 있다. 더불어 그 방향성은 땅보다 바다로 한정되어 있는데 이는 그의 기동력과 생존력이 땅 위보다 물속에서 압도적으로 높기 때문이다.

"오호, 이게 누구야. 게다가 인간을…… 케엑?!"

"오호, 잔뜩 지친 것 같은…… 크억!!"

"무슨 일로 그렇게 급…… 악! 내 눈! 내 눈!!!"

실신한 나린을 업고 달리는 가람과 멀린의 모습을 발견하고 건들거리며 다가서던 요괴들은 하나같이 눈을 부여잡고 바닥을 뒹굴었다. 놀랍게도 멀린은 달려가는 와중에도 활을 들어 요괴들의 눈에 화살을 박아 넣은 것이다.

"와, 눈알 귀신이야 눈알 귀신. 어떻게 눈알만 그렇게 집요하게 맞추는 거냐?"

"그야 다른 부위엔 화살이 잘 안 박히니까. 어떤 생명체든 눈알은 약점이더라고."

어느새 자신의 머리 위에서 날고 있는 정천의 말을 들으며 멀린은 주변을 살폈다. 뒤로는 쫓아오는 요괴들이 점점 늘어갔지만 달려가는 방향에서 모습을 드러내는 도깨비들 때문인지 더 쫓아오지 못하고 멈춰 서기 시작한다. 멀린은 미니맵에 표시되는 팔미호를 향해 가고 있을 뿐이지만 같이 뛰고 있는 가람 역시 별다른 말이 없는 걸 봐서는 도깨비 마을로 향하고 있는 것 같다.

"아니, 가람아! 무슨 일이냐? 거기 그 인간은 뭐고?"

"인간은 조금 전에 만났고…… 그보다 어른들 좀 불러줘요! 나린이하고 미호가 인엽 자식의 독에 중독되었어요!"

"뭐? 그 지네 놈한테? 제길. 왜 하필 이런 순간에……."

"이런 순간이요?"

쾅!

가람의 질문에 어른 도깨비가 채 대답하기도 전에 폭음과 함께 무지막지한 영압(靈壓)이 주변을 짓누른다. 언젠가 보았던 드래곤만큼은 아니어도 감히 어찌해 볼 수 없을 정도로 무지막지한 요기였다.

"크륵! 좀 더 힘써보시지! 위명 쟁쟁하신 환요(幻妖)께서 이것밖에 안 되나?"

"치잇! 뱀 대가리 녀석 비겁하게!"

쾅!

재차 이어지는 충돌과 함께 주변 건물들이 박살 났다. 모습을 드러낸 건 두 명의 요괴였다.

"와… 저게 팔미호구나."

먼저 보이는 것은 금빛으로 화려하게 빛나는 털을 가지고 있는 여우의 모습이다. 여우 요괴 중에서도 가장 강력해 더 수련을 쌓아 깨달음을 얻으면 구미호(九尾狐)로 변해 신수(神獸)의 경지에 이르게 된다는 팔미호(八尾狐)는, 어지간한 성인 남성보다도 훨씬 커다란 몸에 그 몸보다 훨씬 큰 여덟 개의 꼬리를 가지고 있었다. 몸도 몸이지만 꼬리 자체의 부피가 워낙 커서 덩치 자체로 보면 어지간한 집 한 채 정도는 됨직한 크기다.

"그리고 저건 독각화망(獨角火網)인가?"

독각화망은 하나의 뿔을 가진 거대한 구렁이의 모습을 하고 있었다. 하지만 말이 좋아 구렁이지, 그 덩치는 무지막지하다.

몸길이만 해도 250미터는 되고, 두께도 어른 키보다 더 두껍다. 이런 괴물이 땅 위에서 기어다닌다면 그야말로 자연재해에 가까운 피해가 일어나리라.

"크르륵!! 전부 죽어라!!"

"어딜!"

독각화망이 토해낸 불길과 팔미호의 여우불이 충돌하자 무지막지한 후폭풍이 주변에서 얼쩡거리고 있던 도깨비들을 날려 버렸다. 그야말로 괴수 대결전이었다.

"모두 피해!"

그리고 그때 머릿속으로 팔미호의 목소리가 울려 퍼졌다. 싸움은 팔미호가 불리하게 진행되고 있었다. 가진바 힘은 호각이었지만 팔미호는 도깨비들과 여우들이 피해를 입지 않게 하려다 보니 점점 더 많은 타격을 입고 있는 것이다.

"물러나! 물러나라!"

"우리가 천류화님의 짐이 되고 있다! 모두 물러나!"

우르릉!

그리고 그렇게 도깨비들과 여우들이 물러서는 와중에도 독각화망이 그 거대한 꼬리를 움직여 바닥을 쓸었다. 그야말로 거대한 빗자루로 바닥을 쓸어가는 것 같은 공격에 피하지 못한 요괴들이 모조리 휩쓸렸다.

"저 녀석이!"

"죽어!"

도깨비들 중 몇 명이 휩쓸리는 동족의 모습에 분노한 듯 방망이질로 독각화망의 몸을 후려쳤지만 도검이 불침하는 외피를 가진 독각화망은 아랑곳하지 않고 몸을 뒤틀었다.

콰과광!

"워메, 무서운 거."

멀린이 긴장감없는 소리와 함께 뒤로 물러섰다. 주변 건물들이 부서지면서 파편들이 사방으로 튕겼지만 그의 안법(眼法)은 보통이 아니다. 그의 인식을 벗어날 정도로 빠르지 않은 이상 그 모든 궤적이 눈에 읽혀 버린다.

"미호야."

"으… 왜 친한 척…… 이야!"

해독이 되지 않은 만큼 몸을 제대로 가눌 수 없는 미호는 영휘에 의해 들린 채 딸려오면서도 버럭 소리쳤다.

"아휴. 부끄러워하긴 귀여운 것!"

"이, 이거 놔!"

미호는 자신을 와락 껴안고 볼을 비비는 멀린의 모습에 기겁했지만 중독된 몸으로 그를 떨쳐 낼 수가 없다.

"뭐 어쨌든 너는 흩어지는 도깨비들하고 합류해야겠다. 그 아저씨들이 널 완전히 해독시키지는 못하겠지만 상태를 호전시킬 수는 있겠지."

"그럼 너는 뭐 하려고?"

"저 팔미호 씨나 도와주려고."

화아악!

그렇게 말했을 때 독각화망의 입이 열리며 무지막지한 독기가 폭포수처럼 쏟아져 내렸다. 팔미호는 재빨리 금빛 휘광을 전신에 둘러 독기를 막아냈지만 어떻게든 팔미호를 도와보겠다고 주위에 서 얼쩡거리던 요괴들은 모조리 독기에 휩쓸렸다.

"으아악! 살려줘!"

"크억! 숨이……!"

독기에 휩쓸린 요괴들의 몸이 시퍼렇게 변하더니 이내 썩어가기 시작했다. 나름대로 독에 저항하는 술법을 사용할 줄 아는 도깨비 주술사들까지 그 지경이니 독각화망의 독이 얼마나 지독한지 알 만했다.

"바보야, 너? 저거 안 보여? 우린 뭐 팔미호님을 돕기 싫어서 안 돕는 줄 알……."

"고수들의 대결에 하수가 도움이 안 되는 이유가 뭔 줄 알아?"

바다를 향해 달려가면서 말한다. 표정은 싱글싱글 긴장감이라곤 전혀 없다. 오히려 이 상황이 너무 재미있다는 모습이다.

"일단 기본적으로 하수들은 고수의 공격을 막을 수가 없지. 그 수준 차이가 미세하다면 몰라도 한 방에 휩쓸릴 정도면 고수 입장에서는 신경을 분산할 필요도 없으니까. 또 하수들이 제대로 된 지원을 못하는 건 자신의 공격이 적이 아닌 아군이 맞을까봐 걱정하기 때문이야. 도와주려다가 방해를 하면 곤란하잖아?"

타닥. 탁.

바다에 거의 다 도착한 상태에서 멀린은 고개를 돌려 멀찍이에서 보이는 독각화망과의 거리를 재어보았다. 대충 1,500미터 정도 떨어져 있었다.

"무슨 소리인지는 알겠지만 그렇게 치면 그건 너도 마 찬……."

"아니."

피식 하고 멀린은 웃었다.

"나는 거기 하나도 포함 안 되거든?"

그렇게 말하고 영휘를 조종해 미호의 몸을 바람 소리가 나 도록 날려 보낸다. 그 난데없는 움직임에 미호는 두 눈을 감고 신음했지만 바구니 모양으로 변해 그녀를 담고 있던 영휘는 퍼져 나가는 독기를 피해 도망치던 여우 중 하나에게 정확히 날아가 그 몸을 넘겼다.

"좋아. 그럼 가세해 볼까?"

드드득 소리가 나도록 급격하게 방향을 튼 멀린은 바다가 접해 있는 절벽 쪽으로 향했다. 절벽 자체는 그리 높지는 않아 3~4미터에 지나지 않지만 그 아래 바다는 제법 깊어 보였다.

"어쩔 생각이야?"

"저 뱀 대가리 녀석이나 때려주려고. 퀘스트를 보니 해독할 수 있는 건 저 팔미호 정도인 것 같은데 지면 곤란하지."

"하지만 이 거리에서?"

간격은 2킬로미터에 가깝다. 저격소총으로 쏴도 유효 사거 리에 들까 말까 할 정도인데 그걸 활로 쏴서 맞힌다는 건 문자 그대로 물리법칙을 무시한 일이다. 왜냐하면 화살, 그것도 철 시와 총기류에서 발사되는 탄환의 질량은 못해도 수십에서 수 백 배는 차이 날 정도로 크기 때문이다. 무슨 레일 건처럼 압도적인 힘으로 쏘아내는 것도 아닌데 2킬로미터나 되는 거리를 날아간다는 건 불가능한 일.

"하지만 그건 내공이나 마력이 없는 현실에서의 이야기지. 장비 5번."

꺼낸 것은 데케이안의 각궁. 사실 데케이안의 각궁은 아직 능력치가 모자라 사용하기 좋지 않았지만 미스릴 활의 사거리는 1킬로미터에서 간당간당하기 때문에 육체를 강화해서라도 시위를 당겼다. 최근 들어서는 내공보다는 마력 중심으로 수련을 해왔기 때문에 내공량은 10년에 불과했지만 금단선공의 제3계로 여덟 배의 증폭이 가능해 그 부담이 적다.

> 근력이 13ㅁ포인트, 생명력이 5ㅁ포인트 강화(유지시간 1초)되었습니다!

육체 강화에 필요한 내력은 2년. 하지만 여덟 배의 증폭으로 실제로 소모되는 내력은 3개월 정도에 불과하다. 보통 10년 내공밖에 없는 내공 사용자는 아무리 용을 써봐야 반년 이상의 힘을 쓰기 힘든데 그는 단번에 전 내공의 2할에 해당하는 내공을 사용하는 것이다.

끼이이익! 쐐엑!!

유지시간이 1초인만큼 망설이지 않고 시위를 놓는다. 목표는 독각화망의 거대한 눈이었다.

빽!

"크악?! 이게 뭐⋯⋯."

"한눈을 팔다니!"

난데없는 저격에 놀라 주변을 살피려 하는 독각화망의 머리통을 팔미호, 그러니까 천류화의 주술이 세차게 후려친다. 당연한 말이지만 멀린의 모습은 아직 들키지 않았다. 사실을 말하자면 화살을 날리자마자 몸을 숨기고 있던 상태였다.

"와, 이런 맙소사. 눈알에도 화살이 안 박혀?"

숨었다곤 해도 원격안과 투시안을 사용할 수 있는 멀린은 자신의 화살이 독각화망의 안구에 정확히 명중했음에도 튕겨 나오는 모습을 볼 수 있었다. 눈꺼풀도 아니고 눈동자에 명중한 화살이 튕겨 나온다는 건 사실상 화살을 어디에 맞혀도 타격을 입힐 수 없다는 뜻이리라.

"하지만 타격이 있긴 한 것 같은데?"

"당연하지. 눈에 화살이 명중했는데. 아마 손으로 던진 이쑤시개에 눈을 맞은 사람만큼은 아플 거야."

"미묘한 비유네."

"그런가?"

그렇게 말하며 단창 하나를 꺼내 들었다. 그냥 공격하는 정도로는 안 된다는 걸 알았으니 다른 수단을 찾아야 한다.

우웅⋯⋯.

인벤토리에서 꺼낸 마법 가루를 뿌리며 마력을 움직이기 시작한다.

"다음 방부터는 실패할 수 있으니 무조건 강력하게."

아직 주문이 걸린 단창이 열 개 가까이 남아 있었지만 장시간 상태가 유지될 정도로 안정적인 부여 주문은 필연적으로 그 파괴력이 제한될 수밖에 없다. 화살에 담긴 마력이 증발되지 않도록 유지 술식을 추가해야 하기 때문이다.

기이잉…….

마력 설계로 틀을 만든 후 그 안에 오른 손등에 박혀 있는 마정석의 마력을 흘려 넣는다. 이어지는 것은 주문에 바라는 이미지와 방향성. 보통의 마법사라면 영창이 필요한 순간이었지만 강력한 이미지 메이킹 능력을 가지고 있는 멀린은 그런 과정 없이 술식을 완성시킨다. 보통의 마법사라면 두 시간, 숙련된 상위의 마법사라도 최소 30분은 걸려야 할 모든 과정을 1분도 채 안 되는 시간에 넘어서 버린 것이다.

쿠우우우!!

멀린이 주문을 완성했을 때 거대한 충격파가 사방에 퍼져 나갔다. 천류화의 전신을 뒤덮고 있는 금빛 휘광과 독각화망의 머리 위에 달린 거대한 뿔이 충돌하면서 퍼져 나간 충격파는 너무나도 강력해 뿌리 깊은 거목까지 단번에 휩쓸려 갈 정도였지만 2킬로미터나 떨어져 있는 멀린은 약간의 바람만을 느끼며 시위를 잡았다.

"쏘기 전에 예언 하나 할까?"

"예언?"

"아마……."

의아해하는 정천을 향해 멀린이 작게 속삭였다. 그리고 충격파가 지나가고 후폭풍이 밀려드려는 순간 시위를 당겼다가, 놓았다.

쒜에엑!!

단창이 바람을 찢어발기며 날아갔다. 그 타이밍이 너무나 절묘하다. 충격으로 한순간 진공상태가 되었던 두 대요괴의 곁으로 바람이 빨려 들어가는 그 순간 불꽃의 창으로 변한 멀린의 단창이 독각화망의 눈동자에 박혔다.

퍼억!

"큭?! 이건 또 뭐야!"

당장 멀린이 사용할 수 있는 모든 마력이 담긴 공격이었음에도 단창은 큰 타격을 입히지 못했다. 물론 아까처럼 튕겨 나가기까지 한 것은 아니지만 단지 창날 부분만 각막을 뚫고 들어갔을 뿐. 그나마 독각화망이 눈을 부릅뜨자 창날이 튕겨 나가고 뚫렸던 각막이 순식간에 재생했다.

"큭, 크하하하! 저 벌레만 한 놈이!!"

이번에는 멀린의 위치가 정확하게 파악된다. 시위를 놓자마자 뒤도 돌아보지 않고 바다로 뛰어들었지만 그 몸이 채 다 잠기기도 전에 발견당한 것이다. 아까와는 달리 한 번 공격당한 독각화망이 원거리 공격에도 주의를 기울이고 있었기 때문에 2킬로미터라는 거리도 아무런 소용이 없었다.

콰콰콰콰!!!

"죽여 버리겠다!!"

"와~ 화났다~"

어지간한 기차보다도 거대한 독각화망이 기차보다 더 빠른 속도로 돌진한다. 주변 나무를 죄다 뭉개 버리며 전진하는 그 모습은 설사 그 대상이 자신이 아니라도 두려울 정도지만 멀린의 태도는 장난스럽다. 말이야 바른 말이지 독각화망보다 크라켄이 훨씬 더 컸다. 물론 멀린이 땅에 서 있었다면 그 돌진이 그의 목숨을 위협했겠지만 이미 그의 몸은 반 이상이 물에 잠겨 있으니 아무리 무시무시한 기세를 뿜내봤자 위협이 안 된다.

추아악!!

부스터를 가동한 멀린의 움직임은 이미 수영이라 부를 수도 없다. 멀린의 몸을 중심으로 반경 2미터의 물이 멀린의 몸을 붙잡아 360도 어느 방향으로도 밀고 끌어당기는 데다 물 그 자체가 충격을 흡수하기 때문에 관성도 물리법칙도 모른다는 듯 마치 UFO처럼 자유자재로 움직인다.

퍼엉!

독각화망이 뿜어낸 화염구가 해수면을 때렸다. 그 위력이란 50미터 정도 되는 범위의 바닷물이 단번에 증발할 정도로 강렬했지만 어림도 없다.

"윤용노 선수 수비수들을 제치고 미친 듯이 돌진합니다!"

단지 보는 것만으로 상대방의 모든 공격에서 궤적을 그려낼 수 있는데다가 급하면 사고를 가속하는 것으로 시간을 빠르게 인식할 수 있게 된 멀린이다. 물론 인식 능력이 아무리 좋아도 몸이 거기에 따라주지 못하면 그만이지만 일단 물속에 들어가 그 인식 속도를 따라갈 움직임까지 획득하면 그야말로 어떤 공격도 명중시킬 수가 없다. 심지어 이 상태의 멀린은 십자포화를 날려도 모조리 피해 버리는 수준!

빗나간다. 마치 미꾸라지처럼 수많은 공격 사이를 매끄럽게 빠져나간다. 인식하기 전에 저격한다거나 근거리에서 그가 회피고 뭐고 할 틈 없는 초고속의 공격을 날리거나 그것도 아니면 킬로미터 단위의 초광범위 공격을 날리지 않는 이상 그는 마치 산책하듯 적의 공격을 모조리 다 피할 수 있다.

"크아아악! 저놈이!!!"

독각화망은 자신의 공격을 여유있게 피하는 수준을 넘어서 거의 농락하고 있는 멀린의 모습에 이성을 잃고 마구 불꽃과 독액을 뿜었지만 하나도 맞는 게 없었다.

심지어 멀린은 주변 물을 조종할 수 있기 때문에 바다에 녹아든 독액들이 자신의 몸에 접근하지 못하게 막을 수 있었다. 일단 멀린이 물에 들어온 이상 독각화망의 능력으로는 10년, 100년의 시간을 들여도 그의 머리카락 하나 태울 수 없는 상태. 그리고 독각화망이 그렇게 광분하고 있을 때 그의 뒤에서 거대한 불꽃이 피어올랐다.

"타올라라. 천화(天火)."

화아악!!

새하얀 백염이 타오른다. 그 열기는 실로 무시무시해서 수화불침이라는 독각화망조차 타격받지 않을 수 없을 정도. 그 어떤 열기에도 견딘다는 독각화망의 피부조차 그 열기에는 새빨갛게 달아올랐다. 가장 튼튼한 외피가 이 지경이니 내부가 무사할 리 없어서 내장이 죄다 익어버린다. 독각화망의 재생력이 뛰어나다지만 이건 정말 치명적인 부상이다.

"멀린, 저 녀석……."

그리고 하늘 높이 날고 있던 정천은 그 광경을 질린다는 표정으로 바라보았다. 그는 멀린이 화살을 쏘기 전 했던 말을 떠올렸다.

"아마 저 뱀 대가리 녀석 이거 맞으면 날 잡으려고 미친 듯이 달려올 거야. 하지만 난 이거 쏘자마자 바다로 몸을 던질 테니 잡히지 않을 거고 나한테 신경 쓴 대가로 쫓아온 팔미호 녀석한테 한대 크게 맞겠지. 그리고 그다음……."

씩 웃으며 멀린은 이렇게 말했다.

"내 화살이 저 뱀 대가리 눈을 뚫어버린다."

쒜엑!!

막 천류화를 향해 자신이 가진 최강의 독을 뿜으려던 독각화망의 눈동자에 멀린의 단창이 날아들었다.

"큭! 벌레 놈이!!"

그 덩치에 어울리지 않게 괴물 같은 반응속도를 가지고 있는 독각화망은 순간적으로 최선의 선택을 했다. 일순간, 그러니까 단창이 날아드는 찰나의 순간 눈을 감아버린 것이다. 눈을 떠도

각막을 뚫을까 말까 한 멀린의 단창은 단지 눈만 감아도 눈꺼풀을 뚫지 못해 막힐 정도. 하지만 아예 눈을 감으면 자신의 진짜 적, 그러니까 천류화의 모습을 확인할 수 없기 때문에 눈을 감는 건 문자 그대로 찰나였다. 단창이 눈에 명중하는 그 순간 눈을 감았다가 뜬 것. 하지만 멀린은 그런 독각화망을 비웃었다.

"등신아, 윙크를 하고 있거나 아예 피해 버려야지. 너무 작은 공격이라 피하기도 쪽팔리나?"

[찰나의 깜빡임].

공간을 뛰어넘는다. 10미터. 그러나 앞으로가 아니라 뒤로 이동한다. 그리고 감겼던 독각화망의 눈이 떠지는 순간 눈에 틀어박힌다. 그것도 조금 전 그가 한 번 꿰뚫었던 위치에서 0.1밀리미터의 오차도 없는 정확한 사격. 그리고 폭발.

쾅!

"캬아아아아아악!!!"

"올레~!"

"이 눈알 귀신 같으니라고……."

기어코 눈을 날려 버리고 만다. 이번에는 단창이 각막을 뚫고 완전히 파고들어 가서 터졌기 때문에 아무리 강한 재생력을 가지고 있는 독각화망이라도 일순간 시력을 잃을 수밖에 없다. 그리고 그 고통에 괴로워하는 그의 앞에 금빛 휘광에 둘러싸인 천류화가 서 있었다.

"너와의 지긋지긋한 악연도 끝이군."

"네년이 감……!"

그러나 늦었다. 멀린의 화살을 맞아 괴로워하는 그 순간 이미 천류화의 요기는 무서울 정도로 집중되어 있었다.

핑!

금색 빛줄기가 독각화망의 입안으로 빨려 들어가 뒤통수를 뚫고 하늘로 뻗어 오른다. 그것으로 끝이었다.

"아 저 녀석은 경험치 몇이나 될까. 아니, 하다못해 막타(마지막 공격. 결정적으로 몬스터를 사망시키는 공격)라도 쳤으면 아이템이라도 나왔을 텐데."

몬스터끼리 전투 중 유저가 끼어들어 결정적인 기여를 하면 어느 정도의 경험치 보정을 받는다. 물론 그 수준은 극히 낮아 참가 경험치 수준이지만 망자의 함을 침몰시킬 때의 멀린은 그 참가 경험치만으로—사실 크라켄 때문에 멀쩡한 놈이 거의 없었다—1만 혼이 넘는 경험치를 챙겼다. 죽어나간 언데드가 워낙이 많았기 때문인데 지금만 해도 독각화망의 눈 하나 날린 것 외에는 별로 한 게 없는데 500혼에 가까운 경험치가 들어왔다. 독각화망이 초고렙의 몬스터이기 때문이다.

"보통 참가 경험치는 1~5%이니까… 저 녀석 경험치는 아무리 적어도 1만 혼 이상이라는 거네. 뭐 어차피 막타는 못 쳐서 아이템은 드랍 안 되겠지만…… 응?"

하지만 사라지지 않는 독각화망의 시체를 보고 생각을 멈췄다. 생각해 보니 노이즈 벨트 남쪽 지대에서는 몬스터가 죽어도 시체가 사라지지 않았다. 시체가 사라지지 않으니 유저가 막타를 치든 몬스터가 막타를 치든 아무 상관이 없다. 문제가 있다면 먼저 악의를 가지고 덤벼든 몬스터가 아닌 이상 그 시체를 챙기면 선행을 깎을 거라는 것이다. 언젠가 승급 시험장에서 그랬듯 다른 몬스터들에게 양해나 허락을 받지 않으면 시체나 물건을 뺏어가지 못할 것이다.

"뭐 별수없지. 저 뱀 대가리 녀석의 몸에서 뺏을 것이라곤 내단뿐인데 쟤네들이 미치지 않은 이상 그걸 줄 리 없고."

껍질? 물론 도검불침의 껍질이라면 대단한 물건이겠지만 멀린에게 그걸 가공할 수단이 없다. 뿔? 역시 대단한 물건이지만 자신의 몸보다 더 커다란 뿔로 뭘 한단 말인가?

결국 멀린이 가공할 수 있는 부위는 내단뿐인데 반대로 내단은 그 가치가 너무나도 어마어마하다. 멀린이 도움을 줬다곤 하지만 독각화망은 팔미호가 잡은 거지 그가 잡은 게 아니다. 그가 도움을 주기는 했지만 눈 하나 날렸을 뿐으로 만약 팔미호가 없었다면 독각화망을 잡는 일 자체가 불가능하다. 독각화망이 가만히 맞아준다는 가정하에 멀린이 보름 동안 부지런히 때리기만 해도 죽거나 하지 않을지도 모른다.

"경험치로 만족해야지. 그냥 조용히."

"그냥 조용히 가려고?"

"……?!"

기척조차 없이 다가와 귓가에 속삭이는 목소리에 번개처럼 오른손을 움직여 어깨 위에 떠 있던 금옥을 잡았다. 10년밖에 안 되는 내공은 세 번의 저격으로 바닥 난 지 오래. 원거리라면 몰라도 근거리에서 마법을 쓰면 아무래도 전투력이 떨어질 수밖에 없기 때문에 내공을 충당하려 한 거지만 부드러운 손길이 양 볼을 잡는가 싶더니 육체의 모든 제어권이 상실된다.

"어머, 놀란 토끼눈이 귀엽네. 이렇게 귀여운 꼬마가 조금 전에 그 무서운 저격을 날렸단 말이야?"

금발의 여인이다. 하지만 단지 머리칼이 금발일 뿐 그 외향은 서양인보다 동양인에 가까운 그녀는 자신의 키만큼이나 기다란 머리칼 때문에 100미터 밖에서 봐도 알 수 있을 정도로 인상적인 외모를 하고 있다. 멀린은 키는 181센티미터로, 작다는 소린 들어본 적 없는데 그 여인은 그런 멀린조차 내려다볼 정도. 언뜻 190은 돼 보이는데 신체 밸런스가 잘 맞아서 키가 크다는 느낌보다는 늘씬하고 훤칠하다는 인상이 더 강했다.

"누, 누구……."

"어머. 방금 도와줬잖아?"

"…팔미호?"

"천류화라고 부르렴."

멀린이 있는 곳은 바다 위였지만 그녀는 너무나도 당연하다는 듯 수면 위에 서서 말했다.

"잠깐 이야기 좀 할까?"

"하하……."

환하게 웃고 있지만 거절의 말을 받아들이지 않을 것 같은 태도에 멀린은 어색하게 웃을 뿐이었다.

Chapter 19

환요마도(幻妖魔島)

[용산 급행. 용산 급행 열차가 들어오고 있습니다. 승객 여러분께서는 안전선 뒤로 물러서 주시기 바랍니다.]

한마는 안내 말을 들으며 가만히 서 있었다. 키 192센티미터. 그리고 그 커다란 키에도 불구하고 육중해 보이는 몸을 가지고 있는 그는 떡 벌어진 어깨에 겨울 외투를 입고 있음에도 도저히 감출 수 없을 정도의 근육질 몸매를 가지고 있었다.

"최근에는 게임만 하는데도 근육이 풀리질 않는단 말이야. 하긴 뭐 최근이라고 해도 보름뿐이지만."

어느새 시간은 1월 15일. D.I.O가 오픈한 지 2주일이 넘었다. 클로즈 베타 테스터였던 한마의 예상대로, 그리고 TV나 라

디오 등에 나왔던 모든 전문가들의 예상대로 디오는 세상에
어마어마한 파장을 몰고 왔다. 사실을 말하자면 파장 정도가
아니다. 문자 그대로 그건 충격. 전 세계는 지금까지 단 한 번
도 경험한 적 없는 어마어마한 문화적 충격에 휩쓸릴 수밖에
없었다.

덜컹. 덜컹 덜컹. 끼이익.

쇳소리를 내며 전철이 들어서고 이내 문이 열린다. 한마는
망설일 것 없이 전철에 올라탔다. 다행히 자리는 많이 비어 있
었다.

삑.

용산까지 올라가는데 두 시간 이상이 소모된다는 걸 알고
있는 한마는 품속에서 PDA를 꺼내 저장되어 있던 동영상을
재생했다. 약 1주일 전에 공중파에서 방송되었던 쇼프로였다.

*[안녕하세요! 다이내믹 아일랜드의 안내자 마리라고 합니
다~!]*

언제 봐도 깜짝 놀랄 정도의 외모다. 훤칠한 키에 늘씬한 몸
매, 전체적으로는 소녀스러움을 간직하고 있으면서도 매순간
깜짝깜짝 놀랄 정도의 매력을 뿜어내는 백발의 미소녀. 기다
란 머리칼을 트윈 테일로 묶어 늘어뜨린 그녀는 언제나 그랬
듯 싱그럽게 웃고 있었다.

[와. 말이야 많이 들었지만 진짜 예쁘시네요. 만나서 반갑습니다.]

[어머. 이 MC는 마리 양 본 적 없어요?]

[예? 아 죄송합니다. 아직 그 게임을 켜보질 못해서…….]

[아니, 게스트를 모시면서 사전 조사도 안 하면 어떻게 해요? 이러고도 대한민국 1등 MC라고 할 수 있어요?]

[우우~ 물러나라!!]

[오늘부터 신나는 일요일 MC는 제가…….]

아직 게임을 플레이해 보지 못했다는 메인 MC를 제외하고 다들 마리에게 홀딱 빠진 분위기다. 하긴 그럴 수밖에 없으리라. 언뜻 귀엽기만 한 소녀처럼 보이지만 마리의 주위를 맴도는 아우라는 보통의 것이 아니었다. 게다가 표정이 풍부하고 목소리도 새가 지저귀는 듯 생명력이 넘치는 데다 움직임 하나하나가 안정적이어서 연기를 하든 춤을 추든 노래를 부르든 순식간에 월드스타로 날아오를 수 있을 정도다.

[자, 질문이 엄청나게 많아요. 가장 많은 질문은 역시 이거 군요. 궁디궁디님의 질문. '마리 언니 진짜로 프로그램이신가요? 혹시 모습만 프로그램이고 어디에서 접속하고 계신 건?' 이네요.]

[이야, 진짜 이 질문은 디오에 접속하는 모든 사람들의 의문인 것 같아요. 지금 마리 양 때문에 밤잠을 설치는 남정네가

한둘이 아니에요.]

　[하하. 좋게 봐주셔서 감사해요. 하지만 안타깝게도 전 그냥 프로그램이 맞네요. 아까 저희 보디가드들이 들고 가던 가방 보셨죠?]

　[아, 그 검은 가방이요?]

　[네. 007 가방이요. 이만한 거. 저 지금 거기에 들어 있어요.]

　[네에?]

　[가방에 들어 있다고요?]

　[정확히 거기에 있는 외장하드에 들어 있죠. 10테라바이트 정도 되는데 용량만 충분하면 USB에도 들어가요.]

　[…….]

　방송은 특이한 방식으로 진행되고 있었다. MC들과 다른 게스트들은 의자에 앉아 있지만 마리는 그들의 뒤편에 있는 스크린에 자리하고 있는 것이다. 놀랍게도 디오 속에 존재하는 마리는 외장하드나 USB에 담겨 다른 영상 프로그램에 모습을 드러낼 수 있었다. 지금까지의 게임 NPC와는 차원이 다른 활동력을 가지고 있는 것이다.

　"한마야."

　"응?"

　느닷없이 말을 걸어오는 목소리에 한마는 한쪽 이어폰을 빼고 고개를 돌렸다. 거기 서 있는 건 165센티미터 정도의, 그보다 머리 하나는 작은 대학생이다.

"유림이잖아? 이렇게 만나다니 신기하네."

"그러네. 마리 언니 보고 있는 거야?"

"뭐, 마리 언니? 야, 애 태어난 지 한 달도 안 돼. 외모로만 봐도 너보다 훨씬 동안이고."

기가 막힌다는 표정으로 답하자 유림의 얼굴이 뿌루퉁해진다.

"우우. 분위기라는 게 있잖아, 분위기가."

유림은 한마와 학교 동기다. 체대에 진학해 검도 학과에 다니고 있는 스포츠 소녀. 물론 그렇다고 해서 엄청난 실력자인 건 아니다. 세계대회 같은 건 가본 적도 없고 전국 대회에서나 몇 번 동메달이나 은메달을 따본 정도. 꽤 잘사는 집의 딸이었기에 직업이라기보다는 취미로 운동을 하고 있었다.

"어디 가는 거야? 아니, 그보다 천안에 왜 내려왔던 거지?"

"외할머니가 여기 사셔. 아, 너 그보다 디오 아이디 뭐야?"

하는지 안 하는지 묻는 게 아니라 아이디를 묻는다. 디오가 오픈한 지 얼마 되지도 않았다는 걸 생각하면 비상식적인 행동이지만 한마는 어깨를 으쓱였다.

"한마."

"엥? 본명을 아이디로 했어?"

"상관없지. 너는?"

"라라미아."

"왠지 구리구리한 아이디네."

"우! 구리다니! 어감이 얼마나 예쁜데!"

발끈하는 유림이었지만 한마는 아랑곳하지 않고 PDA로 눈을 돌렸다. 동영상을 계속 보려던 것인데 문득 이상한 점을 발견한다.

"…응?"

지하철 좌석에 앉아 자고 있는 사람을 발견한 것이다. 물론 특이할 것 없다. 장시간 지하철을 타고 이동할 때 가만히 있는 것보다는 한마처럼 동영상이나 방송을 시청하거나 잠을 자는 게 더 나을 테니까. 하지만 좌석에 앉아 있는 사람들이 모조리, 그것도 하나같이 귀에 이어폰을 꽂고 잠들어 있다면 뭔가 이상하다.

"우리도 접속하자. 시시한 동영상 보는 것보다는 그게 더 재미있지. 시간도 절약되고."

"접속을 해? 어디에서?"

"무슨 소리야, 디오 한다면서?"

그렇게 말하며 품속에서 손바닥만 한 크기의 전자기기를 꺼내 든다. CD가 들어 있는 CD플레이어였다.

"엉? 때가 어떤 때인데 MP3도 아니고 CD플레이어……."

"너 진짜 모르는구나."

그렇게 말하며 CD플레이어를 열어 내용물을 보여준다. 그 내용물은 한마도 익히 아는 물건이었다.

"디오 CD네. 그걸 왜 가지고 다녀?"

"뭐 당연한 소리를. 디오에 접속하는데 뭐가 필요하지?"

"그야 CD와 이어폰……."

하지만 그러다 멈칫한다. 그가 바보도 아닌데 이 상황에 와서도 이해를 못할 리가 없다.

"CD플레이어로 아무 곳에서나 디오에 접속할 수 있다고?"

"정답~!"

싱긋 웃는 그녀의 모습에 다시 고개를 돌려 주변 사람들을 바라본다. 전부는 아니다. 하지만 좌석에 앉은 80%에 달하는 사람들이 귀에 이어폰을 꽂고 잠들어 있었다. 디오가 출시된 지 고작 보름밖에 지나지 않았다는 걸 생각하면 이건 엄청나다.

초등학교 학생들조차 용돈을 모아 마련할 수 있는 저렴한 가격. 어느 장소에서나 심지어 인터넷이 불가능한 지역에서조차 접속할 수 있다는 엄청난 접근성. 그리고 한번 플레이해 보면 절대 그만둘 수 없는 중독성이 맞물려 무지막지한 속도로 퍼져 나가고 있었다.

"한동안 게임만 했더니 몰랐네."

"뭐 다들 그렇지. 나도 지금 24시간 중에 20시간 가까이 하고 있는걸. 심지어 디오는 하면 할수록 시간을 버는 셈이니까."

"맞아. 솔직히 난 고작 보름밖에 안 지났다는 현실이 믿어지지 않을 정도야."

2주가 지났다. 디오가 정식 오픈한 지 14일이 지난 것이다. 그건 냉정하게 말해 그리 길지도 않은 시간이어서 대학생인 한마의 입장에서 보면 아직도 겨울방학이 한참이나 남아 있는 것이다.

하지만 그가 경험한 시간은 150일이 넘는다.

디오 속 시간은 현실보다 12배나 빠르게 흐른다. 디오에 접속해 24시간, 하루의 시간을 버틴다 해도 현실에서는 고작 두 시간이 흐를 뿐이다. 디오가 오픈한 지 2주. 만약 현실에서 24시간마다 최소 로그아웃 시간, 그러니까 10분만 나와 식사와 생리현상을 해결하고 다시 접속하고를 반복했다면 이론상 168일까지 경험하는 것도 가능하다. 한 달은커녕 보름도 채 안 되는 시간이 6개월에 가까운 시간으로 늘어나 버리는 것이다.

"한 달을 플레이하면 1년의 시간을 경험하지. 1년을 플레이하면…… 12년이라는 시간을 경험할 수 있어."

이건 혁신적인 일이다. 정말 이쯤 되면 어떤 논리로도 사람들이 디오에 접속하는 현상을 막아낼 수 없다. 시간이 금이라는 말이 괜히 나오는 게 아니지 않은가? 물론 직장인처럼 일을 하는 사람들은 일을 하기 위해서라도 접속 시간을 조절해야 하지만 학생이나 수험생처럼 뭔가를 학습하는 사람들은 디오에 접속해서도 얼마든지 할 수 있다. 실제로 한마는 디오 속에 학교나 학원 같은 학습 시설을 만들려는 논의가 오간다는 말도 제법 들어본 상태다.

"심지어 강남 스타 강사 중에 각성(Awakening) 주문을 전문화시켜 과외를 시작한 마법사도 있다더라."

"뭐, 과외?"

"응. 암기 속도가 다섯 배는 빨라진다던데?"

"뭐 그런…… 천재가."

생각조차 못해본 방식에 혀를 내두른다. 과연 사람이 많아 지니 별별 방법이 다 나온다. 디오의 경우에는 골드와 현금화가 너무나 간단하니 대금을 받는데도 아무 문제가 없으리라.

"아, 그리고 보니 넌 몇 레벨이야?"

"그러는 너는?"

"나는 아직도 4레벨. 진짜 5레벨 미치겠어. 그 리자드 맨 자식이 쓰러지지 않아. 우엥~"

훌쩍훌쩍하고 우는 척한다. 사실 일반인은 3레벨에 들어서는 것도 쉽지 않고 4레벨을 넘어 5레벨 정도 되려면 분야에서 어느 정도 경지를 이루어야만 한다. 심지어 1:1전투 같은 경우에 정식 서비스와 함께 세 번을 이겨야 하는 방식으로 바뀌었기 때문에 꼼수로 넘어서는 것도 불가능하게 되었다.

"훗."

그리고 그런 그녀의 모습에 가볍게 웃어준다. 여유가 묻어나오는 웃음이었다.

"앗! 비웃었어! 넌 몇 레벨인데? 5레벨쯤 되나?"

"날 그렇게 우습게 보다니 섭섭하군."

"헉! 그럼 설마 6레벨?"

"더 높이 잡아봐."

"호, 혹시 7레벨?"

"훗."

"거, 거짓말 치지 마…… 8레벨?"

"우하하하!"

자신만만한 웃음소리에는 한 점의 허세도 없다. 9레벨에 들어선 건 그로서도 정말 최근의 일이다. 정확히 말하자면 전날이지만 그의 체험적 시간으로 치면 대략 열흘 전. 자기 몸 다루는 것 하나는 정말 타고났다고 생각해 왔던 그로서도 정말 뼈를 깎는 수련과 행운과도 같은 깨달음이 없었다면 감히 도달할 수 없는 경지다.

"…말도 안 돼. 9레벨이라고?!"

믿을 수 없다는 듯 소리친다. 얼마나 놀랐는지 떨려 나오는 목소리. 그리고 그 말이 가져온 파급은 엄청났다.

"뭐? 9레벨?"

"진짜? 9레벨 이상은 전 세계 다 쳐도 100명 이하라고 하던데."

"어? 그러고 보니 저 덩치에 얼굴…… 한마 아냐? 나 저 녀석 싸우는 거 동영상으로 봤던 것 같아. 생체력 사용자였어."

"와, 9레벨 생체력 사용자라니. 완전 고수잖아? 직접 전투 9레벨 유저는 K—1에 나가도 통할 정도라던데."

자리에 앉지 못해 디오에 접속할 수 없었던 사람들이 술렁거리기 시작한다. 한마는 잠시 못 믿는 사람들 때문에 시끄럽지 않을까 고민했지만 디오에 접속해서도 스크린샷(Screenshot)이나 동영상을 촬영하는 게 가능하기 때문에 한마의 얼굴을 아는 사람이 제법 있었다. 게임 캐릭터와 본인의 얼굴이 똑같은 디오의 특성 때문이었다.

'뭐, 뭐야. 이 분위기는?

하지만 그럼에도 한마는 동경과 경외로 자신을 바라보는 몇 몇의 시선에 당황했다. 게임에서 고 레벨이라고 현실에서, 그것도 생판 만난 적 없는 성인들이 이런 동경의 눈초리로 바라본다? 그리 멀리 갈 것도 없이 한 달 전만 해도 있을 수 없던 일이다. 게임에서 아무리 레벨이 높아도 현실에서의 이미지에 도움 될 리는 없으니까. 오히려 돈 많이 벌고 열심히 사는 사람이라도 게임에서 고 레벨이라고 하면 폐인이라는, 좀 안 좋은 시각으로 보던 게 사회 분위기였다.

"와, 너 장난 아니다! 당장 소문내야지."

"으엑?! 그걸 왜 소문내?"

"왜라니? 인터넷에서 S대 학생이 8레벨 마법사라고 올리니까 역시 S대라고 아부들 엄청나던데 네가 지금 9레벨인 거라고."

"하지만 그렇다고……."

"넌 우리 체대인들의 희망이다."

"…게임 고 레벨이 체대인의 희망?"

한마는 기가 막힌다는 표정으로 어깨를 으쓱였지만 사실 당연한 반응이다. 왜냐하면 디오는 단지 시간을 많이 들인다고 레벨을 높일 수 있는 게임이 아니니까. 디오 속에서 고 레벨이 되기 위해서는 그에 합당한 실력과 능력이 필요하다. 그나마 지금은 게임이 오픈한 지 얼마 되지 않아 그 정도가 약한 것이지 시간이 더 지나 아무리 노력해도 그 경지를 높일 수 없는 사람들이 많아진다면 고 레벨 유저들의 위상과 희소성은 더더욱 높아질 것이다.

"아 그보다 더 중요한 걸 깜빡했다."

"더 중요한 거?"

영문을 할 수 없는 소리에 고개를 갸웃거리는 한마의 커다란 손을 유림의 두 손이 단단하게 감싼다.

"님아, 저 쩔 좀."

"……."

*   *   *

츄아아악!

부스터를 가동해 가속한다. 속도는 이미 시속 500킬로미터를 넘어섰다. 저 먼 곳에서부터 점점 더 빨라진 그의 몸은 물살을 일으키며 앞으로 나아갔다.

쿠우!

고속으로 움직이던 멀린이 몸이 거의 수직으로 가라앉음과 동시에 물기둥이 솟구친다. 속도는 아직도 점점 더 빨라진다.

수영 스킬이 5랭크로 상승하였습니다!

물에 대한 이해는 점점 깊어져만 간다. 단지 그 안에 몸을 담그고 있는 것만으로 주변 모든 상황을 파악할 수 있다. 반경

5미터 안쪽에 있는 물은 마치 몸의 일부처럼 움직일 수 있다. 들어가는 힘도 극히 적었다.

쿠르르······.

아주 잠깐의 시간일 뿐이지만 500미터 가깝게 가라앉는다. 깊이가 깊이인만큼 상당한 덩치의 몬스터가 몇 있었지만 무시무시한 기세로 떨어져 내린 멀린의 모습에 놀라 오히려 사방으로 흩어졌다.

촤륵!

속도를 전혀 죽이지 않고 U턴으로 돌아 수면으로 방향을 수정한다. 속도는 더 빨라진다.

쿠아아아!!!

가볍게 발을 움직여 물을 차내자 거대한 파동이 일어나며 멀린의 몸을 밀어냈다. 수면까지 도착하는 데에는 그리 긴 시간도 걸리지 않았다.

퍼엉!

솟구친다. 단지 지금까지 움직인 가속뿐만 아니라 주변 물이 그의 몸을 붙잡아 마치 새총에 장전된 돌멩이처럼 어마어마한 탄성으로 날려 보낸다.

슈우욱!

날아오른다. 일반적인 점프로 가능한 높이가 아니었지만 미사일처럼 솟구친다.

그리고 섬 위에 내려선다.

"뭐, 뭐야. 저놈? 지금 어떻게 한 거지?"

"그냥 인간이잖아? 지금 설마 뛰어오른 거야?"

"허허허. 여기에 이런 식으로 올라서다니……."

섬 위에 있던 몇몇 익족(翼族)들이 기가 막힌다는 표정을 지었지만 멀린은 신경 쓰지 않고 주먹을 불끈 쥐었다.

"아싸라비야 성공~! 푸하하하!"

> 천공섬 이카루스(Icarus)를 최초로 발견하셨습니다!

> 최초 발견 보너스로 경험치 1□,□□□혼을 획득하였습니다!

텍스트가 눈앞으로 떠오르자 웃음을 멈춘다.

"엉? 섬 이름이 왜 이 모양이야? 당장에라도 떨어질 기세네."

"아니, 이봐! 너 여기 왜 온 거야?"

완전 마이페이스적 태도에 기다란 장창을 들고 있던 익족이 화를 냈다. 검은색 커다란 날개에 준수한 외모를 가지고 있는 남성 익족의 머리 위에는 [흑오족 전사 류현]이라고 써 있었다.

"6레벨이야."

"이건 뭐 종족 불문하고 전사 쪽은 죄다 6레벨이야?"

"밸런스라는 걸 맞추는 모양이지. 하지만 긴장 좀 하는 게 어때? 저래 보여도 너랑 동급이야."

"아니, 뭐 새삼스럽게."

멀린의 전투 능력은 동레벨을 아득히 넘어선다. 스텟 보너스를 받지 못해 플레이 타임에 비해 낮은 수준의 능력치를 가지고 있지만 그것도 마스터 타이틀의 효과로 충당한데다 타고난 배틀 센스와 여러 가지 특수 능력으로 특정 조건만 맞아떨어진다면 마스터 수준의 전투력을 가지고 있는 것이다. 다만 문제가 있다면…… 그 특정 조건이 맞아떨어지지 않으면 형편없이 약해질 수도 있다는 것. 때문에 옆에서 보는 정천은 항상 살얼음판을 걷는 심정이었다.

"레벨 업 좀 해."

"저번에 6레벨 시험 봤잖아."

"6레벨 정도가 아니라 좀 더 해."

"왜?"

"……."

도저히 이해를 할 수 없다는 반응에 되려 할 말을 잃었다. 한때 대단한 재능으로 그를 들뜨게 한 이 주인은 안타깝게도 레벨 업에 대한 욕구가 전혀 없다. 그나마 6레벨도 능력치 제한 때문에 올린 것인데 어느 순간 마력이나 내공의 성장이 정체기에 들어가면서 멀린은 레벨 업에 대한 관심을 완전히 끊어버린 상태였다.

"어이, 너……."

"아 미안. 난 멀린이야. 모험 중이지."

"…모험?"

"여행이라고 해야 하나? 와, 하지만 여기 진짜 신기하다. 이렇게나 큰 돌이 어떻게 떠 있는 거지?"

천공섬 이카루스는 그 지름만 해도 20킬로미터가 넘어가는 무지막지한 크기의 섬이다. 어지간한 도시보다도 훨씬 거대한 땅이 하늘을 날아다니고 있는 것. 심지어 그 높이는 해수면에서부터 300미터에 가까워서 어지간한 새들도 쉽게 날아오르기 힘들어할 정도다.

"아니… 거참. 어이가 없군. 여행하러 천공섬에 올랐단 말이야? 누가 너한테 여길 여행하는 걸 허락했는데?"

"응? 허락할 필요 없어."

너무나 당연하다는 반응에 류현의 눈매가 날카로워진다.

"오호. 그 말은 우리를……."

"이제 갈 거니까."

"무시하겠다는…… 뭐라고?"

"안녕~!"

가볍게 손을 흔들더니 탁 하고 섬에서 뛰어내린다. 멀린으로서는 어차피 최초 발견 경험치만 먹고 가려고 왔기 때문에 거칠 것 없는 행동이었지만 그걸 익족들이 알 리가 없다.

"억? 어! 어어?!"

"뭐야, 저놈?"

너무 당황해 말을 다 더듬는 류현을 두고 멀린의 몸이 바다를 향해 떨어진다. 바다는 300미터나 떨어져 있지만 그 동작에는 일말의 두려움조차 없다.

"아, 갈 때 가더라도 기념품은 가져가야지."

퍽.

천공섬 이카루스의 상단은 평범한 흙과 바위지만 하단 부분은 은은하게 빛나는 연두색의 돌로 이루어져 있었는데, 멀린은 추락하던 도중 수공을 발휘해 그중 일부를 떼어냈다. 그리 크진 않아서 한 손에 쏙 들어오는 크기였다.

"야호~ 스카이다이빙~!"

"넌 매사에 뭐가 그리 신나니……."

점점 추락 속도가 빨라지고 있지만 한 치의 두려움도 없다. 오히려 미뤄둔 숙제를 다 마친 것처럼 마음이 개운하다..

"드디어 모든 섬 최초 발견 경험치를 다 먹었어~!"

"그래, 그러니까 그 막대한 경험치로 승급 시험 좀 보라고."

정천이 투덜거렸지만 들은 건지 못 들은 건지 두 팔을 벌리고 바람을 탄다. 마치 미끄러지듯 사선을 그리며 떨어진 그는 수면에 닿기 직전 몸을 동그랗게 말았다.

퐁.

무게만도 80킬로그램에 가까운 건장한 청년이 300미터 높이에서 떨어졌는데 난 소리가 그게 다다. 물론 물결 한 줄기 일지 않는 것은 수면뿐이고 물속은 푹신한 솜뭉치처럼 그의 몸을 받아냈다. 멀린이 떨어지면서 발생한 운동에너지는 충격에너지로 변해 사방으로 흩어져 그가 받은 타격은 극히 미비한 수준이다.

"정천, 오늘이 무슨 날인 줄 알아?"

"무슨 날인데?"

"내가 노이즈 벨트 아래로 내려온 지 딱 6개월 되는 날이야."

"…그럼 환요마도가 최남단에 위치했겠군."

"그렇지."

노이즈 벨트와 최남단에 위치한 대륙 사이에는 여섯 개의 거대한 섬이 있다. 멀린이 가장 먼저 발견했던 청림도의 본 섬이라고 할 수 있는 환요마도 역시 그들 중 하나. 조금 전 멀린이 발견했던 천공섬 이카루스 역시 마찬가지다.

"하지만 몰랐어. 설마 섬들이 움직이고 있었다니."

멀린이 맨 처음 노이즈 벨트 아래로 내려와서 느꼈던 의문이 바로 자신의 기억 속에 있는 섬들의 위치와 실제 섬의 위치가 다르다는 것이었다. 여섯 개의 섬은 원 모양으로 늘어서 있었는데 어쩐 일인지 시계방향으로 조금씩 틀어져 있던 것이다.

하지만 환요마도의 사요(四妖), 아니, 이제 삼요(三妖) 중 하나인 팔미호 천류화는 그런 멀린의 의문을 풀어주었다. 여섯 개의 섬이 시계방향으로 1년에 한 바퀴씩 돈다고 가르쳐 준 것이다.

"그러고 보니 정작 환요마도하고 남은 세 개 부속 섬을 발견 안 했네. 얼른 가서 최초 발견 경험치 먹고 천류화 누나 만난 다음 신대륙으로 가야겠다."

부스터를 장시간 유지하긴 힘들기 때문에 헤엄을 쳐서 앞으로 나아간다. 물론 헤엄이라고는 해도 그가 치는 헤엄은 단순히 물을 뒤로 밀어내 전진한다고 보긴 힘든 종류의 것이기 때문에 팔 한 번 움직이고 물을 찰 때마다 쭉쭉 앞으로 나아갔다.

"하지만 벌써 6개월이라니. 짧지 않은 시간인데 참 잘도 돌아다닌다."

"대단하지? 덕분에 나 근력하고 체력은 타이틀 효과 없어도 150포인트가 넘어. 게다가 길다고는 해도… 현실에서는 한 달도 멀었지."

대충 시간을 계산해 봤다. 현실의 날짜는 1월 16일이다. 정말 무지막지하게 많은 시간을 보냈는데 이제 겨우 보름 약간 넘은 것이다.

"와, 이 게임 너무 오래 하면 시간개념이 이상해지겠다. 아니, 나야 뭐 이미 다 컸으니 상관없다고 쳐도 애들이 한 1년 하면 어떻게 되는 거지?"

중얼거리며 계속 헤엄친다. 속도가 그리 빠르지는 않아서 환요마도까지 가려면 넉넉잡아 여덟 시간은 헤엄쳐야 하는 상황이었는데 한 시간도 채 지나지 않아 이상한 걸 발견한다.

"…멀린."

"어. 나도 봤어."

그건 바위섬이었다. 바다 한가운데 외로이 떠 있는 그리 크지 않은 사이즈의 무인도. 평소 머나먼 거리를 헤엄치고 다니면서 숱하게 봤던 광경이지만 이번은 조금 달랐다.

"저거 유저지?"

"유저가…… 맞네. 하, 하지만 어떻게 된 거지? 나 말고 여기에 내려올 수 있는 유저가 있을 리 없는데?"

그렇다. 그 무인도 위에는 유저가 있었다. 그것도 서 있지도 앉아 있지도 않다. 문자 그대로 대(大) 자로 편안하게 누워 있다. 무인도에는 나무가 몇 그루 있었는데, 그 그늘 아래에서 너무나도 편안하게 쉬고 있었다.

"저기요?"

"……."

말을 걸어보았지만 대답이 없다. 자는 것도 아니어서 반쯤 뜬눈으로 하늘만 보고 있다. 혹시 못 들었나 싶어 좀 더 접근해 다시 불러본다.

"저기요."

"아 말 걸지 마요. 귀찮게."

"……."

겪어본 적 있는 반응이다. 귀찮음이 뚝뚝 묻어 나오는, 상대방을 경계한다거나 낯을 가린다거나 하는 게 아니라 정말 순수하게 귀찮아하는 태도. 언젠가 대장장이 아이델른에게 무기를 살 때 보았던 유저다. 머리 위에는 [인생무상을 깨달은 만보]라는 글자가 쓰여 있었다.

"저기, 죄송하지만 여긴 어떻게 온 거죠?"

물어보았지만 대답이 없다. 그나마 귀찮다고 말하는 것도 최초의 한 번뿐인 것 같다.

"이 녀석은 뭐야?"

"그러게 말이야. 대체 어떤 방법으로……."

"그게 아니라 레벨이 2야."

"뭐?"

믿을 수 없는 말에 황당해한다. 처음 게임에 접속해 기초 테스트를 마치면 레벨이 오르는 디오의 세계에서 1레벨의 유저란 없다. 즉, 시작과 동시에 2레벨이란 말이니 지금 그들의 앞에 있는 유저는 단 한 번도 승급 시험을 본 적이 없다는 말이 아닌가? 물론 멀린이 6레벨이면서 그보다 훨씬 높은 전투력을 발휘하는 것처럼 레벨이 능력의 전부라고 할 수는 없지만 그것도 정도지, 2레벨은 너무 낮다. 능력치가 죄다 제한에 걸려 버리기 때문에 어떤 방식으로도 힘을 키우기 불가능하다.

'하지만 그렇다면 여긴 어떻게 온 거야?'

노이즈 벨트는 아무나 넘어설 수 있을 정도로 만만한 장벽이 아니다. 하늘을 날아 넘어가려고 하면 버프를 받은 강력한 골렘들이 떼로 덤벼들고, 물 아래로 가려고 하면 무지막지한 속도의 해류에 휩쓸려 시체도 못 찾는다. 공중전에서 골렘들을 이겨낼 정도로 강력하거나 멀린처럼 해류를 이겨내고 노이즈 벨트를 넘어설 수 있어야 한다.

"에이."

하지만 이내 생각을 멈추고 다시 바다에 몸을 담근다.

"응? 저 녀석 어떻게 온 건지 알았어?"

"몰라."

"근데 그냥 가?"

"하지만 알아서 뭐 해? 뭐 어떻게든 왔겠지. 나도 왔는데."

"……."

별로 재미있어 보이지 않는 일인지라 흥이 식는다. 사실 틀린 말은 아니다. 어떤 방식이든 그도 왔는데 남이라고 못 올 리가 없다. 그 방식이 궁금하기는 하지만 굳이 캐낼 이유가 없다.

"가자."

"으음……."

정천은 미련이 남는 듯 만보를 향해 고개를 돌려보았지만 멀린이 점점 멀어지자 이내 체념한 듯 날갯짓해 그를 따라갔다.

쏴아…….

그리고 만보는 그렇게 둘 다 떠나 버린 무인도에서 가만히 누워 있었다. 시간은 계속 흘러 한 시간, 두 시간, 세 시간. 마침내 한나절 가까이 지나고 흐리멍덩하던 만보의 눈에 빛이 돌아왔다.

"하지만 신기하군. 저 녀석은 여기까지 어떻게 온 거지? 설마 헤엄쳐서 온 건 아닐 텐데."

곰곰이 생각에 빠진다. 그러나 그 시간은 그리 길지 않다.

"뭐 어떻게든 왔겠지. 나도 왔는데."

그렇게 중얼거린 만보의 눈이 다시 탁해진다. 이번에는 한 이틀간 의식을 되돌릴 일이 없을 것 같다.

*   *   *

숲 속 널찍한 바위 위에 한 오크가 가부좌를 취하고 있다. 190센티미터 정도 되는 키에 탄탄해 보이는 몸. 예전 절망의 숲 몬스터 군단의 지휘자로써 수많은 유저들에게 경악을 안겨 주었던 오크 히어로는 수수한 장식의 청강검을 등에 맨 채 호흡조차 느껴지지 않는 고요함을 유지하고 있다.

툭. 투툭.

그리고 그런 그의 주변으로 빗방울이 떨어져 내리기 시작한다. 소나기가 올 예정인 듯 물방울이 제법 굵다.

투둑. 투두두둑.

점점 빗방울의 수가 많아지기 시작한다. 그리고 마침내 바위 위에 앉아 있던 성묵의 머리 위에도 빗방울이 떨어진다.

핑!

그러나 빗방울은 성묵의 머리를 적시지 못했다. 소리조차 없이 뽑혀진 청강검이 빗방울을 반으로 쪼개 버렸기 때문이다.

피핑!

반으로 잘린 물방울을 다시 반으로, 그리고 그렇게 네 조각 난 물방울이 채 흩어지기도 전에 두 번에 검격이 이어져 여덟 조각으로 잘라 버린다.

피피핑!

어깨를 향해 떨어지던 빗방울이 잘려 나간다. 정수리에, 이마에, 목덜미와 허벅지에 떨어지던 빗방울이 잘게 쪼개져 사방으로 흩어진다.

투두두두둑.

빗줄기는 점차 거세졌다. 소나기다. 처음에는 듬성듬성하게 쏟아지던 빗줄기는 점점 빽빽하게 변하더니 이내 폭우로 변해 버렸다. 어딘가 비를 피할 곳을 찾지 못한다면 전신이 흠뻑 젖어버릴 정도의 비다. 나뭇잎이 무수히 많은 나무 아래 숨어도 이렇게나 굵고 무수하게 떨어지는 빗줄기를 피하지는 못하리라.

위이이잉!

그러나 셀 수 없이 많은 선이 떠올라 공간을 뒤덮는다. 성묵의 머리 위로 떨어져 내리던 모든 물방울에 검격이 가해지고 점점 많아지는 빗방울보다 허공에 떠오르는 선의 숫자가 훨씬 더 많아지기 시작한다.

차르릉!

그리고 마침내 매화가 피어오른다. 떨어지는 빗방울은 활짝 만개한 매화의 꽃잎에 닿기가 무섭게 산산이 부서져 사방으로 튕겨 나갔다. 성묵의 머리 위로 피어오른 매화는 너무나도 선명해 마치 정말로 꽃이 피어오른 것이 아닐까 하는 착각을 일으킬 정도. 비가 오고 있음에도 주변을 가득히 매운 매화향이 그런 착각을 사실인 것처럼 만들었다.

투둑.

비는 10여 분이나 더 쏟아지다가 그쳤다. 비가 그치자 성묵의 손에 들려 있던 검이 뽑혀 들 때와 마찬가지로 아무런 소리

없이 검집으로 돌아갔다.

그의 몸에서는 한 방울의 물기조차 찾아볼 수 없다.

"음? 이건 무슨 안개야?"

홍 하고 바람이 불어오더니 성묵의 주변을 맴돌던 안개가 한쪽으로 밀려나더니 커다란 덩치의 몬스터가 모습을 드러냈다. 종족 레벨 8. 단순히 태어나 성장한 것만으로 어지간한 현대병기조차 통하지 않을 정도의 전투력을 발휘하는 괴물 중의 괴물 오우거다.

"무슨 일이냐, 주영. 여긴 네 영역이 아닐 텐데."

"여어~ 오랜만인데 너무 싸늘한 반응이군. 하지만 설마 오크 따위가 되어 있을 줄이야. 상상을 못해서 찾느라 오래 걸렸어."

오우거라고는 해도 특이한 모습이다. 그 키와 덩치는 분명 오우거 특유의 그것이지만 몸은 전체적으로 늘씬해 날렵하게 보이고 오밀조밀 짜여 있는 근육들은 그 커다란 덩치를 꽉 채울 정도로 단단했다. 입고 있는 것은 검은색의 무투복. 땅을 딛고 있는 하체는 미사일에 맞아도 흔들림없이 안정적이고, 억세 보이는 손은 강철도 종잇장처럼 찢을 수 있을 것만 같다.

"살기가 짙군. 여기까지 오면서 몇 명이나 죽인 거지?"

"어쩔 수 없었어. 오크 놈들은 머리가 나빠서 내 말을 잘 이해하지 못하더라고."

몬스터라고 무조건 머리가 나쁜 건 아니다. 물론 지능이 낮은 몬스터들은 그야말로 짐승에 불과하지만 그 종류에 따라서는 마법을 사용하는 게 가능할 정도로 높은 지능을 가진 몬스터도 얼마든지 있고, 저 레벨의 몬스터 중에도 인간 정도의 지능을 가진 경우가 많으니까.

실제로 오크들 역시 언어를 구사하는 게 가능한데다 장비를 제작하고 작전을 짜 유저들을 상대할 정도로 지능이 높다. 특히 절망의 숲 최심부에 거주하고 있는 오크들은 전투력과 지능이 상당한 수준이라 겨우 길 안내를 못할 이유가 없다.

"네 녀석은 변한 게 없군. 오우거나 오크라는 이종족을 본 지 얼마 되지도 않았는데 차별의 시선을 담을 수 있다니."

"그야 내가 강하기 때문이지. 하찮은 오크."

후웅.

가볍게 한 발자국 움직이자 강렬한 기파가 퍼져 나간다. 그것은 무지막지한 내공에서 뿜어져 나오는 압력. 태어날 때부터 강력해 다 자라게 되면 단순한 생물체라 보기 힘들 정도의 강함을 자랑하는 오우거지만 지금 이 압력은 그것과도 차원이 다르다.

"멍청하군. 지금 그런 육체를 얻은 것으로 날 이길 수 있다고 생각하다니."

"큭큭. 그런 말을 한다고 내가 물러설 거라고 생각한다면 착각이지. 여긴 중원과는 달라. 난 레벨부터 너보다 높다. 강자라는 말이야."

"자신에게 강한 육체가 생긴 이유를 전혀 모르는군."

"큭. 미안하지만 잘 알고 있어. 내게 강력한 육체가 주어진 건 '그들'도 네년이 이 몸보다 떨어진다는 걸 알았기 때문이 겠지. 아니, 사실은 오크 몸도 아깝다고 생각할걸?'

비열하게 웃으며 주먹을 들어 올린다.

콰앙!

벼락같은 공격에 성묵이 앉아 있던 바위가 통째로 터져 나 갔다.

"건곤신장(乾坤神掌)이라니. 도법은 완전히 포기했나?"

"흥. 뭐 막을 수 없으니 피하기라도 해야겠지."

마치 그림자처럼 소리없이 자신의 공격을 피한 성묵의 모습 에 이죽거린 주영은 재차 내공을 끌어올렸다. '예전'에는 제 대로 덤비지도 못할 정도로 강하고 아름다워 그를 비참하게 만들던 성묵이지만 지금은 상황이 전혀 다르다. 생물체라고 보기 힘들 정도로 강력한 육체. 그리고 일수에 산악을 쪼갤 수 있을 것 같을 정도로 웅혼한 내공. 디오의 세계로 넘어와 오히 려 약해진 성묵과는 다르게 그는 훨씬 더 강해져 있었다.

"…한심해."

그러나 성묵의 눈동자는 흔들림조차 없다. 일말의 불안감도 동요도 없이 주영의 모습을 보고 있다. 심지어 아직 검을 뽑지 도 않고 서 있는 게 아닌가? 그를 짓밟을 수 있을 거라는 생각 에 한껏 격양되어 있던 주영의 얼굴이 험악해졌다.

"네년, 언제까지 그렇게 한가로이……."

하지만 그러다 멈칫한다. 예상치 못한 문자를 발견했기 때 문이다.

"너 칭호가……."

성묵의 머리 위에는 이렇게 쓰여 있다.

[암천마림의 지배자]
[검존 성묵]

암천마림(暗天魔林)이란 다른 곳이 아니다. 당장 성묵과 주영이 서 있는 장소 역시 암천마림의 일부. 암천마림은 드넓은 절망의 숲에서도 최심처에 위치한 장소 중 하나로, 초고렙의 몬스터들이 즐비해 아직까지 유저들이 본 적도 없는 괴물들이 득실득실한 위험 지역이었다.

"왜 그러지? 신기한 거라도 봤나?"

나직하게 말하는 성묵. 그리고 그 모습에 주영은 당황할 수밖에 없었다. 물론 그들이 있는 곳은 암천마림이 맞지만 대체 왜 성묵이 그 지배자란 말인가? 13레벨이 낮은 레벨은 아니지만 암천마림에는 그 이상의 괴물이 얼마든지 있다. 하물며 성장의 가능성도 없는 오크 따위가 그 지배자라니? 하지만 더 문제는 성묵의 칭호에 있었다.

"검… 존(劍尊)?"

그런 칭호는 들어본 적도 없다. 보통 몬스터들의 칭호란 그 몬스터의 직업이나 특성에 따라 나눠지지, 개별로 주어지는 것이 아니니까. 하지만 그럼에도 그런 칭호를 획득할 수 있었다는 건 아주 특별한 의미를 지니고 있다. 종족 레벨이 3밖에 되지 않는 오크이기에 비교적 낮은 레벨에도 히어로 클래스였던 성묵이 그 한계조차 넘어서 새로운 장소에 도달해 버린 것이다.

"프리덤 클래스(Freedom Class)……."

내공이 경지를 넘어서면 육체의 한계조차 뛰어넘을 수 있다. 육체 능력으로는 늘대나 호랑이조차 이기기 힘들어야 할 인간이 현대병기에 육박하는 전투 능력을 가지게 되는 것도 같은 이치. 그리고 그 사실을 깨닫고 이를 악무는 주영에게 성묵이 말했다.

"육체도 내공도 그 어떤 것도 상관없다. 너와 내가 다른 점은 하나뿐이지."

"다르… 다니. 뭐지?"

"격(格)."

킹!

검명이 울린다. 주영은 괴물 같은 반사신경으로 한 발짝 물러서 검격을 피해냈지만 이미 성묵의 검격은 날렵한 궤적을 만들어내며 허공에 검기를 풀어놓고 있었다.

차르릉.

숨 막힐 정도의 매화향이 퍼져 나간다. 물론 그건 물리적인 향기가 아니다. 그것은 매화검의 검리(劍理)가 정도를 넘어서 체득의 경지에 이르면 발생하는 의념(疑念)의 파편. 때문에 성묵이 검기를 펼쳐 낼 때 기계 종류로 매화 성분을 찾아내려 하면 나오는 게 없다. 즉, 실제 매화 냄새가 없기 때문인데 그럼에도 주위에 다가온 모든 존재는 사람이고 동물이고 정신을 잃어버릴 정도로 진한 매화향을 느끼게 된다. 이것은 후각의 개념이 아니기 때문에 후각을 잃어버린 사람이나 후각 자체를 가지고 있지 않은 동물이라도 느낄 수밖에 없다.

파스스스······.

성묵은 너덜너덜하게 뜯겨진 주영의 몸이 연기로 변해 흩어지는 것을 보며 청강검을 검집에 집어넣었다.

"이래 봐야 얼마 안 있어 살아나겠지만······ 뭐 주제를 알았을 테니 또 오지는 않겠지."

전생부터 지겨운 인연이다. 명문이라고 할 수 있는 가문의 자식으로 실력 이상의 오만함이 거슬려 손봐주었던 인연이 이렇게나 길게 이어질 줄은 상상도 못했다.

"그나저나 벌써 반년이라··· 슬슬 이곳 근처까지 시끄러워지는 걸 보니 유저들도 수준이 높아진 모양이군."

유저들이 절망의 숲 심처에 출몰하기 시작한 건 꽤 오래전부터 있던 일이다. 절망의 숲은 가장 큰 네 개의 사냥터 중 하나인만큼 무지막지한 숫자의 유저들이 방문하지만 안으로 들어오면 들어올수록 몬스터들의 수준이 높아지기 때문에 심처에서 소란을 일으키는 건 쉬운 일이 아니다. 심지어 몬스터들이라는 건 한번 죽여도 금세 다시 생겨나 재배치되기 때문에 마냥 시간이 지난다고 밀리는 게 아니니 더욱 그렇다.

"그러고 보니 날 죽였던 그 녀석도 있지."

성묵은 왼손으로 분광검법을, 오른손으로 태극혜검을 펼쳐

내던 아더의 모습을 떠올렸다. 사실 그 두 개의 검법만 쳐도 그는 무적이나 다름없다. 정반대의 검리를 가진 분광검법과 태극혜검은 같이 펼쳐 내긴커녕 익히기도 어려워야 하는데 기가 막히게도 아더는 전혀 다른 방향성을 가진 두 개의 검법을 양손으로 펼쳐 냄으로써 어떤 공격도 막아내고 어떤 방어도 뚫어내는 무지막지한 검기를 지니게 되었다. 사실 성묵이 그와 대적했을 때는 다른 유저들과의 전투로 정상적인 몸 상태가 아니었지만 만전의 상태로 싸웠다고 해도 패배를 피할 수는 없었으리라.

"지금이라면 어떨까?"

물론 이길 수 있을 테지만 그건 아더가 예전 그가 만났던 때의 전투력을 그대로 가지고 있다는 가정하에 성립되는 결과일 뿐. 100일의 시간 동안 태극혜검을 완전하게 체득할 정도의 기재에게 이 정도나 되는 시간과 환경이 허락되었는데 그 경지가 그대로일 리 없다. 아무리 긍정적으로 생각해도 괴물이 되었을 것이라 예상되는 상황. 그러나 성묵은 웃었다.

"실전 경험도 할 겸 숲을 나가봐야겠군. 물론 일반적인 몬스터는 이렇게 움직이지 않겠지만…… 어느 정도의 자율성은 인정해 준다고 했으니 상관없겠지."

피식 웃으며 걷기 시작한다. 스타팅을 향해서였다.

*　　　　　*　　　　　*

공터에는 20여 명의 도깨비가 알몸으로 누워 있었다. 언뜻 보면 볼썽사나울지도 모를 광경이지만 적어도 주변 분위기는 진중했다.

"다 흡수되었으면 남은 부위에 바른 후 주술을 완수해. 좀 지치셨겠지만 다원님도 힘내주세요. 마지막이니까."

"허허. 우리 도깨비 족을 위한 일이니 기쁘게 해야지."

거의 한 뼘은 됨직한 뿔을 가지고 있는 도깨비가 사람 좋게 웃으며 도깨비 방망이를 들어 올린다. 은은한 금빛으로 어둑어둑해져 가는 주변을 밝히는 방망이는 그가 도깨비들을 다스리는 어르신이라는 걸 증명하고 있었다.

쩡!

방망이가 누워 있던 도깨비의 머리를 정확하게 때리자 한순간 도깨비의 전신이 파르르 떨린다. 당연한 말이지만 그건 공격이 아닌 주술력의 주입. 단 한 번의 방망이질일 뿐이었지만 다원의 이마에 땀방울이 맺혔다.

"멍하니 보고 있지 말고 자기 할 일들 해! 다원님 도와줄 수 있는 인원은 돕고."

"네, 천류화님!"

190이 살짝 넘는 키를 가지고 있는 여인의 지휘하에 도깨비와 여우들이 일사불란하게 움직이고 있었다. 사실 이것도 막바지 작업으로 이번 20명이 대법을 완료하면 도깨비 족은 한층 더 강력해진 100명의 도깨비 전사단을 얻게 되리라.

"음?"

한창 도깨비와 여우들을 지휘하고 있던 천류화는 슬쩍 고개를 돌려 바다 쪽을 바라보았다. 언뜻 바다에 아무것도 없는 것처럼 보였지만 그녀는 물속에서 무언가가 고속으로 다가오고 있다는 걸 알았다.

"왔군."

그들이 작업을 하고 있는 위치는 가파른 절벽 위다. 게다가 안전을 위해서 절벽에서부터 상당한 간격을 두고 있는 상태. 하지만 그 순간 바다에서 뭔가가 튀어나왔다.

팡!

물방울과 함께 수십 미터를 비상해 마치 날치처럼 날아온다. 물론 자체적인 비행 능력이 없는 그의 몸은 이내 하강을 시작했지만 80포인트에 150포인트의 타이틀 보정까지 받고 있는 생명력을 가진데다 내공 사용자로서 경공까지 가능한 그라면 63빌딩에서 떨어져도 죽지 않는다.

쿵! 쿵! 쿵!

묵직한 소리와 함께 내려선다. 거의 100미터가 넘는 거리를 날아왔기 때문에 땅을 데굴데굴 굴러도 십수 미터는 굴러야 하지만 그는 단 세 발자국만에 몸을 세웠다. 그의 뒤에 깊숙이 찍혀 있는 발자국만이 그가 날아온 물리력이 상당했다는 것을 보여줬지만 전체적으로 가벼운 움직임이었다.

촤악!

한껏 젖어 있던 몸이지만 가볍게 머리를 털자 마술처럼 온몸에 묻어 있던 소금물이 바닥으로 쏟아진다. 단순히 물을 털어낸 정도가 아니라 속성력으로 물기를 다 제거한 것이기 때문에 머리칼도 물기 하나 없이 뽀송뽀송하다.

"장비 1번. 안녕하세요, 누나~!"

"오랜만이네."

"작업은 끝났나요?"

"다 되어가."

붉은색의 로브와 챙이 넓은 마법사 모자를 걸치고 주위를 살폈다. 주위에는 나체의 도깨비들이 누워 있고 수십의 여우가 그 주변에서 주문을 외우고 있었다. 도깨비들의 몸에 바른 비약이 스며들 수 있도록 돕고 있는 것이다.

"그나저나 독각화망 녀석은 그렇게도 큰 주제에 버릴 부분이 없네요."

"오래 살아온 영물의 몸은 쓸데가 많으니까."

멀린은 독각화망이 죽었을 때 그의 몸에서 쓸 수 있는 부위는 내단 정도라고 생각했지만 그건 틀린 생각. 천류화는 독각화망이 죽자마자 주변을 정리하고 시체를 보존했다. 강력한 영물이자 요괴인 독각화망의 몸은 그 쓰임이 다양하다는 것을 알기 때문이었는데, 요괴이면서도 강력한 주술사이기도 한 그녀는 그 시체의 가공법을 잘 알고 있었다.

독각화망의 피는 정화의 술법을 펼쳐 그 독기를 제거하고 가공해 여우 요괴들과 소수의 도깨비 주술사들에게 주어졌다. 독각화망의 피는 강력한 영성을 가지고 있어 주술력을 크게 상승시키는 효과가 있었기 때문이다. 또한 독각화망의 살은 독기를 제거하고 약물에 담가 열흘 내내 달인 후 주술로 녹여 내 몸에 발라 흡수시키면 사용자의 가죽을 튼튼하게 만들어 충격에 강하고 도검이 불침하는 육체를 가지게 만든다.

"그나저나 활생초(活生草)는 가져왔어?"

"네. 어디에 놓죠?"

"저기 바위 위에."

멀린은 천류화가 가리키는 바위에 올라가 로브 아래쪽의 어둠을 이용해 인벤토리를 오픈, 자신의 덩치만 한 분량의 풀을 쏟아냈다. 그리 대단한 기운을 품은 풀은 아니었지만 그 풀의 모습에 주변 여우들이 반색했다.

"와, 살았다. 뱃속에서 난리 치는 독각화망의 요력 때문에 슬슬 한계였는데."

"하지만 저 인간, 정말로 탄생도에 다녀온 건가? 직선거리로 치면 400리 길이 넘는데?"

"400리가 뭐냐. 직선으로 갔다간 적룡의 섬이 나와서 돌아가야 하는데 막상 돌아서 가려면 거의 700리는 이동해야 해. 하늘을 나는 새도 아니고 이런 무지막지한 거리를 이동할 수 있다니. 게다가 먼 바다에는 괴수들도 많을 텐데."

멀린이 가져온 풀들은 시계방향으로 늘어서 있는 섬들 중에서 현재 12시 방향에 위치해 있는, 요괴나 영물은 아니지만 강력한 전투력을 가진 동물들이 살고 있는 섬에서 가져온 것이다. 탄생도에서는 그리 귀하지도 않은 약초지만 다른 섬에서는 일절 나지 않기 때문에 탄생도와 정반대편에 있는 환요마도에서는 구하기 힘든 물건이다. 바다에는 몬스터가 많지 않았지만 간혹 감당하기 어려운 괴물들이 등장하곤 했기 때문에 멀린처럼 크라켄조차 농락할 이동 능력을 가지지 않은 이상 섬을 오가긴 매우 힘들었다.

"아, 누나. 술식 다 새겼어요."

"뭐 벌써? 돌아다니는 데도 시간이 모자랐을 텐데."

"아이디어가 문제지 뭘 할지 정하면 그 후로는 별로 어려운 게 없으니까요."

그렇게 말하며 품속에서 유리잔을 하나 꺼내 든다. 보통의 유리잔보다 두꺼워 유리잔이라기보다는 컵에 가깝지만 굴절률이 낮아 내부가 또렷하게 보였다. 언뜻 보면 그냥 투명한 유리잔이지만 햇빛에 비추면 각도에 따라 표면 가득히 들어찬 한글이 보인다.

"좋아. 내 것도 준비 끝났으니 바로 처리하지."

멀린이 내민 유리잔을 받은 천류화는 자신의 품에서 엄지손가락만 한 크기의 보석을 꺼내 들었다. 아니, 정확히 말하면 그건 보석이 아니다. 만약 천류화가 제어하고 있지 않다면 지금이라도 위험천만한 독을 뿜어낼 독정(毒精)이었다.

"뭐 준비 같은 거라도 해야 하나요?"

"아니, 그냥 보고만 있어."

또그르.

유리잔에 독정을 집어넣자 맑은 소리와 함께 붉은빛을 띠고 있는 독정이 유리잔 안에서 미끄러진다. 천류화가 제어를 풀어버린 듯 한순간 독정에서 일어난 독기가 뿜어져 나왔지만 보이지 않는 힘에 막혀 유리잔 밖으로 흘러나오지는 않는다.

키잉!

그리고 그 순간 천류화의 요기가 폭발하듯 번져 나간다. 한 순간이지만 멀린의 최대 마력조차 아득히 넘어선 천류화의 요기가 유리잔에 새겨진 술식에 따라 흐르더니 이내 독정의 주위로 몰려들어 침식을 시작한다.

"와우!"

멀린은 금단선공을 운용해 들끓는 요기들에게서부터 자신을 보호했다. 팔미호가 고 레벨이라고는 해도 실로 어마어마한 요기였다.

"레벨이 올랐네. 저 녀석 이제 15레벨이야."

"독각화망의 내단을 먹었으니 당연하지. 하지만 구미호가 되지는 않았네?"

"뭔가 착각하고 있는 모양인데, 일미호(一尾狐)부터 팔미호까지 오르는 것보다 팔미호에서 구미호에 올라서는 게 100배는 더 힘들어. 팔미호는 그저 그런 요괴일 뿐이지만 구미호는 어느 정도 선경(仙境)에 들어선 신수(神獸)니까. 용종과도 같은 경지지."

독각화망의 내단은 결국 팔미호가 먹었다. 물론 독각화망의 내단은 어마어마한 가치를 지니고 있으니 유저라면 누구나 안타까워할 일이었지만 실질적으로 독각화망을 잡은 건 그녀인데다가 현실적으로 내단을 빼앗는 게 불가능하다는 걸 알고 있는 멀린은 크게 마음에 두지 않았다. 실제로 그는 그냥 떠나려고 하지 않았던가? 하지만 천류화는 나름대로의 보답을 하길 원했다. 주변에 위치한 여우들이나 도깨비들을 지키기 위해서였다고는 하지만 전투는 분명 그녀의 열세. 멀린의 지원 사격이 없었다면 지긋지긋한 독각화망을 죽이는 게 아니라 오히려 잡아먹힐 수도 있었다.

"좋아. 됐다."

잠시 딴생각을 하고 있는 사이에 작업을 끝낸 천류화가 만들어낸 유리잔을 멀린에게 넘겼다. 투명한 유리잔의 밑 부분에는 마치 스며든 것처럼 독정이 들어가 있었다.

"와, 빨리 끝나네요. 제법 걸릴 줄 알았는데."

"호호. 내가 누구니? 이 정도야 기본이지."

"실험해 봐도 돼요?"

"물론이지."

그녀의 허락과 함께 멀린은 오른손을 들어 올렸다. 그리고 속성력 발동. 멀린의 손바닥 위로 주먹만 한 크기의 물방울이 생겨났다. 당연한 말이지만 그냥 생겨난 건 아니다. 공기 중에 있던 수분을 집결시켜 물방울로 만든 것이다.

"어머. 신기한 재주네?"

"네. 많은 물을 만들어낼 수 있는 기술은 아니지만 딱히 많은 물이 필요한 상황은 아니니까요."

공기 중의 수분을 모을 수 있게 된 건 비교적 최근의 일이다. 습기를 모으는 것 자체는 별로 어렵지 않은 일이겠지만 눈에 보이지 않는 크기로 공기 중에 흩어져 있는 수분을 인식하는 건 그리 간단하지만은 않은 일이기 때문이었는데, 일단 가능하게 되니 속성력이 닿는 범위에 있는 수분은 모조리 끌어당길 수 있게 되었다.

대기에 녹아 있는 수분을 모을 수 있다는 걸 처음으로 깨달았을 때 멀린은 환호성을 내질렀다. 바다에서야 크라켄 같은 초고렙 몬스터조차 농락하는 그지만 일단 땅에만 내려서면 6~7레벨의 몬스터에게도 얼마든지 살해당할 수 있는 게 그다. 하지만 대기 중의 습기를 물로 바꾼다면 어디에서든 물가에서처럼 활동할 수 있지 않겠는가?

"인생이 그리 쉽지 않아서 문제지만."

당연한 말이지만 대기에 섞인 수분이 그렇게 많을 리 없다. 대기에서 습기를 모으는 것은 물을 만들어내는 기술이 아니기 때문에 환경의 영향을 크게 받게 되는데 그나마 습기가 없어 건조한 지역이라면 적은 양의 물조차 모으기도 쉽지 않다. 만약 사막 같은 곳으로 간다면 마실 물을 만들어내기도 쉽지 않을 정도. 게다가 속성력으로 수분을 모으면 필연적으로 수분을 빼앗긴 주변은 메마르게 되기 때문에 주의할 필요가 있다. 비가 와서 물기가 가득하다면 또 모르겠지만 그렇지 않은 이상 많은 양의 물을 모으기는 불가능에 가까운 것이다.

"어쨌든 해봐."

"네."

천류화의 말에 고개를 끄덕이고 속성력으로 모은 물을 유리잔에 담았다. 변화는 금방 일어났다. 투명한 물이 붉게 물들기 시작한 것이다.

"독기가 스며든다."

투명하던 물은 순식간에 피처럼 새빨갛게 변해 버렸다. 하지만 그것도 잠시, 시간이 어느 정도 지나자 붉게 변했던 물이 다시 투명해지기 시작한다.

"독기가 사라지는 건가요?"

"아니, 완전히 스며든 거지. 혹시 칼 같은 거 있니?"

"네."

멀린이 언젠가 대장장이 아이델른에게 받았던 단검을 꺼내 천류화에게 넘겨주자 그녀는 단검의 날 부분을 유리잔 속에 담겨 있는 물에 담갔다. 멀린은 조마조마한 심정으로 바라보았지만 별다른 일은 일어나지 않았다.

"독의 종류는 두 가지야. 하나는 뭐든지 녹여 버리는, 일종의 산(酸)이라고 할 수 있는 독이고, 또 하나는 무생물체에는 별 영향이 없어도 생명체에는 치명적인 생체독이지."

그렇게 말한 천류화는 물 위로 꺼내 든 단검을 들어 자신의 옆에 있던 나무를 찔러 버렸다. 검날이 흠뻑 젖어 있었기 때문에 물방울 몇 개가 볼을 아슬아슬하게 스쳐 지나간다.

"조, 조심하세요. 독이 튀어요."

"뭐 독각화망 녀석의 독이 강해도 나는 견딜 수 있으니까."

뭐 어떠냐는 표정으로 말하는 천류화였지만 멀린은 독에 대한 저항력이 거의 없다. 물론 생명력과 체력이 상당하니 어느 정도 저항은 할 수 있겠지만 독각화망 정도 되는 몬스터의 독에 중독되면 그냥 죽었다고 봐야 한다.

"효과는 좋네."

"네? 무슨 효과…… 헉?"

의문을 표하다가 머리 위로 우수수 떨어지는 나뭇잎에 기겁한다. 단검에 찔린 나무, 그러니까 어른 둘이 감싸도 팔이 닿지 않을 정도로 큰 나무가 무성하게 달려 있던 나뭇잎을 모조리 떨어뜨려 내고 순식간에 메마르기 시작한 것이다.

화악!

천류화가 가볍게 손을 휘두르자 불길이 일어나 쪼그라들고 있던 나무를 태워 버린다. 연기조차 나지 않을 정도로 깔끔한 여우불이었다.

"어지간한 해독 능력이 없다면 피부에 접촉하는 것만으로도 위험해. 몸 안에 침투하게 되면 더 위험하다는 건 말할 필요도 없고."

"확실히…… 그런데 또 한 가지 독을 사용하려면 어떻게 해야 하죠?"

"유리잔에 설치된 주문을 약간만 조절하면 돼. 너도 마법사니 할 수 있겠지."

그렇게 말하며 가볍게 요력을 발휘하자 이번에는 유리잔 안에 담겨 있는 물이 파란색으로 변한다. 그러나 조금 전 그랬던 것처럼 그것도 잠시일 뿐으로 물은 다시 투명해졌다.

"아하. 술식을 두 개로 나눠놓으라고 하셨던 게 이것 때문이군요."

"그래. 간단하게 말하자면 술식 하나를 꺼버리고 또 하나를 켜면 되는 거지. 그리고 이렇게."

치이익!

유리잔을 기울여 그 내용물을 근처에 있던 바위에 쏟아내자 연기와 함께 바위에 구멍이 뚫린다. 바위에 뚫린 구멍이라 깊이를 가늠하기 쉽지 않았지만 강화안 사용자인 멀린은 바위가 1.5미터에 가깝게 녹아버렸다는 걸 깨달았다. 두께는 5센티미터 정도에 지나지 않는데 이렇게 깊이 파고든다는 건 그만큼 사물을 녹이는 속도가 빠르다는 소리다.

"강렬하긴 하네요. 실수 한번 하면 그냥 끝장이겠어요."

"그렇지?"

"하지만 이렇게 성질이 완전하게 바뀔 수 있다는 건… 독각 화망의 독이 화학성분같이 물리적인 종류의 것이 아니라는 말이겠네요."

"응?"

"게다가 꼭 독을 두 가지 방식으로만 발현할 필요는 없겠는데요? 술식을 뒤섞으면 장점만 뽑아낼 수도 있고."

"뭐?"

대요괴이자 강대한 주술사인 천류화조차 무슨 소리냐는 표정으로 자신을 보고 있는 걸 아는지 모르는지 멀린은 다시 물방울을 만들어 유리잔을 채웠다. 그리고 근처의 나뭇가지를 하나 떨어뜨렸다.

킹.

유리잔에 담긴 물이 그 색을 변화시킨다. 처음에는 붉은빛이 물감처럼 퍼져 나갔지만 이내 아래쪽에서부터 푸른빛이 생겨나더니 소용돌이쳐 섞인다. 색은 이내 보라색으로 변하더니 그마저 시간이 지나 다시 투명해진다.

"자, 봐요. 적용 대상은 생명체로 하고 성질을 산으로 바꾸면."

치이익……!

독이 한 방울 떨어지자 미리 부러뜨렸던 나뭇가지가 순식간에 녹아내린다. 신기하게도 그 아래쪽 바위는 아무런 손상이 없었는데 그건 유리잔에 담겨 있던 독이 목표로 한 나뭇가지만 녹여 버렸다는 것을 뜻했다.

"이건……."

"발상의 전환이죠. 그런데 이걸 어디에 써야 할지는 모르겠네요. 시체 처리할 때나 쓰려나?"

무협지에서 비슷한 독을 본 것 같은데, 라고 중얼거리는 멀린의 모습을 천류화는 지그시 바라보았다. 처음 봤을 때부터 느꼈던 일이지만 정말 볼 때마다 놀라게 하는 소년이다. 천류화의 입장에서야 멀린의 경지는 극히 어정쩡하다고밖에 표현할 수 없을 정도지만 그럼에도 풍부한 지식을 지닌 그녀조차 상상하지 못했던 개념을 너무나 쉽게 떠올리며 또한 도달한다.

그를 만난 지 어느새 반년. 무슨 역마살이라도 끼었는지 쉬지 않고 싸돌아다녀 환요마도에 머문 시간은 고작 한 달에 지나지 않았지만 그가 도깨비들과 여우들에게 준 도움은 실로 지대하다. 심지어 이 기가 막힌 소년은 주술에 대해 별로 아는 것도 없는 주제에 그녀가 만든 술식을 개량, 독각화망의 피와 살을 섭취했을 때의 요력 흡수율을 3할 이상 높이게 만드는 기염을 토했다.

"…어쨌든 술식을 완성했으니 이제 그건 완성품이야. 이름이라도 짓는 게 어때?"

"이름이라……. 뭐 비탄의 잔(The Goblet Of Sorrow) 정도가 좋겠네요."

너무 무리해서 뽑아내지 않는다면 거의 무제한적으로 맹독을 만들어낼 수 있는 비보다. 게다가 화살을 사용해 원거리 공격을 가하는 멀린에게 이런 물건의 가치는 그야말로 상당한 수준. 이것으로 그의 공격 능력은 몇 배나 올라갔다고 할 수 있다.

"아, 그리고 이것도."

그렇게 말하며 넘겨주는 것은 한 포대나 되는 금빛 가루다. 그것은 독각화망의 뿔을 곱게 갈아버린 후 마법적인 처리를 해 만들어낸 것으로, 멀린이 평소 사용하는 마법 가루, 그러니까 캘리브 대왕 조개의 껍데기를 갈아 만든 마법 가루와는 그 차원이 다른 고급품이었다.

"와~ 고맙기는 한데 이렇게 막 주서도 되는 거예요?"

"괜찮아. 많아 보이지만 뿔이 워낙 커서 3분의 1도 안 되니까."

"그러시다면 염치없게… 웃?"

오른손을 내밀어 허공에 떠 있던 자루를 잡았던 멀린의 몸이 살짝 흔들린다. 별다른 이유는 없다. 자루가 무거웠기 때문이다. 느껴지는 무게는 대략 500킬로그램. 천류화가 넘겨준 독각화망의 뿔 가루는 쌀 한 포대 정도 되는 크기를 가지고 있어 절대 가벼워 보이는 물건은 아니지만 그걸 감안하더라도 엄청난 무게다. 그나마 멀린이 타이틀 효과로 근력이 300포인트에 도달했기에 이 정도지, 보통은 놓치거나 넘어지고 말았으리라.

"우와, 그걸 한 손으로 들다니."

"들었을 뿐이지 팔이 부러질 뻔했거든요? 무겁다면 무겁다고 말이나 해주지."

남은 왼손으로 자루의 아랫부분을 받친 후 투덜거린다. 그의 근력은 300포인트. 그 수준이라면 절대치로 따져도 성인 남성 스무 명 정도의 힘을 낼 수 있을 정도지만 상대적으로 그의 생명력은 조금 떨어지는 편이어서 힘을 과하게 쓰면 육체가 상할 수 있다. 게다가 근력이 아무리 강해져 봐야 체중은 그리 늘어나지 않아 천근추(千斤錘)나 경신술(輕身術)처럼 내공을 이용해 신체의 무게를 조절할 수 있는 수법을 사용할 수 없었다면 자루를 들 힘이 있다 해도 무게중심을 못 잡고 넘어지고 말았으리라.

"그나저나 무게가 상당해서 인벤토리에는 못 넣겠네. 바로 바로 꺼낼 물건은 아니니 대충 처박아 놓아야지."

피리릭.

품속에서 꺼낸 카드를 공중에 던지자 빙글빙글 돌던 카드가 커져 문으로 변한다. 멀린이 그 문을 열고 들어가 자루를 놓고 나오는 모습은 그야말로 마술 같은 광경. 이미 하우징 카드를 본 적 있는 천류화는 그리 놀라지 않았지만 그래도 관심이 가는 건 여전하다.

"그러고 보니 그 부적 아공간을 여는 물건이었지? 흔치 않은 물건인데……. 법기(法器) 몇 개 줄 테니 파는 게 어때?"

"안 돼요. 이거 엄청 비싸다고요."

그가 가지고 있는 것은 하우징 C형. 40골드짜리로 현금으로 따져도 무려 200만 원의 가치를 가진 초고가품이다. 팔미호의 주술력이 담긴 물건들이면 상당한 값을 받을 수 있기야 하겠지만 디오의 세계가 열린 지 어느새 6개월. 디오를 플레이하는 가입자 수가 어느새 2억을 넘어섰기에 마법사의 수도 엄청나다.

마법 물품이라는 건 몬스터를 잡아 나오기도 하기 때문에 유저들에게 그리 엄청난 가치를 지니지 못한다. 물론 팔미호는 유저들의 평균 수준보다 아득하게 높은 경지의 실력을 간직한 주술사이지만 그녀의 특기는 마법 물품 제작이 아닌 전투. 그녀가 만들어내는 마법 물품들이 유저들이 만들어내는 마법 물품에 비해 높은 수준을 가지는 건 사실이지만 그래 봐야 그 가격은 5골드를 넘기 힘든 수준인 것이다.

물론 조금 전에 멀린이 받았던 비탄의 잔을 만들 때처럼 고급의 재료로 시간과 정성을 들여 만들어낸다면 훨씬 더 대단한 물건을 만들 수 있겠지만…… 그래 봐야 10골드에서 20골드 안쪽인지라 하우징 카드와 거래할 수는 없다. 그나마 비탄의 잔은 하우징 카드에 맞먹는 가치를 지니는 물건이지만 그건 그 재료가 너무나 좋아서이기 때문에 같은 수준의 물건을 또 만들기는 불가능하다.

"쫌생이. 비탄의 잔 다시 내놔."

"아, 속 좁게 왜 이러세요."

천류화는 뚱한 표정으로 투덜거렸지만 이내 그녀를 부르는 여우와 도깨비들 때문에 숲 안쪽으로 이동했다. 그녀는 지금 도깨비와 여우들을 강화하는 술법의 축이자 총책임자이기 때문에 사실 잡담이나 하고 있을 시간이 없다.

"못 본 사이에 더 성장했네."

"엉? 마력도 내공도 그대로인데 무슨 소… 앗, 미호잖아?"

"오랜만."

새롭게 다가선 건 여섯 개의 꼬리를 가진 여우 요괴인 육미호. 그녀는 멀린이 요괴들의 섬에 올라 처음 만난 요괴 중 하나로, 다른 육미호들에 비해 작은 덩치를 가져 육탄전에 약한 대신 상당한 주술력을 가진 존재다.

"오. 요력이 상당히 늘었네. 그 뱀 녀석 피를 마셔서 그런가?"

"그런데 레벨은 똑같네."

"어 진짜?"

어느새 머리 위에 앉아 있는 정천의 말에 살짝 놀란다. 요력은 거의 2할 가까이 늘어난 것 같은데 레벨이 그대로라니. 그리고 그런 반응에 미호가 의아하다는 표정을 지었다.

"레벨이라니 무슨 소리야?"

"아, 우리 인간들이 쓰는 말이야. 굳이 해석한다면 경지라는 뜻이지."

"그러니까… 내가 요력도 잔뜩 늘어난 주제에 고만고만한 수준이라고?"

미호의 눈빛이 매서워졌다. 사실 남의 경지를 함부로 품평하는 건 화날 만한 일이다. 심지어 요력이 늘어났음에도 경지가 늘어나지 않았다는 건 요력을 주술 수준이 따라가지 못했다는 말이 아닌가? 하지만 멀린은 너무나 천진한 표정으로 고개를 끄덕였다.

"응."

"……."

한순간 할 말을 잃어버렸다. 뭔가 분노를 표시해야 하는 상황인데 이상하게 화가 나지 않아서 입이 열리지 않는다.

"왜 그래?"

"후우……. 됐어. 나 같은 꼬맹이한테 많은 요력은 돼지 목에 진주 목걸이지 뭐."

"응? 아냐. 그래도 점점 제어 능력이 좋아지는 걸 보니 금방 강해질 텐데."

"흥!"

뒤늦게 멀린이 위로하고 나섰으나 고개를 팩 돌리며 토라진다. 잔뜩 화가 난 모습이었지만…… 순간 멀린이 덤벼든다.

"으악! 젠장! 너무 귀엽잖아!"

"꺄, 꺅? 이거 놔!!"

몸부림치는 미호를 껴안고 바닥을 뒹군다. 당연히 미호는 필사적으로 저항했지만 멀린의 근력은 이미 인간의 그것이 아니다. 맨 몸으로 레슬링을 해도 고릴라를 이기고 정면으로 달려드는 물소의 목을 단번에 꺾어버릴 정도로 강대한 육체 능력을 가진 그의 팔은 아무리 요력을 가진 미호라고 해도 본격적인 주술을 펼치지 않으면 떨쳐 낼 수 없는 종류의 것. 그나마 멀린이 자신의 힘을 완전히 제어할 수 있기에 그냥 껴안을 수 있는 것이지, 만약 그렇지 못했다면 어지간한 고양이보다 작은 미호는 그냥 짓이겨질 정도의 힘이었다.

"멈춰!"

우뚝.

그러나 미호 역시 평범한 여우는 아니다. 그녀는 강대한 주술력으로 유명한 여우 요괴 중에서도 여섯 개의 꼬리를 가진 육미호. 그녀의 황금색 눈동자에 붉은빛이 감돌자 멀린의 몸이 완전히 굳어져 버린다. 자신과 눈을 마주친 상대의 육체를 강제적으로 제압하는 마안(魔眼)이다.

"무거워……."

그리고 그렇게 굳어버린 멀린의 몸을 밀쳐 내고 그 품에서 빠져나온다. 표정은 뿌루퉁하다.

"아아, 정말! 왜 항상 이렇게 덤벼드는 거야?"

멀린은 그녀를 껴안던 자세 그대로 굳어 있었다. 시선은 땅을 향하고 있었기 때문에 미호는 간단한 염동 주술로 그의 몸을 뒤집었다.

키잉!

그리고 요력을 끌어올려 눈에 집중한다. 그녀의 황금색 눈동자가 완벽한 적안(赤眼)으로 물들었다.

"껴안지 마. 덤벼들지 마."

명령한다. 그것은 꽤나 높은 수준의 마안으로 발동되는 암시다. 상대를 완전한 꼭두각시로 만드는 악질적인 방식은 아니지만 일단 제압된 상태에서는 벗어나기 힘들 정도로 거기에 담긴 힘은 만만치 않다. 독각화망의 피를 마셔 요력의 절대치가 늘어나지 못했다면 이렇게 쉽게 펼쳐 내지 못했을 정도다.

"그리고……."

때문에 살짝 망설인다. 한번 암시를 적용시키면 그 내용을 변경시키기 쉽지 않기 때문인데, 이왕 그렇다면 예전부터 생각하고 있던 암시 내용을 추가하는 게 좋을 것 같다.

"머, 머리만 쓰다듬어. 머리만 쓰다듬는다. 너는 계속 머리만 쓰다듬고 싶다……."

상당한 크기의 요력이 움직인다. 멀린은 마법사이자 무인이기 때문에 상당한 수준의 항마력을 지니고 있다. 물론 그래 봐야 중급 이상의 술법이라면 저항이 불가능할 정도로 어중간한 항마력이지만 태우고 부러뜨리는 외부 주문에 비해 암시나 정신파괴 등의 술법은 그 수준 차이가 많이 나지 않는 이상 저항이 쉽다. 충분한 요력과 정신집중이 아니면 적용되지 않을 수 있으니 나름대로 공을 들여 적용시키는 것이다. 그러나…….

"으악! 젠장! 너무 귀엽잖아!"

"어, 어떻…… 꺅?!"

경악하는 미호를 안고 바닥을 데굴데굴 굴러다닌다. 놀랍게도 미호가 발휘한 암시가 아무런 효과도 발휘하지 못한 것이지만 이는 사실 당연한 반응으로, 멀린이 대단해서라기보다는 그가 유저이기 때문에 일어난 일이다.

멀린뿐만이 아니라 디오에 접속하고 있는 모든 유저들의 정신은 기나긴 마법의 역사에서도 가장 철두철미하기로 유명한 마르둑 시스템(Marduk System)에 의해 보호받고 있다. 이 시스템은 너무나 강력하기 때문에 미호 정도의 주술사로서는 어떻게 할 방법이 없다.

마르둑 시스템은 초월자들, 그리고 다른 신적 존재들이 유저의 정신을 제압해 빼앗아가는 사태를 방지하기 위해 만들어진 방어 시스템으로, 그것을 깨뜨리려는 적을 신들로 상정하고 적용된 주문. 때문에 그 이하의 존재가 깨뜨리는 건 불가능에 가까운 일이다. 멀린이 정신을 아주 놔버리고 1년을 누워만 있어도 정신을 침식하는 게 불가능할 정도. 미호가 아니라 천류화가 작정하고 덤벼도 흠집도 안 날 텐데 육미호 정도의 암시 따위가 통할 리 없다.

"그만!"

우뚝.

그러나 미호의 외침과 함께 멀린의 몸이 멈춘다. 그것은 조금 전에도 사용했던 마안의 힘이다. 유저들은 정신 계통 술법엔 그야말로 면역이라는 말이 어울릴 정도로 강한 면을 보이지만 나머지 부분에 있어서는 그리 강력한 저항 능력을 가지지 못한다. 실상 그들의 육체를 만든 이들, 그러니까 '개발자'의 입장에서 보자면 마르둑 시스템을 설치한 것도 상당한 무리라고 할 수 있으리라.

"후우. 대체 어떻게 된 거야? 암시가 전혀 안 먹히다니. 하지만 저항했다고 하기엔 몸은 너무 쉽게 제압되잖아?"

그래도 혹시나 하는 마음에 계속 눈을 마주치며 마안을 유지한다. 저항은 없다. 멀린의 마법적 항마력도, 기교도 미호의 마안을 저항하기엔 모자라다. 정신 제압이 가볍게 튕겨난 것도 그가 유저이기 때문이지 멀린의 능력만으론 미호의 마안에서 벗어날 수 없다.

키잉.

그러나 그때 이변이 발생한다. 멀린의 검은색 눈동자가 붉은색으로 물들기 시작한 것이다. 마치 검은색 한지에 붉은 물감을 떨어뜨린 것처럼 선명하게 변하기 시작하는 눈동자는 미호에게 있어 너무나도 익숙한 종류의 파동을 담고 있었다.

"마, 말도 안 돼. 거짓말."

그러나 미처 현실을 다 외면하기도 전에 그녀의 몸이 굳어

버린다. 그리고 멀린이 말했다.

"내공 대신 눈에 마력을 불어넣는다…… 신기하네. 눈에 들어가는 게 마력이냐 내공이냐의 차이인 것 같은데 매커니즘이 전혀 달라. 강화안은 받아들이는데 특화되고 이건 내보내는데 특화되어 있어서 그런가?"

> 마안술(魔眼術) 스킬을 획득하셨습니다!

멀린은 마력을 움직여 시신경을 여러 가지 방식으로 자극시켰다. 어차피 안구의 구조 정도는 고등학교 교과서만 펼쳐도 나오는 수준인데다 강화안을 사용하기 위해서 안구에 내공을 주입한 경험이 많은 멀린은 너무나도 쉽게 마안술을 습득해 버렸다.

"으… 푸하!"

"어, 풀렸네? 아…… 이거 꼭 컴퓨터 프로그램 같다. 그 구조를 파악하면 풀어낼 수 있는 거야?"

"너 적요의 마안술을 대체 어떻게……."

"잠깐잠깐. 그 몸 굳히는 거 다시 좀 걸어봐 줄래?"

경악한 미호가 의문을 표하려 했지만 이미 멀린의 눈은 붉게 빛나고 있다. 제대로 저항하지 않으면 마안에 제압당할 판. 게다가 미호는 멀린과 다르게 정신 보호 기능이 없기에 이건 꽤나 위험하다. 차라리 멀린이 마안에 익숙하다면 상관없는데 그녀의 눈을 통해 난폭하게 유입되는 멀린의 마력은 아무리 봐도 숙련된 마안 사용자의 그것이 아닌 것이다.

키잉!

미호의 눈이 빛나기 시작하고 둘의 몸이 그대로 멈춘다. 술법 대결에 들어간 것이었는데 물리적인 힘을 이용한 대결이 아니기 때문에 겉으로는 그냥 서로 빤히 보고 있는 것으로만 보인다.

"역시 초반에는 랭크가 미친 듯이 오르네. 한 5랭크까지는 금방 찍으려나?"

그리고 놀랍게도 승자는 멀린이었다. 그는 마치 해커(Hacker)나 크랙커(Cracker)처럼 술식을 해체하고 그 틈으로 파고들어 요력을 흩어버렸다. 그 증거로 멀린은 육체의 자유를 되찾았지만 미호는 여전히 굳어 있는 상태다.

"너… 어떻게?"

"어떻게 술법을 해체했냐고? 이게 뭐였더라. 아, 맞아. 마안 술. 하여튼 이 마안술이라면 솔직히 네 경지가 더 높아. 아마 다른 사람한테 마안을 걸거나 더 다양한 효과를 일으키는 거라면 네 쪽이 훨씬 더 능숙하겠지."

"더 경지가 높은데도…… 내가 당했다는 거야?"

"응. 마안술이 내보내는데 특화된 힘인 건 맞지만 네 마안은 너무 내보내는 데만 신경 쓴 것 같더라고. 받아들이는 길목에 트랩 두세 개 정도 깔고 패스워드로 잠가 버렸으면 내가 그냥 졌을 텐데."

"그런……."

기가 막혀 할 말을 찾지 못한다. 물론 멀린의 말에는 틀린 게 없다. 요괴 중에서도 마안술을 사용하는 수는 극히 적기 때문에 미호는 그녀의 사부라고 할 수 있는 적요를 제외하고는 어떤 상대와도 마안을 충돌시켜 본 적이 없는 게 사실이니까. 하지만 아무리 그래도 숙련도라는 게 있는 법인데 막 마안술을 사용하기 시작한 인간이 요괴로 태어나 눈을 뜬 그 순간부터 마안술을 사용할 수 있었던 그녀를 이긴다는 게 말이나 될 법한 일이란 말인가.

"악!"

"응? 왜 그래?"

"아니, 시간이 다 돼서. 하지만 벌써 12일이 지나다니 뭔 시간이 이렇게 빨리 흘러가는지."

"……?"

미호로서는 이해를 할 수 없는 말을 중얼거리며 경고음과 함께 눈앞으로 떠오른 시계를 바라보았다. 디오에 접속한 지 어느새 12일이라는 시간이 지났다. 물론 12일이라는 시간은 시간의 흐름이 가속되는 디오 속에서 지난 시간일 뿐 현실에서는 이제 막 24시간이 지났다. 시스템에 의한 강제 로그아웃 시간이 다가온 것이다.

"나 잠깐 어디 좀 다녀올게. 아마 오래 걸려도 나흘 이내에는 올 거야."

"갑자기 다녀온다니. 무슨 일이라도 있어?"

"식료품이 떨어져서……."

"……?"

디오가 정식 서비스를 시작한 지 어느새 보름. 게임 속에서야 맘 편히 살고 있는 멀린이지만 현실 상황은 슬슬 한계에 도달한 상태다. 쌀은 떨어진 지 3일이 넘었고 기타 식료품도 이미 바닥이다. 보충은 없고 소모만 있으니 사실 이 상황은 예전부터 예정되어 있던 일이리라.

"하여튼 다녀올게. [로그아웃]."

> 로그아웃 중입니다. 25초 동안 이동할 수 없습니다. 적에게 공격당할 수 있으니 주변이 안전하지 않다면 로그아웃을 취소하시고 대응하길 바랍니다. 25. 24. 23……

중얼거림과 함께 원통형 막이 멀린을 감싼다. 그 원통형 막을 구체적으로 볼 수 있는 건 기본적으로 유저들 정도지만 영성(靈性)이 깨어 있는 존재라면 몬스터라도 얼마든지 감지할 수 있다.

"뭐야… 이게? 네 몸 주위로 뭔가……."

"다시 말하지만 삼 일 이내에는 안 올 거야. 돌아온 다음에도 바로 섬을 떠날 테니 기다리지 말고."

"엇? 아니, 잠……."

팟!

그러나 그 순간 시간이 다 되어 사라져 버린다. 유저란 존재는 일단 로그아웃 시간이 다 되어버리면 그 어떤 저항도 무시하고 사라져 버리기 때문에 주기적으로 타격―그것도 꽤 큰―을 가하는 것 외에는 잡거나 가두거나 하는 게 불가능하다.

"사라… 졌어? 이동 술법이라기엔 차원장이 너무나도 안정되어 있는데…… 뭐야. 그냥 '사라져 버린다'니 이게 대체……."

이해 불가능한 현상에 혼란에 빠진다. 이건 있을 수 없는 일이다. 어디로 날아간 것도 뭣도 아니고 신기루나 허깨비처럼 그냥 사라져 버린다. 이건 어떤 종류의 술법으로도 불가능한 일이다. 절대지경에 이르러 사용할 수 있다는 대소멸(大消滅) 주문이라면 모를까, 인간 하나가 이렇게 사라진다는 건 있을 수 없는 일이다.

"놀랍지?"

"천류화님?"

그리고 그렇게 경악에 빠져 있던 미호의 옆에 천류화가 섰다. 평소, 아니, 독각화망과의 전투 때에도 볼 수 없었을 정도로 서늘한 눈동자다.

"나도 처음 봤을 때는 정말 놀랐지. 저건 저 녀석이 사용할 만한 수준의 술법이 아니니까."

"무슨 술법인지 알고 계신가요?"

"아니."

"……."

단호한 대답. 그녀가 존재하는 모든 요괴 중에서 가장 주술에 능하다는 걸 감안하면 이건 믿기지 않는 일이다.

"생각해 보면 녀석이 처음 나타난 건 환요마도에서도 북부에 있는 청림도였지. 심지어 환요마도는 그때 여섯 개의 섬 중에서도 최북단에 있었는데도……. 미호야, 넌 저 녀석이 어디서 왔다고 생각하지?"

"에, 당연히 [대륙]에서 온 게 아닐까요? 거기에는 인간들도 많이 살잖아요."

당연한 대답이다. 바다에 위치한 여섯 개의 섬에는 이종족이, 그리고 남쪽에 위치한 대륙에는 인간들이 사는 게 상식이니까. 하지만 뜻밖에도 천류화는 고개를 흔들었다.

"나도 그렇게 생각했지만. 저 녀석은 대륙에 사람이 산다는 자체를 모르고 있었어. 심지어 녀석은 우리 요괴들에 대해서도 전혀 아는 게 없지. 대륙의 녀석들이 우리들과 왕래가 없는 것도 아니고 저렇게 모른다는 건 말도 안 돼."

멀린이 딱히 자신의 행동에 주의를 기울이는 것도 아니었기 때문에 지혜로운 천류화는 멀린의 한마디 한마디에서 많은 정보를 얻을 수 있었다. 적어도 그녀가 느끼기에 멀린은 대륙의 인간들과는 전혀 다르다. 대륙의 인간이라면 누구나 가지고 있는 [소속]이라는 게 없고 이 세계에 대한 전반적인 이해가 모자라다. 어디 산속에서 수련만 하다 나왔으면 또 모르겠지만 저렇게나 싸돌아다니기 좋아하고 여기저기 끼어드는 녀석이 이렇게나 세상에 무지하다는 건 이해할 수 없는 일이다.

"그럼 천류화님께서는 어떻게 생각하시죠? 대륙 말고 인간이 거주하는 곳은 어디에도 없잖아요."

"꼭 그렇지도 않지. 우리가 모르는 장소가 있다면 이야기가 좀 달라질 테니까."

"우리가 모르는 장소요?"

"그래. 저 북쪽 혼돈의 바다를 건너왔다면 가능해."

그녀의 말에 미호의 눈이 커진다.

"하지만 그곳은 세상의 끝이에요."

"그거야 모를 일이지. 혼돈의 바다에 대한 정보라면 하나같이 막연한 것들뿐 정확한 문헌은 남아 있는 게 없으니까. 혼돈의 바다가 세상의 끝이라고 불리는 건 단지 그걸 넘어갈 수 없기 때문일 뿐이야. 어쩌면 그 너머에는 더 넓은 세계가 있다는 말이지."

거기까지 생각이 진행된 것만 해도 대단한 일이다. 노이즈벨트 남쪽에 존재하는 몬스터나 NPC들이 필연적으로 가지게 되는 규제(Limitation)를 어느 정도 넘어섰기 때문이다. 그것이 가능한 것은 그녀가 생전(生前)에 이루었던 드높은 경지 때문이지 다른 몬스터들은 이런 식의 발상 자체를 할 수가 없다.

"그렇다면 어쩌실 생각이죠?"

"멀린 녀석한테 꼬치꼬치 캐묻는 방법도 있지만…… 구미가 당기지 않는군. 모든 수단을 동원해서라도 혼돈의 바다를 건너 보이겠……."

그렇다. 대단한 일이었다. 제작 때부터 가해져 있는 규제를 벗어나는 발상을 할 수 있었다는 건 그녀가 실로 대단한 정신력과 지혜를 가지고 있다는 증거라 할 수 있으니까. 하지만 아쉽게도 그녀는 거기에서 한 발짝 더 내딛고 말았다.

키잉!

천류화의 몸이 멈춘다. 아무런 징조조차 없이 거짓말처럼 몸이 굳어버린다.

"천류화님? 갑자기 왜 그러……."

깜짝 놀라 말을 거는 미호였지만 그 순간 그녀 역시 말을 멈추고 정지해 버린다. 겉으로 보면 그냥 말을 멈춘 것 같은 광경이지만 그녀들의 눈동자는 가느다랗게 진동하고 있었다.

키리릭!

그러나 그 시간은 길지 않다. 아무리 길어봐야 2초 남짓한 순간으로, 옆에서 자세히 보고 있지 않았다면 그 이변을 잘 느끼지도 못했을 정도로 짧은 시간. 언뜻 보면 그냥 대화를 나누다가 한순간 말이 멈춘 정도로밖에 보이지 않을 정도다.

"…아. 어디까지 이야기했지?"

"에? 아. 멀린 녀석이 쓰는 이상한 술법이요."

"맞아. 신기하지? 들어보니까 녀석의 자체적인 실력은 아닌 모양이야. 인간들 중에서 패신져(Passenger)라고 불리는 녀석들이 가진 능력이라더라."

전혀 상관없는 화제다. 심지어 멀린은 패신져에 대한 말을 꺼낸 적도 없는데 그녀는 너무나 자연스레 그 단어를 입에 담고 있었다.

"아차, 천류화님. 이번 파견은 제가 가도 되나요?"

"파견을? 하지만 파견은 예정된 인원이……. 아, 그렇군."

파견을 가기로 되어 있던 여우 요괴가 독각화망의 전투로 사망했었다는 사실을 떠올리고 살짝 어두워지는 분위기. 하지만 요괴나 다른 종족들과의 전투로 사망자가 생기는 게 하루 이틀 일도 아니었던 만큼 이내 어두운 분위기를 몰아낸다.

"그렇군. 벌써 성지(聖地)에 가서 예언을 받아야 할 시기가 되었어. 요새 너무 바빠서 깜빡 잊고 있었는데…….. 그걸 네가 가겠다고?"

"네."

"하지만 위험할 텐데. 게다가 미호, 네가 뛰어난 술사인 건 사실이지만 삼요(三妖)를 제외해도 너보다 강한 녀석이 마흔에 가까워. 어차피 나머지 녀석들은 예언에 관심도 없지만 요번 우리 중에서만 쳐도 너보다 강한 녀석이 열 명 이상이고."

대륙에는 수많은 세력이 있고 그중 상당수는 요괴들에 대해 적의를 가지고 있다. 물론 요괴들과 우호적인 세력들도 있고 성지에 가게 된다면 그 세력들이 차지하고 있는 땅을 거쳐 갈 생각이지만 그 길에 어떤 위험이 있을지 알 수 없다. 심지어 우호적인 세력, 즉 동맹 세력 중에서도 질 나쁜 녀석들은 얼마든지 있기 때문에 홀몸으로 성지까지 가려면 상당한 실력을 가지고 있어야 한다.

"헤헤. 역시 그런가요? 하지만 동행이 있으면 또 모르지요."

"동행? 하지만 예언을 받으러 갈 때 데려갈 수 있는 동행은 인장을 얻지 못한 어린…….. 아."

순간 뭔가를 깨달은 듯 짝 소리가 나도록 주먹으로 손바닥을 친다. 영리한 그녀가 미호의 말을 못 알아들을 리 없다.

"확실히. 녀석이라면 실력도 괜찮고 너랑 호흡도 잘 맞겠군. 대륙에 간다고 했었나?"

"네. 하루나 이틀 정도 쉬고 간다고 했어요."

"뭐 그렇다면 괜찮겠지. 좋아."

천류화의 허락에 미호의 얼굴이 밝아진다.

"와! 고마워요, 언니!"

"어머. 이럴 때만 언니래. 보아하니 녀석이 정말 마음에 들긴 한 모양이구나."

"엑? 그, 그런 거 아니에요!"

"후후후."

음흉하게 웃는 천류화와 그런 그녀의 모습에 안절부절못하고 버벅이는 미호. 이미 혼돈의 바다에 대한 이야기는 그녀들의 머릿속에서 완전히 사라져[Delete] 버린 지 오래였다.

Chapter 20
습격과 충격

—아니, 또 안 되다니. 오빠 장사 아예 접었어요?

"아 미안. 요새 시간이 없어서."

스물여섯 살. 새해를 맞아 드디어 20대 후반에 들어서고 만 유세이는 수화기 너머에서 들리는 사나운 목소리에 헛웃음을 흘렸다. 사실 화를 내는 것도 이해를 못할 일은 아니다. 2년이 좀 넘는 시간 동안 파트너로 일해오던 그가 이렇게 펑크를 내 버리게 되면 아무리 유능한 그녀라도 곤란을 겪을 수밖에 없 으리라.

—시간이 없다니…… 설마 진짜 직장 구한 거예요? 하긴 뭐 오빠 정도 실력이면 그리 이상할 일은 아니지만.

"응? 그런 거 아냐. 요새 집에서 쉬어."

—엑?! 집에서 쉬는 주제에 제가 물어온 일을 안 받겠다고요?

"하하……."

어색하게 웃어버린다. 하지만 그로서도 정말 할 말이 없다. 자신이 평소 그렇게나 눈 아래로 보던 히키코모리(ひきこもり: 방이나 집 등의 특정 공간에서 나가지 못하거나 나가지 않는 사람과 그러한 현상 모두를 일컫는 일본의 신조어. 국내에서는 방구석 폐인이라고도 부른다)처럼 모든 일정을 파한 채로 집에서 게임을 하고 있고, 그래서 그 게임에 조금 더 집중하고 싶어서 일을 안 하고 있다는 말을 어떻게 할 수가 있단 말인가?

—으. 아무래도 무슨 일이 있는 모양이네. 하지만 포기하기엔 이번 스키 수업 조건이 진짜로 좋아요. 부잣집 자제들이 잔뜩 모이는 자리라서 대금도 센 데다가 연줄 만드는 데도 도움되고. 솔직히 오빠 실력이 워낙 좋다고 평판이 나 있어서 이렇게 물어올 수 있는 거지 프리랜서들이 먹기에는 큰 떡밥이라고요.

평소의 그였다면 반색했을 만한 조건이지만 안타깝게도 지금은 '고작' 그런 일에 한눈팔 틈이 없다. 정말 운 좋게도 9레벨에 들어섰지만 그건 그보다 일주일이나 먼저—물론 현실 시간으로 치면 하루도 안 되지만—9레벨에 들어선 한마의 모습에 받은 자극과 지금까지 쌓아온 경험, 그리고 그 경험에 더해진 순간적인 깨달음 때문이지, 그 자신의 실력이 온전히 9레벨에 적합한 것이라고는 말하기 어렵다.

지금도 어쩔 수 없이 현실로 나와 있기는 하지만 1초라도 빨리 디오에 접속해서 한순간 경험했던 깨달음을 소화해 자신의 것으로 체득해야만 하는 것이다.

하지만 그래도 혹시 모를 일인지라 물어본다.

"그거 기간이 어떻게 되는데?"

─1월 25일부터 30일까지요.

"얼마 안 남았네."

하지만 그것도 현실 이야기지 디오 속 시간으로 치면 두 달이 훌쩍 넘는 시간이 남아 있다. 그리고 그건 새로이 얻은 심득을 어느 정도 소화할 수 있을 정도의 시간. 물론 그래도 게임 속 시간은 현실의 12배. 접속해 있으면 있을수록 시간을 버는 셈이지만…….

'현실에서도 좀 있어야 해. 점점 어느 쪽이 현실인지 헷갈리기 시작할 지경이니까. 정신병자가 되지 않으려면 조심해야지.'

─오빠?

"아 미안, 코토노. 생각할 시간을 좀 줄래?"

─음. 뭐, 그러시다면 어떻게든 답변을 미뤄볼게요. 다만 이틀이 한계예요.

"고마워. 언제 한턱 살게."

─흥. 제대로 얻어먹을 테니 각오하세요.

투덜거리는 코토노의 목소리를 들으며 통화를 끝냈다. 문득 본 창밖은 밤새 내린 눈으로 새하얗게 변해 있다.

"와. 눈 왔네. 요새는 뭐 집 밖에 나갈 일이 없어 몰랐군."

유세이의 직업은 일종의 스포츠 강사다. 물론 스포츠 강사라는 건 뭉뚱그려 표현한 것으로, 그는 헬스 트레이너이며 댄스, 수영, 에어로빅, 스쿼시, 스키, 검도, 페러글라이딩 등 온갖 종류의 스포츠를 폭넓게 익히고 있는 다재다능한 인간이었다. 게다가 가르치는 일에도 상당히 능숙한 편이어서 상당한 수의 러브콜을 받아왔지만 구속당하는 걸 좋아하지 않아서 프리랜서로 활동하고 있었다.

"스키 교실인가……."

워낙 많은 스포츠 관련 자격증을 가지고 있는 그인 만큼 봄에는 골프. 여름에는 수영이나 레프팅. 겨울에는 스키나 스노우보드를 하는 식으로 계절별로 돌아가며 일을 하는 편이고 그중 스키 교실이라면 겨울에 가장 벌이가 좋은 일이다. 최근 들어 대중화가 이루어지긴 했지만 스키는 제법 경제력이 되는 손님들이 많이 붙기 때문이다.

"뭐, 9레벨 몬스터들을 안정적으로 상대할 수 있게 되면 말아야겠군. 어차피 10레벨은 아직 멀었… 아니, 그보다… 될 수 있을까? 10레벨?"

매사에 자신감 넘치는 그였지만 디오의 승급 시험은 정말 장난이 아니다. 단순히 경험치를 쌓으면 다음 단계로 넘어가는 다른 게임들과는 다르게 시험을 봐 다음 단계에 올라설 자격이 있는지 확인하는 디오의 시스템은 한 계단 한 계단 올라설수록 도전자에게 상상을 초월하는 기예(技藝)의 습득을 강요한다.

사람이 나이를 먹어 한 90살쯤 되면, 그러니까 모든 노인이
5개 국어 능통에 수많은 지식을 가진 학자가 되거나 하는 건
아닌 것처럼 디오에서의 고 레벨은 단지 게임을 오래 하는 게
아니라 수없이 많은 시간을 자기 단련에 투자해야만 도달할
수 있다. 게다가 그 학습 시간이라는 것도 개인차가 상당한 것
이어서 죽을 때까지 노력해도 10레벨에 도달하지 못할 사람이
부지기수다. 아니, 정확히 말하면 오히려 10레벨을 넘는 사람
이 흔치 않은 수준인 것이다.

"솔직히 5레벨도 못 넘을 사람은 영원히 못 넘지. 세상 모든
사람이 다 자기 단련을 하며 살아가는 건 아니니까."

중얼거리며 집 안을 대충 정리하고 침실로 향했다. 그의 손
에는 인터넷 쇼핑으로 구매한 전용 CD플레이어가 들려 있었
다.

최초에 나는 슬펐노라⋯⋯.
내가 바라는 것이 아무것도 없음에⋯⋯.
하지만 그럼에도 바란다. 또한 소망한다.
내가 만들려는 것은 새로운 세계일지니.
지금 여기서 해방하노라.

힘과 박력을 가지고 쏟아져 나오는 듣는 이를 압도시키는
중후한 목소리다. 마치 테너(Tenor)에서도 가장 극적인 테노레

드라마티코(Tenore Drammatico)처럼 귓가를 울린다.

우웅.

접속은 순식간이다. 말똥말똥하던 의식이 거짓말처럼 흐려지나 싶더니 배경이 변한다. 어느새 그가 서 있는 곳은 수많은 유저들이 걷고 있는 드넓은 광장. 그곳은 스타팅 동쪽에 위치한 쉼터 중 하나다.

"후우……."

호흡과 함께 역근경(易筋經)의 중후한 내공이 전신을 휘돈다. 호신기공(護身氣功) 중 가장 신묘하다는 역근경의 내공은 어떤 상황에서도 몸 상태를 최상으로 유지시킨다. 태산 같은 거력을 간직한 채 전신에 스며드는 한 호흡의 진기. 그것은 현실에서 어떤 방법으로도 체험할 수 없는 충만함이다.

철컥.

주먹을 꽉 쥐자 은색의 건틀렛이 조여지며 쇳소리를 낸다. 양어깨에서부터 배꼽 위까지 뒤덮고 있는 상체 갑옷과 골반부터 허벅지까지 보호하고 있는 하체 갑옷. 그리고 양팔에 달려 있는 팔꿈치 보호대와 무릎 보호대는 수많은 전투로 흠집이 잔뜩 나 있음에도 충분히 튼튼해 보이며, 머리에는 투구가 자리하고 있어 빛나는 눈동자를 제외하곤 얼굴을 확인하기 어렵다.

그가 입고 있는 갑옷은 전신갑옷이 아닌 만큼 금속 갑옷이 뒤덮여 있지 않은 부분이 제법 있었는데, 그 부분은 약간 어두운 빛깔의 적색 천으로 보호받고 있다.

양손에는 건틀렛을 장착한 상태인데 그중 왼쪽 건틀렛에는 30센티미터 정도 되는 폭을 가진 소형 방패가 손목 아래부터 팔꿈치까지 뒤덮고 있으며 오른쪽 건틀렛에는 척 보기에도 상당한 마력이 담겨 있는 듯한 마정석이 세 개나 박혀 있다. 긴급한 상황에서 사용자의 트리거 보이스(Trigger Voice)에 반응해 정해진 술식을 발동하는 고급 마법기. 게다가 그의 등 뒤에는 115센티미터의 롱소드가 빗겨 매 있다.

"한마 녀석, 접속하고 있으려나."

막대하다면 꽤나 막대한 무장인데도 불구하고 지금 그가 입고 있는 것은 무려 '평상복'. 경갑과 중갑 사이에 미묘하게 걸쳐 있는 갑옷은 제법 무겁고 귀찮아 보이는 복장이지만 그는 이 복장으로 식사부터 쇼핑까지 못할 게 없다. 이미 이 복장에 너무나 익숙해졌기 때문에 어떤 움직임에도 방해되지 않으며, 강건한 육체 때문에 그 무게 역시 별다른 부담이 되지 않는 것이다. 심지어 본격적인 전투를 위한 풀 플레이트 메일이 따로 장비 지정되어 있다.

탁.

발걸음은 가벼워서 한 걸음에 2~3미터씩 쭉쭉 나아간다. 검술은 잘 늘지 않지만 심법과 신법, 그리고 방패술의 경지는 꾸준히 높아져 이제 어지간한 유저들과는 현격한 차이가 날 정도로 발전했다. 아닌 게 아니라 이미 그의 경지는 상당히 높아져 단순한 이동을 위한 움직임에도 어느 정도 법칙과 이치가 담긴다.

"와, 저기 봐. 저 형 아돌 크리스틴이다."

"아, 전에 그 샌드웜 잡은 파티원 중 하나? 디펜스 완전 장난 아니던데. 몸길이만 100미터는 되는 샌드웜이 몸통 박치기를 하는데 정면에서 막더라고."

"엑! 진짜? 아니, 마력, 내공 다 좋긴 한데 그게 물리적으로 말이 되나?"

"나야 모르지. 어쨌든 덤프트럭이 충돌해도 안 밀릴 기세더라."

수군거리는 목소리를 듣는다. 사실 적막의 사막에 출몰했던 레이드 몬스터, 14레벨의 샌드웜을 잡는 모습을 파티원이 촬영한 이후부터 겪고 있는 일이다. 단지 페인처럼 사냥만을 계속해 강해지는 보통의 게임과 다르게 실력이 필요한 디오의 시스템은 다른 유저들이 고 레벨의 유저를 뛰어난 실력을 가진 스포츠 선수 비슷한 시각으로 보게 만들었다.

"저, 저기요."

"응? 왜 그러시죠?"

"패, 팬이에요! 호, 혹시 폐가 안 된다면 사인 좀……."

"……."

난데없이 다가와 말하는 소녀의 모습에 할 말을 잃어버렸다. 아니, 자신이 무슨 스타도 아니고 사인이 웬 말이란 말인가? 하지만 거부하기도 애매한 상황인지라 황당해하면서도 종이를 받아 사인하자 그 소녀가 다시 말했다.

"아, 저기… 스샷도 좀 찍어도 될까요?"

"…그러죠."

"감사합니다! 카메라!"

소녀의 외침에 허공에서 카메라 모양의 영기가 피어오른다. 당연한 말이지만 이 소녀의 능력은 아니다. 게임에 접속한 유저라면 누구라도 사용할 수 있는 능력 중 하나인 스크린샷이다.

"김치!"

"하하……."

그가 힘없이 웃거나 말거나 찰칵 하는 소리와 함께 카메라가 사라진다. 아마 지금 이 광경은 사진으로 남아 디오에서 로그아웃한 상태에서도 프린트할 수 있으리라.

"감사합니다! 노력해서 마스터도 꼭 찍으세요!"

꺄아~ 꺄아~ 하며 멀리서 보고 있던 다른 소녀들에게 달려가 버린다. '와, 너 대박이다'라던가 '진짜 해버리다니' 등의 목소리가 들려온다.

"하하… 뭐가 뭔지."

다행히도 그는 평소에도 투구를 쓰고 다니는 편이기 때문에 그의 본명이나 신상명세가 까발려지진 않았지만 게임 속에서 사람들이 알아보는 것만은 어쩔 수 없다. 물론 얼굴이 알려지지 않은 만큼 장비를 변경하면 그만일지도 모르지만 어차피 유저들끼리는 머리 위에 아이디가 떠버린다. 타이틀이나 길드 관련은 비공개로 할 수 있지만 아이디를 비공개로 하는 일은 불가능한 것이다.

"세상에 고 레벨이라고 유명인사라니. 설마 나 지금 프로게이머의 길로 달려가고 있는 건 아니겠지?"

하지만 완전히 부정하기도 애매한 것이, 요즘 게임으로 벌어들이는 돈이 장난이 아니다. 고렙은 드물고 어느 정도 레벨이 높아지면 사냥, 그러니까 실전 경험에 더해 수련에도 상당히 많은 시간을 투자해야 하기 때문에 고렙 몬스터에게서 드랍하는 아이템의 가격은 그야말로 하늘을 찌를 정도이기 때문이다.

실제로 샌드웜을 잡아 얻었던 아이템들을 돈으로 환산하니 무려 100만 원이 넘는 현금이 나왔다. 아이템을 독식한 것도 아니고 1/6을 받은 게 이 정도라는 건 실로 무시무시한 일. 샌드웜이 잡기 어려운 몬스터였던 건 사실이지만 사냥 시간은 고작 한 시간 정도에 불과했다. 쉽게 말해 한 시간이라는 짧은 시간에 100만 원을 번 것이다.

"뭐 물건 값은 고 레벨 유저가 많아질수록 떨어지게 되겠지만……. 아마 금방은 어렵겠지."

클로즈 베타 테스트 때는 그야말로 대단한 인재들만으로 이루어진 멤버들로 진행했음에도 높은 경지에 이른 유저가 나오기 힘들었다. 물론 아더나 크루제 같은 예외가 있기는 하지만……. 그런 인세에 나타나기 힘든 비정상적인 천재성을 지니지 않은 이상 한 달이라고 하는 짧디짧은 시간에 도달할 수 있는 경지는 절대 어느 수준을 넘어설 수 없기 때문이다.

물론 아돌이나 한마처럼 그렇게 엄청난 재능을 가진 것도 아니면서 한 달이라는 짧은 시간 만에 높은 경지에 오른 이들 역시 상당수 있지만 그건 온전히 한 달 만에 이뤄낸 경지라고 말하기는 힘들다. 그들이 디오를 플레이하기 전 아무것도 모르던 어린아이들은 아니지 않은가? 그것은 그들이 지금까지 살아온 인생. 단단히 굳혀낸 사고방식. 쌓아온 학문. 쉬지 않고 쌓아올린 수련이 이능과 만나 찬란하게 꽃피워 가능했던 일이다.

"뭐 그래도 수련의 방이 없었으면 어려웠겠지만."

중얼거리며 다시 걷기 시작하는 아돌. 그리고 그때 딩동~! 하는 효과음과 함께 한 줄의 텍스트가 눈앞으로 떠올랐다.

새로운 공지사항이 등록되었습니다.

"응? 공지사항?"

다이내믹 아일랜드 온라인은 공지사항에 관심없기로 유명한 게임이다. 디오 공식 홈페이지에 들어가 공지사항을 찾아보면 베타 테스트 기간부터 지금까지 올라온 게시물을 다 포함해도 열 개가 다 안 될 지경이니 더 말할 필요도 없으리라.

'하지만 그런 주제에 쓸데없는 공지가 반이란 말이지. 뭐 가끔 정말 중요한 공지사항도 있지만 게임에 대해서는 스스로 알아가라는 것일 수도 있……'

그러나 생각을 멈출 수밖에 없다. 난데없이 사방에서 비명이 쏟아졌기 때문이다.

"우와아악?!"

"말도 안 돼! 이럴 수가!!"

"음. 하지만 전혀 이해 못할 건 아닌데……."

"정부의 압박 때문인가? 디오 때문에 사회 시스템이 슬슬 마비된다는 뉴스를 본 것 같은데."

사냥터로 가기 위해 게이트로 이동하고 있던 아돌은 중구난 방으로 쏟아져 나오는 탄식들과 시끌시끌해지기 시작하는 광장의 모습에 발걸음을 멈췄다. 아무래도 공지사항에 뭔가 심상치 않은 내용의 게시물이 올라온 모양이다.

"무슨 일이야? 게임 종료 공지라도 뜬 건 아닐 텐데."

품속에 손을 넣어 손바닥만 한 크기의 PDA를 꺼내 들었다. 반경 10킬로미터 내의 지형과 생명체들의 위치를 파악해 주며, 귓속말과 공지사항 확인을 쉽게 할 수 있는 이 마법기기는 당연하게도 유저들이 만들 수 없는 물품이다. 디오의 세계에 마법사들이 많아진 건 사실이지만 아직 현대 과학 문명을 따라잡지는 못했으니까. 지금 그가 보고 있는 물건은 환전소에서 돈을 주고 산 것이다. 최근 들어 인기상품이라고 들었다.

"어디 보자."

그가 들고 있는 PDA, 통칭 비홀더(Beholder)는 기본적으로 터치스크린 방식이었기에 항상 건틀렛을 끼고 있는 아돌이 쓰기엔 곤란한 물건이다. 물론 그 역시 여러 가지 상황을 대비해 5번 장비는 일상복으로 지정해 놨지만 이렇게 사람이 많은 곳에서 일상복으로 변경하면 얼굴이 드러나 버린다. 그는 스포츠 강사. 얼굴이 많이 팔리는 직업인지라 신상이 드러나는 상황은 되도록 피하고 싶었다.

삐익.

내공을 움직여 컨트롤하자 비홀더의 화면이 바뀐다. 비홀더의 외부에 내공을 흘려 넣어 물리력을 행사한 것. 아직 깨달음이 부족해 허공을 격해 물리력을 발휘하는 공능, 즉 허공섭물(虛空攝物) 같은 일은 불가능하지만 이 정도면 얼마든지 가능하다. 게다가 비홀더는 정전식이나 전자유도식이 아닌 감압식(눌리는 압력에 반응하는 방식)이기 때문에 내공에도 얼마든지 반응한다.

하여튼 새롭게 게시된 공지사항의 내용은 이랬다.

한 번도 보지 못했던 환상의 세계 D.I.O(Dynamic Island On—line)!

그 흥미진진한 섬에 오신 것을 환영합니다!

요새 유저들 관련 문제로 항의가 빗발치고 있습니다. 사실 유저들 자체가 품는 불만은 많지 않은데 정부 차원에서 공식 입장을 밝힌 바도 있고 언론도 시끄러운 상황이죠.

아 그러니까 게임 좀 작작 하시지.

하루가 24시간인데 24시간 게임하고 시간 제한 걸리면 로그아웃해서 10분 쉬고 다시 접속하시는 분들이 생각보다 많습니다. 뭐 저희야 상관없지만 계속 이런 생활 패턴이 유지되는 분이 많으면 여러 가지 문제가 많을 거라는 사실을 짐작하기는 어렵지 않군요. 게다가 매일 누워서 지내시다 보면 몸이 망가져 버릴 겁니다. 아직 현실 시간은 한 달도 되지 않아 별 문제 없지만 앞으로 무슨 일이 벌어질지 알 수 없죠.

때문에 다음과 같이 공지합니다.

1. 강제 로그아웃 시간을 24시간에서 12시간으로 제한합니다. 이는 다가오는 1월 25일 00시부터 적용되며 그날 주어진 12시간의 플레이 타임을 모두 소모할 시 더 이상 게임에 접속할 수 없습니다.

2. 플레이 타임은 매일 정각에 초기화되어 다시 게임에 접속할 수 있지만 전날의 플레이 타임이 보존되지는 않습니다.

3. 단언하건데 유료 결제로 플레이 타임을 더 주거나 하는 일은 일절 없습니다.

4. 수련의 방 시간 배율이 현실이 아닌 디오 속 시간을 기준으로 합니다. 100배(최대) 설정을 하시면 현실 열두 시간 기준 14,400시간. 즉, 600일의 시간을 경험할 수 있게 됩니다.

…….

현실에서 로그아웃해 버리신 폐인들 때문에 이런 큰 결정을 하게 되었습니다. 그러니까 당신, 댁, 바로 너님 때문에 한다고! 너님들 우리 게임 사랑해 주는 건 좋지만 사회생활도 좀 하시죠?

언제나 저희 D.I.O를 사랑해 주셔서 감사합니다. 다만 그 사랑은 절반만 있어도 충분할 것 같아요.

그럼 이만.

"헐……."

가입자 수가 몇천 몇만도 아닌 억대의 게임의 공지사항이라고는 도저히 생각할 수 없는 말투. 게다가 그 내용도 너무나 파격적이다. 세상에 유저들이 자기들 게임을 너무 심하게 해서 플레이 시간을 절반으로 줄여 버리다니? 그것도 강제?

"무자비한 짓이지만……. 어떻게 생각하면 다행일지도 모르겠군. 슬슬 현실의 스케줄이 엉망이 되고 있었는데."

공지에서는 건강 관련의 이야기를 했지만 그렇다곤 해도 현실의 몸이 병들거나 한 건 아니다. 오히려 그 시간을 내리 누워 있던 것치고 몸 상태는 아주 좋은 편이라 할 수 있다.

"물론 식사를 별로 하지 않으니 살이 찌지 않는 건 당연한 일이지만 근육이 거의 안 풀리다니."

사실 디오의 경우 약간만 주의를 기울여도 손쉽게 다이어트가 가능하다. 만약 다이어트가 하고 싶다면 로그아웃했을 때 건강식 같은 걸 먹고 다시 로그인하면 그만이니까. 맛있는 건 게임 속에서 먹을 수 있기 때문에 놀라울 정도로 부담이 적다.

"모르겠군. 뭐 뇌가 활동하는 정보를 가지고 있어서 육체가 영향을 받는다거나 그런 건가? 자잘한 건 좀 알려줬으면 좋겠는데 뭔 놈의 회사가 비밀만 가득하니."

투덜거리며 다시 걷기 시작하는 아돌. 그때였다.

부르르릉!

낯익은 소리다. 공기를 진동시키며 묵직하게 깔리는 엔진음과 배기음. 하지만 그건 게임 속이 아닌 현실에서 듣던 소리가 아닌가? 하지만 그 의문은 금방 풀렸다.

"크루제다!"

"오, 오, 오토바이 구현?! 아니, 대체 구현 물품이 몇 개야?"

"악. 크루제 이 사기캐 하향 좀!!"

"아 진짜 저 말도 안 되는 구현 때문에 사람들이 오오라 사용자가 다 센 줄 알잖아!"

사람들의 비명 소리를 가볍게 흘리며 은빛 바이크가 사람들 사이를 가로지른다. 아돌 때보다 수십 배는 강렬한 술렁거림이다.

"와, 말도 안 돼. 저렇게 어린데 세계에서도 세 명도 안 된다는 마스터라니…… 이건 그냥 천재여서 될 일이 아니겠지? 우리가 안 볼 때 피나는 노력을 하고 있을 거야."

"그렇겠지. 아 그나저나 크루제 진짜 귀엽긴 귀엽다. 아이돌 가수보다 더 귀여워."

"아이돌 가수가 아니라 만화책에서 뛰쳐나온 것 같은 미소녀지. 저번에 막 유명 엔터테이먼트 기업에서도 어떻게든 데뷔시켜 보려고 접근했다가 퇴짜 맞았다더라."

모든 사람들의 시선이 모인다. 익숙하지 않은 사람이라면 숨 쉬기도 어려울 정도로 부담스러운 시선인데, 크루제는 그냥 배경 화면이라는 듯 신경 쓰지 않고 바이크를 세운 후 아돌에게 말했다.

"오빠는 알고 온 거야?"

"응? 안다니, 뭐가?"

"오고 있잖아."

"그러니까 뭐가?"

그야말로 느닷없는 말에 의아한 표정을 짓는 아돌. 그녀와는 구면이었다. 사실 당연하다면 당연하다고 할 수 있는 게 8레벨을 넘어서면 같은 수준의 유저를 우연히 만나기 힘들 정도로 그 숫자가 급감해 버린다. 다른 유저들이 하는 것처럼 파티 플레이를 하기 위해서는 어느 정도 인맥을 만들 수밖에 없는 것이다.

물론 크루제의 경우는 9레벨인 아돌보다도 몇 단계 이상 높은 고수—자신보다 어린 소녀에게 이런 호칭을 쓰기도 애매하지만 사실이 그래서 어쩔 수 없다—지만 그녀의 경우는 어쩔 수 없다. 그것도 그럴 것이 그녀의 경우는 동 수준의 유저가 드문 정도가 아니라 그냥 없다. 다만 한 명 극강의 고수가 있어 그녀보다도 더 높은 레벨에 위치해 있지만 그는 파티 플레이를 하지 않기 때문에 그녀는 눈을 낮춰 9레벨대의 유저들과 파티를 만들곤 했다.

결과적으로 말하자면 아돌은 크루제와 제법 친한 편이다. 자신에게 과도한 관심을 보이며 친해지려고 하는 이들을 별로 좋아하지 않는 크루제에게 자기 절제가 뛰어나고 크루제에게 아무런 흑심을 갖지 않은 아돌과 애초에 20세 이하는 여자로 보지 않는 한마는 함께 있어도 별 부담이 없는 인물들이었기 때문이다. 하물며 아돌과 한마는 두 명 다 탱커라고 할 수 있는 캐릭터. 데미지 딜러라고 할 수 있는 크루제로서는 가장 필요한 타입의 동료다. 친하게 돼도 이상할 게 하나도 없는 것이다.

그러나 사람들은 그렇게 생각하지 않았다.

"크루제가 아돌한테 말 걸었다."

"크루제 양이 나이도 많은 아돌 같은 것한테 말 걸다니."

"악. 제길 크루제님이 아돌한테 말 걸었어. 흑. 나도 9레벨 유저가 되고 싶어. 엉엉."

"……"

웅성거리는 사람들의 목소리를 들으며 아돌은 식은땀을 흘렸다. 크루제라면 그 비정상적인 천재성과 제멋대로의 성격 때문에 사람들에게서 좋지 않은 시선을 받을 거라고 생각했는데 생각 외로 엄청난 인기를 끌고 있는 모양이었다.

"뭐, 어쨌든 오빠는 아무것도 모르나 보네. 하긴 여기서 태평하게 쉬고 있는 인간들 다 마찬가지인 것 같지만."

"무슨 말이야? 게다가 오토바이는 또 언제 구현…… 헉?! 이건 토마호크(Tomahawk)잖아?"

미국에서 개발한 지상 공격 및 대함용 순항 미사일과 같은 이름을 가진 이 은색의 바이크는 500마력의 괴력을 자랑하는 8,300cc V10엔진. 최고 시속은 640킬로그램에 정지 상태에서 100킬로미터까지 가속하는데 걸리는 시간이 2.5초밖에 필요치 않은 괴물 머신이다.

언뜻 바퀴가 두 개로 보이지만 앞에 두 개, 뒤에 두 개씩 붙어 있는 모습으로, 사실상 토마호크는 사륜차라고 할 수 있다. 흔히 토마호크를 바이크라고 부르는 건 라이딩 포지션과 운전 방식이 바이크의 그것에 가깝기 때문이지 사실상 이건 바이크의 범주에 끼워 넣기도 애매할 정도의 물건인 것이다.

"뭐 어차피 구현으로 만들 거면 좋은 게 나을 것 같아서. 인터넷에서 찾아보니 이게 세계에서 제일 비싸다고 하고. 아, 근데 최고 시속이 640킬로미터라는데 500킬로미터만 넘어서도 굉장히 불안정해. 내 구현에 문제가 있는 거야?"

"그럴 리가. 640킬로미터는 이론상의 속도고 공식 최고 기록은 480킬로미터야. 그 이상 빨라지면 핸들을 제대로 잡을 수가 없으니까 그런 건데…… 넌 능력자니까 익숙해지면 최고 속도를 뽑아낼 수 있을지도 모르지."

"흐응……."

"아, 그나저나 면허도 없이 오토바이를 몰아도 되는 건가?"

"안 되지. 하지만 그런 걸로 치면 나 같은 미성년자가 탱크 모는 게 더 안 될걸?"

"하긴."

일리있는 말에 고개를 끄덕인다. 애초에 게임 속에서 현실 세계의 자잘한 법을 적용시키는 것도 우스운 일. 그리고 그렇게 그가 수긍하는 사이 크루제가 중얼거렸다.

"장비 4번."

핑!

활동성을 위해 천으로 만들어져 있던 적의가 사라지고 그곳을 금속으로 만들어진 경갑옷이 뒤덮는다. 양팔에 위치한 건 검은색 바탕에 하얀색 고어(古語)가 복잡하게 새겨져 있는 토시. 그리고 황금색 고리 세 개가 나타나 풍성하게 늘어뜨려 있던 적발을 묶어 포니테일로 만들어 버린다.

"딜리트(Delete). 그리고 로딩(Loading)."

그녀의 눈이 깜빡이자 토마호크가 사라져 버리고 그녀의 손에 바렛이 들린다. 완전한 전투 태세였다.

"크루제?"

"다 왔으니 전투 준비부터 해."

"다 오다니, 아까부터 무슨 소……."

그리고 그때 모든 유저의 눈앞으로 커다란 텍스트가 소란스럽게 떠올랐다.

> 스타팅 동문에 검존(劍尊) 성묵이 출현했습니다!

"성묵이라니 무슨……. 아, 그래, 성묵! 성묵이라면 분명 그 오크 히어로 이름이 아냐?"

"맞아."

태연한 크루제의 말에 잠시 멍하니 있던 아돌은 깜짝 놀라 등 뒤에 걸려 있던 검집에서 검을 뽑아 들었다. 하지만 이내 멍청한 표정을 지었다. 왜냐하면 스타팅의 유동 인구가 100만 명이 넘는다는 사실을 떠올렸기 때문이다. 지금 스타팅의 상황은 클로즈 베타 때와 전혀 달라서 몇만 단위의 몬스터가 쳐들어오지 않는 이상 어떻게 할 수 없는 지경인 것이다. 하물며 쳐들어오는 몬스터가 한 명이라면 아무리 강해봐야 소용없다.

"그런데 왜 혼자서 왔지? 미쳤나?"

의문을 표하는 아돌. 그리고 그 질문에 대답하듯 비명이 울려 퍼졌다.

"아아악!"

"뭐, 뭐야?! 이 오크 엄청 강… 크악!"

"으하하! 내 철갑기공이라면……. 켁!! 윽! 크악! 악! 난 왜 세 번이나 베…… 컥!"

황금빛 연기가 사방으로 뿜어져 나간다. 당연한 말이지만 그건 성묵의 검에서 뿜어지는 기운이 아니라 성묵의 검에 잘려 나가는 유저들이 흩뿌리는 피다.

"마, 맙소사."

그야말로 학살이었다. 예전과는 다르게 갑옷이 아닌 푸른색 장삼을 걸치고 있는 성묵은 수백을 가볍게 넘어서는 유저들 가운데를 무인지대처럼 태연하게 누비며 걷고 있었다. 그의 손에는 별 볼일 없던 청강 장검이 아닌 다른 검이 들려 있었는데, 은은한 적광을 뿜어내는 그 검은 아무리 봐도 보통의 물건이 아니다.

"발목 좀 잡아줘, 오빠."

"뭐?"

크루제는 아돌이 놀라거나 말거나 바렛을 들고 사람들 사이

로 사라졌다. 유저라고 모두 전투에 능한 것은 아니었기에 난
데없는 참상에 도주하는 이들도 꽤 있었는데, 그 사이에 섞여
버리자 순식간에 그 모습이 보이지 않는다.

삐빅!

그리고 한 개의 창이 떠올랐다.

Mission

[수성전]

제한시간:없음

수호의 탑을 지켜라!

돌발 이벤트 발동! 몬스터의 스타팅 침략!

요번 공격은 성묵의 단독 공격으로 함께하는 몬스터는 없다. 적은 오직
성묵 하나. 그러나 그 하나는 현존 최강의 오크이자 프리덤 클래스 검존(劍
尊)! 제대로 저항하지 못하면 학살당할 뿐이다.

주의!

1. 방어에 실패해 스타팅 가운데에 있는 '수호의 탑' 파괴될 시 이유 막론
하고 게임이 다운된다. 복구 기간은 현실 기준 24시간.

2. 수호의 탑이 파괴되고 그 안에 위치한 수호석(守護石)에 몬스터의 손
이 닿으면 다운된 게임의 복구 기간이 길어진다. 복구 기간은 현실 기준
168시간. 즉, 일주일이다.

3. 꼭 지금이 아니더라도 수호의 탑이 파괴되면 게임이 다운되어 버리지
만 안전을 위해 유저는 수호의 탑을 파괴할 수 없다.

"뭐?! 지면 게임이 다운된다고?!"

"미친 거 아냐? 게다가 일주일?!"

여기저기에서 비명이 터져 나온다. 당연한 일이었다. 세상에 어떤 게임이 게임 그 자체를 인질로 걸어버린단 말인가? 이건 불만있으면 게임하지 말라는 것보다 더 터프하다.

"아니, 이것들 돈 벌 생각 없나?"

"근데 생각해 보면 애초에 이 게임 성능에 비해 너무 싸. 솔직히 한정판으로 팔았으면 1인당 10억씩에도 팔 수 있었는데."

"악. 말하지 마! 그걸 인정해 버리면 유저 전체가 게임회사에 질질 끌려 다녀야 한다고!"

웅성거리는 유저들. 그리고 어쩐 일인지 성묵도 잠시 공세를 멈추고 정면을 바라본 채 서 있었다. 마치 다른 유저들처럼 공지사항을 보는 것 같은 모습. 그리고 그렇게 잠시 서 있던 성묵의 입가에서 쓴웃음이 새어 나왔다.

"…훗. 이렇게 나온다 이거지?"

돌발행동을 한다고 해서 크게 당황할 거라는 생각은 안 했지만 이렇게 얼씨구나 하고 이용할 거라고는 예상치 못했다.

"뭐 나에게 역할을 준다면 수행하면 그만이지."

다시 검을 들어 올린다. 예전의 침공 때에는 스스로의 실력이 완전하지 못하다고 여겨 가져오지 않았던 주작신검(朱雀神劍)이다.

깡!

어디선가 날아온 화살을 번개처럼 쳐낸다. 어느새 수백이 넘는 유저들이 그를 빽빽이 둘러싸고 있다. 어떻게든 싸울 수밖에 없다는 사실을 알게 되자 전투 능력이 없는 이들은 뒤로 빠지고 나름대로 자신을 가지고 있는 유저들만 앞으로 나선 것이다. 거기에 혹시 모른다고 생각한 유저들은 잽싸게 뒤로 빠져 자유게시판에 도움 요청 게시물을 올리고, 고 레벨 유저와 알고 지내던 이들은 귓속말을 날리고 있다.

"장비 4번."

"다리안의 영광된 힘이여……."

"실프. 셀라임. 몸 사리며 가자."

"언제나 숨죽이며 살아가는 분노여……."

평소 익숙하게 사용하던 무기를 든다. 신의 이름을 부르고 이계에 존재하는 이들을 소환하며 주문을 외운다.

후웅.

일단 혼란이 가라앉자 유저들 사이로 거센 투기가 일어나기 시작했다. 평화롭던 세계에서 살던 인간들이라 무시할 게 아니다. 현실에서야 어떻게 살았든 간에 레벨 업을 포기하지 않은 대부분의 유저들은 하루 24시간 중 절반 이상을 전투로 소비한다. 시간도 이젠 짧다고만 볼 수도 없다. 현실에서는 보름이 좀 넘었을 뿐이지만 디오 속 시간은 반년이나 흐르지 않았던가?

"나쁘지 않군. 아직은 하찮은 수준이지만 앞으로 어떻게 될지 알 수 없을 정도야."

"하하하. 하찮다니, 지금 자기가 처한 현실이 안 보이는 거야?"

"와. 몬스터가 사람 보기를 돌같이 하네."

"아니, 뭐 오거나 샌드웜 같은 것도 아니고 오크가 스타팅에 혼자 와서 여유를 부려?"

"덮쳐! 직접 공격이 1차, 간접 공격 2차로! 간다!"

촤촤촤창! 텅!

맨 먼저 날아든 건 랜스(Lance). 그것도 흔히 말하는 마창이다. 놀랍게도 전신에 철갑옷을 걸친 유저는 말 위에 올라 말이 달려가는 힘을 실어 찌르는 대신 갑옷을 입은 묵직한 몸으로 보법을 밟아 묵직한 위력이 실린 랜스 차징을 시도한 것이다.

키잉!

검을 휘둘러 랜스를 튕겨낸다. 그러나 반격을 날릴 틈도 없다. 어느새 사방 360도를 완벽하게 아우른 채 수많은 병기들이 빽빽하게 날아들고 있었기 때문이다. 이곳에 있던 유저들이 다 알고 지내던 사이도 아니라는 걸 생각하면 믿을 수 없을 정도로 대단한 수준의 합공이다.

쒜에엑!

측면에서 덤벼든 검사는 묵직해 보이는 중검을 위에서 아래로 내리쩍었다. 그 옆에서는 예도를 든 사내가 아래에서 위로 날카로운 일검을 날리고 있고, 옆에서는 묵직해 보이는 도끼가 내려쳐 오고 있다. 그 옆에서 내찔러지는 것은 묵색의 창. 그 옆에서 휘둘러지는 것은 두터운 도. 심지어 근거리에서 석궁을 발사하는 유저는 물론, 공격을 날리는 유저들 사이로 교묘하게 파고들어 성묵의 뒤통수를 노린다.

홍.

그러나 그 순간 성묵의 검이 움직였다.

핑!

선이 그어진다. 그 선은 성묵을 내리찍어 오는 중검을 한 바퀴 돌았다가 그 검을 휘두르던 유저의 허리를 미끄러지듯 돌아 목을 치고 들어왔다. 아래에서 위로 솟구쳐 오르던 예도는 아직 거리에 여유가 있었기에 건들지 않고 어깨에서 옆구리로 지나온다.

선은 멈추지 않았다. 묵직한 도끼의 자루를 스치듯 지났다가 그 주인의 머리를 투과하듯 전진. 창을 내찌르던 여인과 도를 휘둘러 오던 노인의 목을 원을 그리며 스쳐 지나갔다.

석궁을 쏘던 소년을 반으로 가르고 뒤로 날아들던 화살을 쪼개 마침내 한 송이의 매화를 만들어낸다.

철컥.

주작신검이 불꽃을 일으키며 검집 안으로 빨려 들어갔다. 수많은 검로가 그려졌지만 이 모두는 마치 정지된 것 같은 시간 속에서 이루어졌다. 사고를 가속시키지만 그 근간을 이루는 것은 너무나도 차분하게 가라앉은 마음. 그것이야말로 성묵이 최근에 깨달은 무학의 이치이자 상상으로만 가능했던 모든 검로를 현실로 불러내어 버리는 극쾌의 정점.

오의(奧義). 명경지수(明鏡止水).

푸하하하학!

황금빛 연기가 안개처럼 사방을 뒤덮었다. 그게 뭘 뜻하는
지 모르는 사람은 아무도 없다. 성묵을 뒤덮고 있던 백여 명의
사람들이 일순간에 증발해 버리면서 빽빽하게 차 있던 광장이
일순간 공터로 변해 버렸다.

"세상에……."

그리고 그 광경을 보며 아돌은 숨이 막히는 걸 느꼈다. 상상
을 초월하는 무리(武理). 보고도 이해하지 못할 극의의 검술이
거기에 있었다. 예전에도 감당할 수 없을 정도로 막강했던 오
크 히어로가 더더욱 강해진 괴물이 되어 그 모습을 드러낸 것
이다!

쩌엉!

경악한 유저들을 향해 몸을 날리려 하던 성묵의 몸이 한순
간 흔들린다. 그것은 성묵의 뒤통수를 노리고 소리없이 날아
온 저격 때문. 그러나 안타깝게도 성묵은 터럭만 한 상처도 입
지 않았다. 몸은 여전히 앞을 보면서도 검만을 움직여 탄환을
튕겨냈기 때문이다.

"훗. 역시 있었군."

펑!

마치 미사일이 날아가는 것 같다. 성묵이 땅을 가볍게 차는
순간 그의 몸이 공기의 벽을 찢고 직선으로 날아간다. 음속을

넘어선 것은 땅을 박차는 그 순간뿐이지만 그렇다고 쳐도 어마어마한 속도다.

"아차, 크루제!"

저격을 한 사람이 누군지는 너무나 알기 쉬운 일이었던 만큼 아돌은 서둘러 발걸음을 옮기기 시작했다. 물론 그곳은 위험하다. 어쩌면 그조차 아무것도 못한 채 살해당할지도 모르는 강대한 적이 있는 장소.

"장비 5번!"

그러나 상관하지 않는다. 이곳에서의 그는 오다 유세이가 아닌 아돌 크리스틴! 그리고 검과 방패를 다루는 아돌 크리스틴은 어떤 고난과 역경이 닥쳐와도 물러서지 않는 불굴의 투사였다.

"가자."

풀 플레이트 메일이 전신을 단단히 감싸는 것을 느끼며 아돌의 몸이 점점 가속한다. 방향은 성묵이 날아간 고층 건물이었다.

*   *   *

크루제는 혼란에 빠져 있었다.

"말도 안 돼! 어떻게 막은 거지?!"

모든 게 완벽했다. 한 줌의 기세도 흘리지 않고 무려 1킬로미터의 거리에서 오오라를 집약시킨 탄을 발사했다. 그것도 만약을 위해 뒤통수에 쐈는데 그걸 칼을 휘둘러 막아낸 것이다.

"뒤통수로 날아드는 탄환을 막다니…… 화살도 아니고 소리가 먼저 닿을 리도 없는데."

급하게 달려나가며 생각을 정리한다. 정도 이상의 경지에 이르면 탄환을 막아내는 것도 그렇게 힘들지 않다. 이러니저러니 해도 결국 탄환은 직선으로 날아가니 총구의 방향과 방아쇠를 당기는 손가락, 그리고 사수의 호흡만 읽어낸다면 한두 발이 아니라 수백 발을 쏴도 얼마든지 쳐낼 수 있다. 검이 전문이 아닌 크루제조차도 할 수 있을 정도니 검의 달인이라면 해도 이상할 게 없는 기교. 하지만 문제는 성묵이 저격을 막아냈다는 것이다.

"기척 차단은 완벽했어. 뭔가 다른 수단을 썼다는 건데……."

총구의 방향과 방아쇠를 당기는 손가락, 그리고 사수의 호흡으로 탄환을 쳐낼 수 있다는 건 바꿔 말해 그것들을 확인하지 못하면 탄환을 쳐낼 수 없다는 말과 같다. 초속 900미터. 시속 3,500킬로미터라는 경이적인 속도를 가진 탄환은 너무나도 빨라 정면에서 날아든다 해도 탄환 자체를 보고 액션을 취하는 건 불가능에 가까운 일이다.

이미 생물의 한계를 넘어선 입장에서 생각하면 우스운 일일지도 모르나 그 이유는 탄환의 속도가 생물의 반응속도를 아득히 넘어선 속도로 날아들기 때문이다.

신경 가속 등으로 탄환을 볼 수 있을 정도로 반응속도를 빠르게 하는 게 불가능한 건 아니지만 그래 봐야 잠깐일 뿐일 텐데 믿을 수 없게도 성묵은 정면도 아니고 뒤통수로 날아든 저격을 칼로 쳐냈다. 차라리 크게 피하거나 호신강기로 막았으면 이렇게 놀랍지는 않을 텐데 칼을 휘둘러 정확히 탄환을 쳐냈다는 건 뒤로 날아드는 탄환의 존재를 완벽하게 인지하고 있다는 말이 아닌가?

"이렇게 된 이상 아예 원거리에서 포격을 날려 버리면……."

"오랜만이군, 꼬마 아가씨."

"……!!"

그러나 다음 골목을 막 돌아가려는 순간 정면을 막아서는 그림자가 있었다. 무시무시한 속도로 날아온 듯 주변에 한순간 돌풍이 몰아쳤지만 그의 몸에는 작은 흔들림조차 없다.

"큭… 오공!"

쩡!

그 순간 저격이 가해졌지만 날아든 탄환은 번개처럼 휘둘러진 검에 튕겨 나가 근처 벽에 주먹만 한 흉터를 남기고 멈추었다. 그야말로 보고서도 믿을 수가 없다. 아니, 대체 어떻게 이렇게나 정확히 칼날로 총알을 쳐낼 수 있단 말인가? 심지어 시선은 크루제에게 고정한 채 움직이지도 않았다.

'아니, 가만… 시선을 안 움직였다고?'

문득 깨닫는 바가 있었다. 뒤로 날아드는 저격도 막아내며 측면에서 날아드는 저격 역시 시선을 돌리지 않고 막아낸다는 것은 그가 시력에 의지해 총알의 위치를 파악하지 않는다는 말이다.

쩅! 퍽!

"꺅!!"

그러나 생각을 다 이어나가기도 전에 머리에 강한 충격을 받고 뒤로 한 바퀴 구른다. 놀랍게도 그녀의 머리를 맞춘 건 그녀가 만들어낸 바렛의 탄환이었다. 그녀의 펫 오공이 저 멀리에서 그녀를 지원하기 위해 발사한 탄환이 성묵의 머리가 아닌 그녀의 머리에 명중한 것이다.

"타, 탄환을 튕겨서 맞추고 싶은 걸 맞춘다고?!"

기가 막혀 비명을 지른다. 갈수록 태산이다. 이래서야 오공이 마음껏 지원사격을 날리는 것조차 불가능한 일이 아닌가? 그나마 방금도 괴물 같은 반사신경으로 오오라를 움직여 머리를 보호하는 한편 뒤로 굴러 충격을 흩었기 때문이지 가만히 서서 맞았다면 그대로 즉사했을 것이다. 칼에 튕겨 나왔지만 탄환의 속도는 거의 죽지 않은 상태였기 때문이다.

"제법 튼튼하군. 호신강기와 비교해도 크게 떨어지지 않겠는데?"

"딜리트(Delete)! 로딩(Loading)!"

바렛이 사라지고 그녀의 양손에 M3A1 기관단총 두 정이 잡혀든다. 망설일 시간 따위는 없었기에 곧바로 방아쇠를 당겼다.

투두두두두두!!

찌저저정!

발사한 탄환이 고스란히 그녀에게 돌아왔지만 예상하고 있던 그녀는 번개처럼 땅을 박차 탄환의 궤적에서 벗어났다. 마치 이 동작만을 수천, 수만 번 연습한 것처럼 완벽한 움직임이었지만 그렇게나 완벽한 회피 동작을 취하고서도 크루제는 소름이 돋는 감각을 느끼며 재차 바닥을 굴렀다.

우당탕!

쩍!

그녀가 서 있었던 땅에 마치 거대한 칼로 내리찍은 것 같은 흉터가 새겨졌다. 만약 그녀의 회피가 조금만 늦었다면 정수리부터 시작해서 그녀의 몸이 두 쪽으로 갈라졌으리라.

"감이 좋군. 수많은 사선을 넘어서며 얻은 능력은 아닐 텐데…… 혹시 그건가? 흔히 말하는 천부의 재능?"

태연한 태도지만 그는 철저한 투사이자 승부사다. 일말의 방심도 자비도 없는 철혈. 곧 그의 검이 빛살처럼 뿜어졌다.

쩡!

"오공?!"

그러나 어느새 크루제의 앞에는 그녀보다 두 배는 큰 덩치의 원숭이가 서 있었다. 그 손에는 성묵의 공격을 막아낸 황금색 봉이 들려 있었다.

"에이, 망할 주인. 센 척하더니 도망도 못 가?"

"어쨌든 고마워. 10초만 시간 끌어줘!"

"뭐? 아니, 저 녀석 1초에 나를 열 번씩은 죽일 수 있을 정도로 세 보이는데 어떻게 10초나 버티라는 거야?"

"엄살 말고. 인스톨 스타트(Install Start)!"

들고 있던 기관단총 두 개를 던져 버리며 소리치자 그녀의 몸 주위를 휘돌던 오오라가 무섭게 집약되며 타오르기 시작한다. 당연한 말이지만 성묵이 그 모습을 보고 있을 리 없는 만큼 오공은 정면으로 짓쳐 나가며 머리카락을 한 움큼 뽑았다.

"후!"

"분신이라…… 재미있는 기술을 쓰는군."

주작신검이 뽑혀 들자 사방에 매화향이 가득하다. 은은한 분홍색으로 빛나는 매화가 피어오르자 서늘한 예기가 사방을 뒤덮었다.

쩌저정!

오공이 불러낸 분신들은 꽤 강했다. 그들은 한 명 한 명이 금강봉을 들고 있었으며, 기민한 움직임으로 자신들의 목을 노려오는 검기를 막아낼 정도였으니 그 하나하나가 어지간한 유저 이상의 능력을 가지고 있다고 봐도 좋을 정도. 하지만 그렇다 해도 그 대상이 성묵이라면 그 실력의 격차가 너무나도 크다.

"케엑!"

"컥!"

"끼엑!"

검광이 번뜩인다. 그것은 한순간. 검을 여러 번 휘두른 것도 아니라 성묵의 검에서 풀려 나온 검기는 두 줄기밖에 되지 않았는데 고작 그것만으로 오공이 불러낸 열 명의 분신 중 일곱 명이 반으로 잘려진 털로 돌아와 버렸다. 무시무시한 기세!

"큭! 다음!"

오공은 다시 털을 뽑아 입김을 쐬어 날려 보냈다. 날아간 털들은 새로운 분신으로 변했다.

쩌저정!

새롭게 불러낸 열 개의 분신이 더해져 열세 개의 분신이 만들어졌지만 새로운 매화가 그 모습을 드러내자 삽시간에 아홉 개의 분신이 베이고 찔려 산산이 흩어졌다. 분신들은 어떻게든 금강봉을 휘둘러 저항하려 했지만 쓰러지는 속도는 점점 더 빨라지기만 했다. 오공의 분신들은 성묵의 공격에 전혀 적응되지 않는데, 성묵은 순간순간 분신들의 움직임을 파악해 더 날카로운 공격을 날리기 때문이었다.

"주인, 빨리! 나 원형탈모 걸리겠어!"

"좀 기다려! 이제 5초 지났어!"

오공의 양손이 흔들리고 20명의 분신이 쏟아져 나간다. 목숨 따위는 아무렇지도 않다는 듯 사방팔방을 포위하며 덤벼드는 분신들. 그리고 그 뒤에서 본체인 오공 역시 금강봉을 휘두르며 덤벼들었다.

쩡! 퍽!

"캬악!!"

막 덤벼들던 오공의 머리에서 피가 튀며 그 몸이 바닥을 뒹굴었다. 수많은 분신이 덤벼드는 틈. 그 틈을 노리고 저격이 날아들었는데, 성묵이 그 탄환을 주작신검으로 튕겨내 오공의 머리로 날려 버린 것이다. 검날과 탄환이 충돌하는 소리를 듣는 순간 반사적으로 머리를 젖혔기에 탄환이 두개골을 비스듬히 스쳐간 것이지, 반응이 조금만 늦었다면 오공의 머리가 박살 나버렸을 것이다.

"오호, 이게 본체가 맞는데…… 그렇군. 분신 하나를 남겨 저격을 하게 만들었어. 하긴 방아쇠를 당기는 거라면 뭐라도 할 수 있겠지."

"이 괴물 자식이……!"

믿을 수가 없다. 탄환을 그냥 다 튕겨내는 것도 기가 막히는데 20마리의 분신에게 포위 공격을 당하면서도 그사이에 날아든 탄환을, 그것도 그냥 쳐내는 정도가 아니라 원하는 목표에 정확히 날려 보내다니 대체 어떻게 이런 일이 가능할 수 있단 말인가? 하지만 생각할 틈도 없는 것이 이미 스무 명의 분신을 모조리 살해한 성묵이 접근해 오고 있다.

"됐으니까 이제 그만 물러서! 인스톨 컴플리트(Install Complete). 로딩(Loading)……!"

하지만 그 순간 크루제가 오공의 어깨를 붙잡아 뒤로 던져 버리더니 앞으로 뛰쳐나갔다. 그녀의 몸을 휘돌던 오오라가 홀로 그래픽처럼 허공에 점과 선, 그리고 면을 만들어내 서로 얽혀 이내 묵직한 디자인의 전차를 만들어냈다.

쾅!

그리고 망설임없는 포격! L—55 55구경장 120㎜ 활강포가
폭염을 토하면서 APFSDS탄이 발사된다. 모든 첨단 장갑, 그리
고 그중에서도 특히 이중반응장갑의 관통을 위해 최적화된
APFSDS탄이 2미터도 채 안 되는 이족 보행 생물체를 향해 발
사된 것! 이것만 해도 지나칠 일이거늘 하물며 포탄에 담겨 있
는 것은 무지막지한 양의 오오라. 거기에 맞는다면 최신예 전
차 십수 대가 나란히 서 있다고 해도 모조리 관통당한다!

쩌엉!

"뭐?"

그러나, 그런데도, 그 가공할 만한 공격에 맞서 휘둘러진 검
이 포탄을 빗겨낸다. 물론 탄환들처럼 되튕겨낸 수준은 아니
었지만 무시무시한 힘이 실려 있던 포탄을 하늘로 날려 보내
기에 충분한 기예였다.

쩍!

그리고 이어지는 제이검에 레오파드 전차가 반으로 잘려 나
갔다. 탱크 안에는 오오라 방벽을 전신에 두른 채 두 팔을 머
리 위로 빗겨 들고 있는 크루제가 있었다. 전차가 단번에 잘려
나갈 정도의 공격조차 몸으로 받아낸 건 실로 놀랄 만한 일이
지만 정작 그 공격을 받아낸 팔에서는 황금빛 연기가 거세게
흘러나오고 있다. 공격을 막았을 뿐 충격을 피할 수는 없었기
에 전신을 부들부들 떨고 있다.

크루제는 전차가 먼지로 흩어져 버린 자리에 주저앉아 있
었다. 풍성한 붉은색 머리칼은 엉망으로 엉키고 두 눈가엔 눈

물이 그렁그렁했다. 고통스러워서는 아니다. 디오의 고통 제어 시스템은 고통에서 유저들을 완벽하게 보호하니까. 그녀의 눈에 눈물이 맺힌 것은 성묵과 자신의 압도적인 전력 차에 충격을 받았기 때문이다. 그녀는 디오를 플레이하면서 단 한 번도 자신이 이런 상황에 처할 것이라고 상상해 본 적이 없었다.

"아… 아…… 이게 대체 무슨……."

설 힘도 없어 그대로 주저앉은 채 파르르 떤다. 성묵의 전신에서 뿜어지는 압도적인 투기에 눌려 버린 것이다. 유저들의 정신 보호 시스템이 대단하다고는 하지만 외부의 기운을 완전히 틀어막으면 감지력이 떨어지기 때문에 살기나 투기에는 내성이 있을 뿐 면역력을 가지지 못한다. 하물며 전의가 꺾여 버린 상태라면 더더욱 그렇다. 지금 이 상황이 지나면 어차피 게임인데 공포에 질리다니, 부끄러운 일이라고 생각하게 될지 몰라도…… 당장은 완전히 질려 자신의 몸을 통제하지조차 못한다. 오오라로 방벽을 쌓아 올리는 것조차 잃어버린 그녀의 모습에 성묵은 한심하다는 눈으로 주작신검을 움직였다.

"실망이군."

"크루제!"

이제야 도착한 아돌이 골목 안으로 뛰어들었지만 크루제의 목에 검을 겨누고 있는 성묵의 모습에 발걸음을 멈췄다. 성묵이 너무 빨라 뒤따라 잡는 것도 힘들었던 건 사실이지만 그가 크루제를 찾아내기까지 고작 30초도 지나지 않았거늘, 그사이에 제압당했다니 이게 대체 무슨 일이란 말인가? 평소 크루제가 얼마나 강력한 전투력을 가지고 있는지 익히 봐왔던 아돌로서는 믿을 수 없는 광경이었다.

"쓸데없는 기대였나? 하지만 그렇다고 쳐도 실망이 너무 크군. 왜 아직도 그대로지?"

"그대로라니 무슨……."

쩌엉!

무심코 입을 열었던 아돌은 느닷없이 들이치는 검기에 경악해 타워 실드를 들어 그것을 막았다. 하지만 검기에 담긴 것은 만근의 거력. 그는 땅에 선명한 고랑을 만들며 10여 미터나 밀려나 골목에 충돌했다.

쾅!

"우웩!"

무지막지한 내상에 피를 토한다. 미스릴 합금에 방어 주문이 잔뜩 걸려 있던 방패는 그 한 방으로 완전히 우그러져 고철 덩어리가 되고 말았다. 어떤 공격이든 막아낸다는 디펜더로 위명이 쟁쟁한 그가 일격에 무력화된 것. 하지만 그에겐 관심조차 없는 성묵은 다시 고개를 돌려 크루제를 쏘아보았다.

"다시 묻지. 계집, 넌 왜 아직도 그대로지? 왜 이렇게 약한 거냐? 반년이라는 시간 동안…… 대체 무얼 한 거지?"

살기마저 실려 있었다. 그만큼 그의 실망은 엄청났다. 크루제는 물론, 멀찍이 서서 어찌할 줄 모르는 오공은 상상도 못하겠지만 지금 그는 최대한 사정을 봐줘 가며 싸우고 있었다. 물론 그렇다고 아주 봐준다는 건 아니다. 그녀가 최대한 전력을 발휘하게 만들고 시간을 쥐가며 비기나 숨기고 있는 힘을 발휘하게 몰아붙이고 있는 상태. 하지만 그 결과…… 그는 그녀에겐 별달리 숨겨져 있는 힘이 없다는 걸 깨달았다.

"이, 이익! 나도 강해졌어! 레벨도 3이나 더 올렸고 마스터 웨폰도 얻었어! 마스터 스킬은 아직 못 얻었지만……."

모든 유저는 마스터 레벨(10레벨)에 도달하는 순간 마스터 웨폰과 마스터 스킬을 획득할 수 있는 도전권을 얻는다. 그리고 그녀는 그중 마스터 웨폰인 프리즘 링(Prism Ring)을 얻었지만 그것이 극적인 전투력 상승으로는 이어지지 않았다. 프리즘 링의 효과가 [용량 증가]이기 때문이다.

크루제의 오오라 중 일부로 만들어낸 데이터(Data)량은 흔히 사용하는 컴퓨터의 방식을 따라 바이트(Byte)로 규정. 현재 그녀의 용량은 15기가바이트(Gigabyte)인데 마스터 웨폰인 프리즘 링을 착용하는 것만으로 20기가바이트로 늘어나며, 프리즘 링을 활성화시키면 그 시간이 한정되긴 해도 최고 100기가바이트까지 용량이 증폭된다.

하지만 의미없다.

용량은 지금만으로 충분하다. 10기가바이트든 100기가바이트든 그녀가 불러낼 수 있는 최대의 파괴력은 탱크의 포격이 한계. 어차피 지금도 용량이 남아도는 현실에서 마스터 웨폰은 별다른 의미가 없다. 용량에 여유가 있어서 오토바이라던가 전자레인지 같은 물품들을 구현해 세이브해 놨지만 일상생활이 편해질 뿐 전력이 상승되는 건 아니었다. 마스터 스킬을 얻으면 이렇게 늘어난 용량을 효율적으로 쓸 수 있을지도 모르지만…… 마스터 스킬의 도전은 몇 번이나 실패하고 마침내 포기해 버렸다.

"대충 무슨 말인 줄 알겠군."

서늘하게 말하며 주작신검을 들어 올린다. 적어도 그의 눈에 비친 크루제는 더 이상의 가망이 보이지 않는다. 오늘을 기점으로 분발한다면 모르지만 당장 드러난 그녀의 능력은 바닥이 보인다.

"더 살려놓을 가치가 없어."

주작신검이 백열(白熱)하기 시작했다. 그리고 일섬(一閃)! 자비없는 일격이 크루제의 머리 위로 떨어졌다.

쩌엉!

그러나 그 순간 그 사이에 커다란 벽이 세워져 성묵의 검격을 막아냈다. 아니, 정확히 말하면 그건 벽이 아니었다. 영롱하게 빛나는 검은색 비늘로 치장되어 있는 그것은 박쥐의 피막과 비슷하면서도 그 두께가 상당해 보이는 날개. 그리고 마치 마술처럼 나타나 공격을 막아낸 생물은,

"크르르르……."

"어… 어? 어? 엉?"

"이게 무슨……. 드래곤?"

그러나 그렇게 내뱉었다가 자신의 생각이 틀렸다는 걸 깨달

았다. 그들의 앞에서 검은색 날개를 펼쳐 성묵의 검을 막아낸 용종의 덩치는 크지만 언젠가 보았던 레드 드래곤과는 비교조차 할 수 없었다. 날개를 양쪽으로 최대한 펼쳐 봐야 30미터쯤 될까? 물론 그것만 해도 인간 입장에서 보면 집채만 한 크기지만 드래곤이라고 보기는 어렵다.

"후후. 우리 투슬리스가 멋있고 세긴 하지만 드래곤 정도는 아니야."

"와! 친구라고 하나 있는 게 날 막 깎아내리네! 드래곤 그놈들 다 나이 빨이거든? 나도 한 1,000살 먹으면 그 정도쯤은 해!"

"알았어, 알았어. 어쨌든 칼을 막아줘서 고마워. 네가 '점프' 할 때는 아무래도 어지러워서 칼을 휘두르기가 어렵거든."

"흥. 그래 봐야 몇 번 더 연습하는 걸로 익숙해지겠지."

너 같은 괴물이라면, 이라고 중얼거리는 검은색 용의 머리에는 상상도 못한 단어가 쓰여 있었다.

[아더 팬드래건의 펫]
[비롱 투슬리스]

"뭐 펫?!"

"아니, 차라리 소환수면 소환수지 저런 게 어떻게 펫이야!!"

"용종을 펫으로 다룬다고?"

아돌과 크루제는 물론이고 심지어 오공까지 경악해 비명을 내질렀다. 그만큼 경악스러운 광경이었다. 물론 용종이라는 건 인종과 비교도 할 수 없을 정도로 그 종류가 다양하며 그중 단지 나이를 먹는 것만으로 초월지경에 들어설 수 있는 건 극히 소수에 불과하지만, 아무리 그 격이 떨어져도 용종이라는 카테고리 안에 들어 있는 생물은 하나같이 강력하기 짝이 없는데다 자존심이 엄청나 펫으로 만들긴커녕 테이밍조차 불가능에 가깝다. 하물며 그 숫자조차 적어서 만나기도 힘든데 펫으로 다룬다는 건 상상도 못할 일이다.

"너는……."

"오랜만이네. 강해졌는데?"

"……."

"어쨌든 이 녀석하고 이야기 좀 하게 대기해 줄래?"

"그러지."

펑!

대답과 함께 투슬리스의 커다란 덩치가 검은색 연기로 변해 흩어졌다. 죽거나 사라진 건 아니다. 검은색의 비룡은 수백 미터 상공에서 그 모습을 드러냈다.

"고, 공간이동?"

"투슬리스의 주특기죠. 아돌 형도 오랜만이네요."

"어, 그, 그래."

"크루제도 오랜만."

"에? 으, 으응."

주작신검을 들고 있는 성묵이 살벌한 투기를 뿜어내고 있음

에도 마이페이스. 그는 태연히 크루제에게로 걸어가 그녀를
일으켜 세웠다. 성묵에게 압도되어 있던 크루제는 한순간 비
틀거렸지만 오른손을 잡은 아더의 손에서 웅혼한 내기가 전해
져 그녀의 몸에 힘을 불어넣었다. 그로서는 크루제를 돕기 위
한 행동이었지만, 크루제는 영적 방어를 가볍게 제치고 자신
의 안으로 들어오는 아더의 내공에 얼굴을 새빨갛게 물들였
다.

"괜찮아?"

"돼, 됐어! 나도 마스터야!"

앙칼진 표정으로 아더의 손을 쳐냈지만 그는 별로 상처받지
않고 다시 말했다.

"하지만 마스터 스킬도 얻지 못했지."

"그, 그건……."

"아마 너 정도라면 나흘. 길어도 일주일만 투자해도 충분할
거야. 언제까지 쉽게만 갈 수는 없는 일이니까."

아무리 대단한 천재성을 가지고 있어도 어느 수준을 넘어서
면 분명히 어려운 영역이 나온다. 뛰어난 이해 능력을 가지고
있다 하더라도 구구단을 막 배운 상태에서 편미분방정식 같은
걸 풀어내라고 하면 무리다. 물론 시간을 들이면 상황은 좀 달
라질지도 모르지만, 시간이 아무리 많아도 그 이전에 반드시
필요한 요소가 하나 더 있다.

학습(學習).

당연한 말이다. 아무리 뛰어난 천재라도 스쳐 보는 것만으

로 알 수 있는 수준에는 결국 한계가 생긴다. 정도 이상의 지식이나 경지를 습득하기 위해서는 결국 학습이 필요하며, 하다못해 스스로 행하게 되는 연구와 수련이 있어야 한다. 하나의 우주를 통째로 뒤져도 다섯이 나오기 힘든 것이 백경(百京)이라지만 지식과 경지가 자동적으로 머리에 들어오는 게 아닌 이상 학습과 수련은 필수다.

"우… 정말 일주일이면 되는 거야?"

"내 경우에는 이틀 걸렸지만."

"뭐?! 그럼 난 하루면 충분해!!"

아더는 크루제가 발끈해서 소리치는 모습에 웃었다. 그러나 언제까지 장난만 치고 있을 수는 없다. 성묵의 몸에서부터 어마어마한 살기가 쏟아지고 있었기 때문이다.

"엄청난 살기…… 숨 막혀……."

"힘을 끌어올려! 영 저항 못하겠으면 방해되니까 빠지고!"

"근데 하늘에서 웬 용 비슷한 게 날고 있는데 저거 뭐야? 와 이번인가? 드래곤이라고 치기엔 작고."

어느새 주변에는 수많은 유저들이 모여든 상태다. 크루제가 먼 곳에서 사격을 했고 성묵이 그걸 순식간에 따라붙어 유저들의 포위를 뿌리쳤던 건 사실이지만 유저들 하나같이 능력자들이며 개중에는 탐지 계통 기술을 가진 이들 역시 얼마든지 있다. 일단 발목이 묶여 한자리에 있다면 따라잡는 것쯤 금방. 하지만 그렇다곤 해도 누구도 성묵에게 공격을 가하지 못했다. 동쪽 광장에서의 참상을 목격하기도 했거니와 성묵에서 뿜어지는 살기와 투기가 워낙에 강렬했기 때문이다.

"넌… 나를 실망시키지 않을 것 같군."

"뭐 그렇지. 난 크루제 같은 게으름뱅이가 아니거든."

"누, 누가 게으름뱅이야!"

멀찍이 물러선 크루제가 발끈해 소리 질렀지만 신경 쓰지 않고 성묵과 마주한다. 이미 주변은 날카로운 예기로 가득 차 피부가 따끔거릴 지경이었다.

"기다리게 해서 미안."

"아니, 상관없다. 하지만 네가 와서 다행이군. 네 녀석은 그 마스터 웨폰과 마스터 스킬이라는 걸 이미 얻었나?"

"응? 아, 뭐 물론 그렇지."

"꺼내라. 이 검은 주작신검. 보통의 검으로는 맞상대할 수 없다."

화악 하고 불꽃이 일어났다. 그것은 새하얗게 타오르는 폭염. 거기에 담긴 힘은 보는 것만으로 질려 버릴 정도로 거대한 마력이었지만 아더는 어색하게 웃었다.

"아, 미안. 마스터 웨폰이랑 마스터 스킬은 너무 강력해서 너한테 쓰기는 좀 지나쳐."

"……."

막 뛰쳐나가려던 성묵의 몸이 멈칫했다. 그리고 숨죽여 그들을 바라보고 있던 유저들이 기가 막힌다는 표정을 지었다.

"뭐, 뭐, 뭐라고? 너무 강력해서 쓰기 지나쳐?"

"아직 저 오크 전투력을 못 봐서 그런 거 아냐? 쟤 진짜 엄청

세잖아."

"혼자서 스타팅을 공격하는 몬스터한테 쓰기 지나칠 정도
로 마스터 웨폰이라는 게 강한 거야?"

숙덕거리는 사람들의 모습에 아더는 깜짝 놀라 해명했다.

"아! 오해는 하지 마. 지나치다는 건 내 마스터 웨폰과 마스
터 스킬이 최종진화를 마쳐서 신기 클래스에 도달했기 때문일
뿐, 결코 네가 약하다는 말이……."

쾅!

충돌한다. 휘둘러진 주작신검을 막아낸 건 어느새인가 나타
난 검 모양의 소환수. 정확히 말하면 용종 중 가장 단단한 육
체를 가졌다고 알려진 검룡(劍龍) 더스틴이었다.

쩌저저정!!

더스틴을 잡아 든 아더의 왼손에서 뿜어져 나온 검격이 성
묵의 검격과 충돌하자 무지막지한 충격파가 사방으로 뿜어졌
다. 만약 주변에 비능력자가 있었다면 고막이 터져 나갔을지
도 모를 정도로 강렬한 힘과 힘의 충돌이었다.

"역시… 괴물이 되었구나!"

그러나 어쩐 일인지 분노했던 성묵의 표정은 상당 부분 풀
려 있었다. 그는 너무나도 즐겁게 웃으며 허공에 매화를 그렸
다. 소나기처럼 쏟아졌던 아더의 검기가 매화에 충돌해 모조
리 사라졌다.

쾅!

폭음과 함께 바짝 붙어 있던 성묵과 아더의 몸이 좌우로 튕

겨 나갔다. 한순간 전투가 멈췄지만 그 모습을 보고 있던 유저들은 숨소리조차 낼 수 없었다. 당연한 말이지만 그중 태반은 카메라를 불러내 스크린샷과 동영상을 마구 촬영하고 있었다.

"흠…… 이건 이해가 안 되는데. 분명 내가 더 빠른데 어째서 밀리는 거지?"

아더의 목에서 황금색 연기가 흘러나온다. 다행히 상처는 깊지 않았지만 정면 전투에서 목에 이런 상처를 입었다는 건 상당한 의미를 가진다. 순간적인 대처로 찰과상에 끝나기는 했지만 조금만 상황이 틀어져도 목이 잘려 나갈 수 있었다는 말이니까.

"으… 역시 밀려. 저 오크 엄청 강하다고."

"이대로 지는 거 아냐? 지금이라도 합공해야 하나?"

"멍청아, 저 녀석 원래 쌍검술을 쓴다는 걸 잊었어? 지금 왼손만 쓰고 있잖아."

"아, 그러고 보니……."

사실이다. 격렬한 전투였지만 아더는 왼손으로만 검격을 펼쳐 냈다. 전투 중임에도 그의 오른손에는 아무것도 들려 있지 않았다.

"아직도 부족한가? 또 한 개의 검을 꺼내지 않으면……."

"2미터 50센티미터 정도이군."

"뭐?"

"아, 이쪽 단위 잘 모르나? 그러니까 8척(尺)."

아더의 말에 성묵의 눈이 약간 커졌다. 하지만 그것도 잠시,

그의 얼굴에서 미소가 피어오른다.

"…홋. 대단하긴 대단하군. 그 잠깐 사이에 그걸 파악한 건가?"

"아무리 생각해도 내 공격이 더 빨랐어. 초식에서도 앞서고 있었고…… 하지만 그럼에도 너무 완벽하게 막히더군. 심지어 사각에서 날린 공격도 다 막혔지. 내 분광검법은 예측이 불가능할 텐데 전혀 당황하지도 않는 건 이상하거든."

대성의 경지에 이른 아더의 분광검법은 준비 동작이라는 게 없다. 그야말로 빛살과 같은 속도로 쏟아지는 검격은 오직 손목의 움직임만으로 제어되기 때문에 그의 팔의 움직임을 보고는 도저히 그 동선을 파악할 수 없는 노모션(No—Motion)의 쾌검. 하지만 놀랍게도 성묵은 그 공격을 모조리 쳐냈다. 그의 몸을 중심으로 2미터 정도 안에 들어간 검기는 단 한 개도 무사할 수가 없다.

"절대영역(絕對領域)이라고 부르지. 내 진기를 구(球)의 형태로 펼쳐 내 그 안에 들어온 건 피부에 닿은 것처럼 느낄 수 있다."

"무슨… 진기를 몸 밖으로 보내 감각기관으로 만드는 건 누구나 할 수 있어. 지금 네 움직임은 감지 문제가 아니라 그 반응속도야. 반사신경이 아무리 빠르다 해도……."

"48만 7천 개."

"…뭐?"

난데없는 말에 의문을 표하는 아더의 모습에 성묵은 주작신검을 늘어뜨리며 말했다.

"하나의 공격부터 동시에 들어오는 서른 개의 공격까지 막아 낼 수 있는 48만 7천 개의 검로를 이 몸에, 그리고 정신에 새겼다. 일정 속도 이상의 공격이 내 간격에 들어오면 뇌가 정보를 판단하기 전에 쳐낼 수 있고, 적의 공격이 올 걸 알고 대비하면 반응을 미리 정해놓을 수도 있지. 그리고 조금 무리한다면……."

순간 기척이 변했다. 겉보기에 달라진 것은 없다. 하지만 민감한 감지 능력을 가지고 있는 아더는 성묵의 [간격]이 두 배이상 확장했다는 것을 깨달았다. 미리 알고 있지 않았다면 눈치채지 못했을 정도로 감지하기 힘든 기운이었다. 그리고 그 모습에, 아더가 웃었다.

"하하."

성묵도 웃었다.

"크훗."

주변은 적막에 싸여 있었다. 어느새 수백 명이 넘는 유저들이 모여들었지만 그들은 그 모습이 보이지도 않는 것처럼 서로만을 마주 보다 마침내 광소를 터뜨렸다.

"하하하하하!!"

"크하하하하!!"

키잉―!

"큭… 숨이?!"

"이, 이게 뭐… 투기가 더 강해졌어?"

"와, 진짜 저것들이 사람이냐, 괴물이냐……!"

"아, 아무리 고렙에 천재라고 해도 같은 인간인데 이게 대체 무슨 차이야?"

"천천히 물러…… 우웩!"

안 그래도 멀리에서 상황을 지켜보고 있던 유저들은 전신을 짓누르는 무시무시한 압박에 그 거리를 더 벌렸다. 그 경지가 낮은 이들은 맹렬하게 충돌하는 기세의 여파만으로 내상을 입어 피를 토했다.

"좋아! 전력으로 가볼까?"

"마스터 웨폰, 아니, 신기를 꺼내라."

"이거 왜 이래, 지나치다니까. 대신 그 못지않은 걸 보여줄게."

왼손에 든 더스틴으로 정면을 견제하며 오른손을 들어 올린다. 그의 손바닥에는 너무나 오래되어 알아보는 이 하나 없는 고어(古語)가 새겨져 있다.

"와라."

작은 속삭임. 아더는 말했다.

"아스칼론(Ascalon)."

*   *   *

용노는 아침부터 기분이 좋았다. 게임 속에서 언제나 구운 고기나 과일류로 식사를 때우다가 오랜만에 배달도 시켜먹고

TV도 보았으며 컴퓨터도 잔뜩 했다. 물론 이런 일들은 모두 현실에서 얼마든지 할 수 있는 소소한 일이지만 체감시간으로 치면 거의 6개월간 게임 속에서만 살던 그였기에 현실에서 보내는 시간이 오히려 신선했다.

즐거운 일은 또 있다.

로그아웃 상태에서 인터넷 서핑을 하고 있던 용노는 디오 관련 게시물을 뒤지다가 게이트 링을 이용해 두 개의 지점을 자유롭게 이동할 수 있다는 걸 깨달았다.

"다행이다. 환요마도도 마을로 쳐주는군."

왼손 검지에 껴 있던 게이트 링을 빼 그 안쪽에 새겨져 있는 글씨를 확인한다. 반지의 안쪽에는 [환요마도]라는 글자가 쓰여 있다. 멀린의 왼손에는 또 다른 반지가 들려 있었는데, 거기에는 [스타팅]이라는 글자가 떠 있었다. 두 개의 반지가 다른 장소를 저장하고 있는 것이다.

방법은 인벤토리. 게이트 링의 효과는 그 반지를 가지고 간 마지막 도시를 저장하는 것인데 과거 멀린은 두 개의 게이트 링을 사서 끼고 있다가 똑같은 반지를 두 개나 끼고 있는 것이 답답해 개중 한 개를 인벤토리에 넣어놓은 적이 있었다. 인벤토리나 하우징 속의 공간은 전혀 다른 공간으로 취급되기 때문에 그 안에 있다면 유저가 어떤 도시로 가든 게이트 링에는 반지가 마지막으로 도착한 도시가 저장된다.

"환요마도가 저장된 반지를 그대로 들고 갔다간 스타팅이 새겨져 버릴 테니 인벤토리에 넣고… 좋아. 귀환!"

웅!

한순간 공간이 일렁이나 싶더니 배경이 변했다. 허공에서 사람이 나타났음에도 별로 놀라지 않고 사방을 지나다니는 것은 수많은 유저들. 그곳은 다이내믹 아일랜드에 존재하는 도시들 중 가장 사람이 많은 스타팅이다.

"와, 이게 진짜 얼마 만이냐."

시간이 많이 지나서 그런지 유저들의 평균 수준도 상당히 늘어버린 데다 도시 자체의 규모도 엄청나게 커졌다. 대폭 늘어난 유저들을 수용하기 위해서인 것 같다. 정말 현실의 어지간한 도시보다 훨씬 큰 대지가 거대한 성벽으로 둘러싸여 있는 것이다.

"일단 잡템 처리랑 쇼핑부터 해야지."

멀린은 몬스터들을 잡으면서 얻었던 자잘한 아이템들과 몬스터들의 시체를 처분했다. 스타팅에는 유저들 간의 거래가 이루어지는 장터가 상당히 잘 발전되어 있어서 물건들을 파는 데 큰 어려움은 없었다. 게다가 멀린이 파는 아이템들은 상당히 희귀한 물품들에 속해서 잘 팔리는 편이었다.

"북적북적거리는구만."

"응. 무슨 백화점 같다. 그나마 자동차 같은 게 없으니 도로는 한산한 편이지만……. 어라, 증축했잖아?"

별생각없이 환전소에 들어서려다가 환전소가 5층 건물이 되어 있다는 사실에 휘파람을 불었다. 역시 게임 속이라는 건지 그냥 처음부터 5층짜리 건물이었다는 듯 말끔하기만 하다.

"주인, 잠깐 시점 좀 바꿔봐."

"응? 왜?"

"바꿔봐."

"알았어."

정천의 말에 고개를 끄덕인 멀린은 저 하늘 높은 곳에서 날아다니고 있는 정천과 영사(靈絲)를 연결했다. 어느새 멀린은 지상에 위치한 벤치가 아닌 구름 한 점 없이 깨끗한 하늘 위에 있다.

"어때? 좀 커진 것 같지 않아?"

"확실히. 그냥 건물들이 증축해서 그렇게 보이는 줄 알았는데 아니군. 정말 도시가 더 커졌어. 건물들 숫자도 엄청나게 늘었고…… 정천, 가볍게 한 바퀴 둘러봐 줄래? 직접 도는 게 아니라 도시를 한눈에 담아봐."

"어려울 것 없지."

대답과 함께 작게 원을 그리며 한 바퀴 돈다. 정천의, 그리고 멀린의 눈에 스타팅의 모습이 들어온다. 개미보다 작아 보이는 사람들의 숫자는 건물 안에 있는 이들을 제외하더라도 십만이 넘고 늘어난 건물들의 숫자는 다 세기도 힘들 정도다.

"와, 진짜 크긴 크네. 어디 보자. 둘레가…… 94킬로미터? 그것도 딱 둘레만 쳐서 그 수준이니 약간 거리를 두고 한 바퀴 돌려고 하면 거의 100킬로미터는 되는데?"

농담이 아니라 이 정도 규모라면 수천만, 어쩌면 억(億)대의 유저들이라도 얼마든지 수용할 수 있다. 심지어 스타팅에는 고층빌딩도 상당히 많은데다가 현실과 다르게 게임 속에서는 주거공간에 그리 큰 부담을 받는 것도 아니지 않은가?

팟.

영사를 끊어내 다시 지상으로 시점을 돌린 멀린은 환전소로 발걸음을 옮겼다. 환전소 안에는 최초 환전소에 왔을 때 만났던 엘렌이 유저들을 안내하고 있었다. 이러니저러니 해도 디오는 서비스를 시작한 지 한 달도 채 되지 않았기 때문에 신규 유저가 계속해서 유입되고 있는 상태다. 처음 환전소에 오는 유저들에게 이런저런 것들을 설명해 줘야 하니 보통 바쁜 일이 아니리라.

"괜히 귀찮게 할 필요는 없겠지."

"뭐 살 거 있어?"

"대충 둘러보려고. 예전처럼 갑부는 아니지만 돈도 제법 있고 경험치는 정말 장난 아니게 모였으니 마음에 드는 걸 대충 사는 것도 가능…… 아, 인벤토리부터 늘려야지."

위층으로 올라가기 위해 계단으로 향했다. 계단에는 여러 가지 광고지와 안내판이 붙어 있었다.

"별 물품이 다 있네. 헤에. 핸드폰이랑 노트북도 있잖아? 혹시 부숴서 부품을 챙기거나 해도 되나?"

중얼거리며 계단을 오른다. 혹시 엘리베이터 같은 게 있을까 하고 건물을 둘러봤지만 계단뿐이다. 다만 계단이 네모를 그리며 올라가는 방식이기에 비행이 가능한 이들이라면 가운데로 날아올라갈 수 있다.

"어서 오세요. 아, 멀린. 오랜만이군요."

"헛. 저 기억하세요?"

멀린을 향해 말을 건 건 예전 클로즈 베타 테스트 때 한번 만났던 인벤토리와 하우징 관련 담당인 컬린이다. 초면은 아니라고는 해도 만난 지 반년이 지난 데다 환전소를 찾는 손님도 많은데 한 번에 알아본다는 사실에 깜짝 놀랐다.

"한 번 왔던 패신져라면 다 기억하고 있지요. 두 번째 방문에 첫 방문이… 오. 꽤 오래되었군요. 환전소 물품들의 가격이 대체적으로 변한 건 아시나요?"

"아뇨. 그다지. 많이 바뀌었나요?"

"네. 심한 정도는 아니지만… 잠깐만요. 어서 오세요~! 잠시 기다려 주세요."

다른 손님이 오자 양해를 구하더니 분신을 두 개 만들어낸다. 그중 하나는 멀린, 또 하나는 새로운 손님에게 붙고 본체는 자기 자리로 돌아간다.

"…다시 말씀드리죠. 심할 정도는 아니지만 자잘하게 바뀐 게 많습니다. 경험치를 소모하는 방식이었던 물품들은 대폭 하향되고, 여기는 물론 다른 무기점이나 아이템 상점들에서 골드로 살 수 있었던 아이템 가격들도 소폭 하향되었죠."

"어? 골드 아이템들이 싸졌나요?"

"그리 큰 수준은 아닙니다. 많이 깎여야 10%~15% 정도죠. 비싼 물건들을 사지 않았다면 또 모르지만 미리 샀다고 손해 볼 정도는 아닐 겁니다."

"억."

바로 그 비싼 물건들을 산 유저인 멀린은 작게 슬퍼했다. 그가 환전소와 무기상에서 쓴 돈은 200골드가 넘는다. 1골드는 현금으로 5만 원을 살짝 넘어가니 현금화하면 1,000만 원이 넘는 돈. 그런데 그 가격이 10%씩만 떨어졌다고 해도 아무 잘못 없이 100만 원이나 손해 봤다는 말이다.

"흑흑. 이게 땅 값이 떨어지면 슬퍼하는 땅주인들의 심정이구나."

"네?"

"아뇨. 그런데 경험치로 살 수 있는 아이템들이 대폭 하향되었다는 건 무슨 말이죠?"

과거 환전소에 왔을 때에는 경험치가 별로 없어 로그아웃 시간을 약간 줄이고 인벤토리 한계 중량을 25킬로그램 늘린 것이 전부였다.

"전 품목은 아니지만 반복해서 살수록 소모 경험치가 올라가던 시스템에 상향선이 생겼습니다. 기하급수적으로 올라가면 아무래도 문제니까요."

"하긴. 그럼 얼마나 줄었어요?"

"잠시만."

그렇게 말하더니 오른손을 움직여 허공에 창을 만들어낸다. 언젠가 불러낸 적 있는 인벤토리 관련 창이다.

Inventory	현재	증가량	경험치 소모
부 피	3㎥	1㎥	500魂
소환거리	3m	1m	500魂
중 량	125kg	25kg	1000魂
내 구	10 Tetra	2 Tetra	500魂

"일단 보기에는 예전하고 똑같네요."

"경험치 자체가 줄어든 게 아니라 상향선이 생긴 거니까요. 그리고 이제 두 배씩 올라가는 게 아니라 500혼씩 올라갑니다."

"미리 비싼 값에 구입한 사람은 어떻게 돼요?"

"경험치가 보상됩니다."

경험치 관련은 별로 구입하지 않은 멀린과는 관계없는 일이었다.

"헤에… 그럼 무게나 좀 늘려볼까?"

인벤토리 한계 중량이 150킬로그램이 되었습니다!

예상대로 소모 경험치는 1,500혼이 되었다. 아직 20만 혼이 넘는 경험치가 남아 있으니 여유는 상당하다.

인벤토리 한계 중량이 175킬로그램이 되었습니다!

소모 경험치는 1,500혼을 넘어 2,000혼, 2,500혼이 되었다. 계속해서 한계 중량을 늘려 300킬로그램까지 한계 중량을 늘리자 필요 경험치는 4,500혼이 되었다. 상향선이 생겼다는데 도무지 보이지를 않는다.

"이거 상향선이 대체 어디예요?"

"1만 혼입니다."

"너무 높네. 뭐 300킬로그램 정도면 괜찮겠지."

섬들의 최초 발견 경험치로 상당한 경험치를 얻었음에도 부담스러운 가격이었기에 중량 증가는 거기서 멈추고 부피와 소환거리, 그리고 내구를 하나씩 구입했다. 각각 500혼씩이기에 남은 경험치는 크게 차이 나지 않았다.

"하우징 카드도 인벤토리랑 똑같이 싸졌나요?"

"예. 창을 불러 드릴까요?"

"굳이 그럴 필요는. 그냥 제일 싼 1단계씩만 살게요."

"2,000혼입니다."

중얼거림과 함께 경험치가 줄어들었다.

"아, 그런데 로그아웃 시간 소모도 싸졌나요?"

"아뇨. 로그아웃 시간 단축 경험치라면 그대로입니다."

"흠. 위기 탈출을 위해 로그아웃 시간은 짧은 게 좋은데."

현재 그의 로그아웃 시간은 30초에서 5초를 줄여 25초. 소모 경험치는 초마다 100혼, 200혼, 300혼 하는 식으로 늘어나는 방식이었으므로 이제 25초에서 24초로 깎으려면 600혼이 소모된다.

"로그아웃 시간이 짧으면 좋은 거냐?"

지금까지 조용히 있던 정천의 질문에 멀린이 고개를 끄덕였다.

"응. 만약 로그아웃 시간이 막 1초 그러면 싸우는 도중에라도 불리하면 로그아웃으로 도망가는 게 가능하거든. 일단 로그아웃으로 도망쳐 버리는 게 가능하면 아무리 강력한 적이라도 겁날 게 없으니까. 어라, 그러고 보니 내가 로그아웃되면 넌 어떻게 되는 거야?"

"그걸 이제야 궁금해하다니. 마찬가지로 나도 이 세상에서 사라져. 같이 로그아웃된다고 할 수 있지."

"그렇구나. 뭐 그럼 더 좋지."

그렇게 말하고 컬린을 바라본다. 어차피 지금 그의 눈앞에 있는 컬린은 그를 위해 만들어진 분신이기 때문에 멀린이 시간을 끌어도 참을성있게 기다려 주고 있다.

"터프하게…… 10초 더 깎을게요."

"3만 8천 혼이 소모되며 결과적으로 15초가 됩니다. 변경하시겠습니까?"

"엑? 잠깐. 어째서 3만 8천이나 돼요? 1만 500혼이 되어야 하지 않나요?"

"20초부터는 증가량이 열 배로 늘어납니다. 1,100혼 1,200혼이 아니라 2,000혼, 3,000혼 하는 식으로 나아가죠."

그의 말에 깜짝 놀라 벽에 쓰여 있는 설명서를 읽어보자 21초에서 20초로 줄이는 데에는 1,000혼. 그리고 20초에서 19초로 줄이는 데에도 1,000혼이지만 그다음부터는 2,000혼, 3,000혼 하는 식으로 늘어가고 있었다. 게다가 10초 안으로 들어서면,

"헐. 1만씩 늘어나잖아?"

"거기에는 쓰여 있지 않지만 1초 아래로는 0.1초까지 줄어드는데 거기에서는 10만 혼씩 늘어납니다."

"와. 정말 마음껏 쓰려면 경험치가 억대는 있어야겠네."

그렇지만 그렇게나 강력한 14레벨 독각화망을 잡아도 나오는 경험치는 1만 혼이 고작이라는 걸 알고 있는 멀린으로서는 막막한 경험치. 하지만 그렇게 생각하다 문득 또 다른 생각을 한다.

"아니, 가만. 그러고 보니 티라노사우루스가 주던 경험치가 500혼 아니었나?"

지금의 멀린이라면 별다른 내공 소모도 없이 손쉽게 격살할 수 있는 티라노사우루스가 주는 경험치가 500혼이 넘는다. 그리고 멀린의 능력으로 독각화망을 잡는 건 불가능에 가깝지만, 티라노사우루스를 스무 마리 잡는 것쯤은 일도 아니다.

"무슨 소리를 하고 있는 거야?"

"아니, 그냥. 흐음. 고 레벨 몬스터를 잡는 것보다 자잘한 몬스터를 많이 잡는 게 훨씬 경험치 이득이 많을 줄이야. 하지만 이래서야 고 레벨 몬스터를 잡을 이유가 없지 않나?"

혼자서 중얼거리는 멀린의 모습에 이제야 그가 무슨 생각을 하는지 이해한 정천이 웃었다.

"뭔 이야기 하나 했더니. 몬스터 잡으면 경험치만 나오는 게 아니잖아."

"아하. 아이템!"

그렇다. 아이템이 있었다. 저 레벨의 몬스터를 백날 잡아봐야 얻을 수 있는 아이템은 고만고만하고, 아무래도 극소수라고 할 수 있는 고 레벨 유저에 비해 저 레벨 유저들의 숫자는 십만, 백만 단위를 가볍게 넘어선다. 낮은 수준의 아이템은 그 가치가 낮을 수밖에 없으며 그럴수록 고 레벨 아이템의 가치는 높을 것이다.

"3만 8천 혼이 소모되며 결과적으로 15초가 됩니다. 변경하시겠습니까? 안 하시겠습니까?"

아무리 멀린을 위해 불러온 분신이라지만 마냥 잡생각에 빠져 있는 모습에 살짝 화가 났는지 날카로운 목소리. 멀린은 헛웃음을 흘리며 고개를 끄덕였다. 거의 4만 혼에 가까운 경험치는 아깝지만 확실히 로그아웃 시간은 짧은 게 나을 것 같다.

"변경하였습니다."

말과 함께 경험치가 줄었지만 아직 15만 혼이 넘는 경험치가 남아 있었다.

"꽤 남네. 에이, 그냥 10초까지 줄여주세요."

"4만 혼이 소모되며 결과적으로 10초가 됩니다."

"네."

"알겠습니다…… 변경되었습니다."

이제 남은 경험치는 11만 혼. 그리고 멀린은 거기에서 멈췄다. 경험치를 쓸데가 많으니 남겨두는 게 좋을 것 같다.

"감사합니다. 그만 가볼게요."

"둘러보세요."

사람 좋게 웃으며 사라져 버린다. 아직 분신 시간이 다 된건 아니니 할 일이 끝나 분신을 풀어버린 모양이었다.

"그런데 주인, 진짜 레벨 업은 안 해?"

"별로 급박할 건 없지. 내가 레벨 업 하면 너한테 좋은 거라도 있는 거야?"

"아니, 별로. 그런 건 아닌데…… 그냥 싸울 때 보면 불안해서."

"하지만 레벨 업 한다고 딱히 경지가 오르는 건 아니잖아."

"뭐 굳이 말하자면 그렇지."

설마 멀린이 레벨 업 시 주어지는 보너스 포인트를 모를 거라고는 상상도 못하고 있는 정천은 고개를 끄덕일 수밖에 없었다. 사실 말 자체는 틀림없이 맞는 말인 것이 레벨 업으로 유저의 경지가 올라가는 것이 아니라 유저의 경지가 올라가야 레벨이 올라가는 것이니까. 레벨 업 시 더해지는 능력치 증가와 최대 능력치 해제, 그리고 아이템 사용 제한 해제는 거기에 더해지는 도움일 뿐이다.

"그럼 쇼핑을 계속해 볼까나?"

멀린은 다시 위층으로 올라가 아이템들을 구입했다. 가장 먼저 산 건 도시 간의 이동을 위해 필요한 게이트 링이었고 더불어 멀린이 가진 마력이나 내공을 차크라나 순영력, 그리고 오오라로 변경할 수 있는 변환기(變換機) 역시 구입했다. 원래 그리 많은 종류의 물품을 판매하지 않던 환전소지만 둘러보니 새롭게 들어선 물건이 상당히 많았다.

"이거 얼마죠?"

"3실버입니다."

"생각보다는 싸네. 주세요."

"감사합니다."

새롭게 고른 물건은 요즘 유저들에게 가장 큰 인기를 끌고 있다고 하는 PDA, 통칭 비홀더(Beholder)라는 물건이다. 마치 전화를 하듯 귓속말을 할 수 있는데다 문자도 가능하며 공지 사항 확인과 시야 전체를 점멸하지 않고도 맵을 불러올 수 있어 상당히 편리하게 쓸 수 있다. 이렇게 유용한 물건이 고작 귀환 능력이 전부인데다가 한 번 사용하면 소멸해 버리는 게이트 링과 같은 가격이라는 건 놀랄 만한 일이다.

삐빅.

"응, 뭐야?"

막 비홀더를 품에 넣으려는데 비홀더의 액정이 반짝거리면서 빛난다. 의아해하며 바라보자 한 줄의 문장이 떠올랐다.

ᄅᄆᄆ혼의 경험치를 이용해 대천세계(大千世界)의 연결 포트를 설치할 수 있습니다. 설치하시겠습니까?

"대천세계?"

의아해하며 걷고 있자 정천이 답했다.

"자유게시판이나 정보게시판, 혹은 거래게시판 대화방 같이 유저들 간의 커뮤니티 공간을 말하는 것 같네. 외부의 인터넷과 연결되지 않는 일종의 인트라넷(Intranet)이래."

"네가 그런 걸 어떻게 알아?"

전혀 예상치 못한 답변에 황당해하는 멀린의 모습에 정천은 우쭐한 표정으로 답했다.

"훗. 이 몸의 정보 수집 능력은 보통이 아니지. 나는 원래 전투가 아닌 정찰이 특기거든. 안법도 안법이지만 한자리에 가만히 앉아서 반경 300미터 안에서 이루어지는 대화는 다 알아들을 수 있고 방향을 한정하면 최고 1킬로미터까지……."

"결국."

그러나 가볍게 말을 자른다.

"남이 하는 설명을 들었다는 거잖아? 돌려 말하긴."

"……"

"하여튼 그런 거라면 쓸모가 많겠네."

비홀더의 액정을 손가락으로 눌러 설치를 지시하자 막대그래프가 차오르더니 이내 완료된다. 게시물들을 살펴보니 그 양이 상당한 것이 아무래도 비홀더를 사용하는 유저들의 숫자가 꽤 많은 것 같았다.

"자, 그럼 새로 추가된 물건들을 더 살펴……."

그러나 그가 막 위층으로 올라가려는 순간 딩동~! 하는 효과음과 함께 한 줄의 텍스트가 떠오른다.

> 새로운 공지사항이 등록되었습니다.

"난데없이 공지사항이라니. 마침 비홀더 산 김에 써봐야지."

비홀더를 들어 화면을 조작해 공지사항을 열었다. 공지사항을 그리 자주 하지는 않는 모양인 듯 서비스가 시작된 지 상당한 시간이 지났음에도 공지사항이 별로 많지 않았다.

그리고 그렇게 확인한 공지사항은……

1. 강제 로그아웃 시간을 24시간에서 12시간으로 제한합니다. 이는 다가오는 1월 25일 00시부터 적용되며 그날 주어진 12시간의 플레이 타임을 모두 소모할 시 더 이상 게임에 접속할 수 없습니다.

…이다.

"아니, 이게 무슨 소리야? 플레이 타임을 반으로 자른다고?"

하루의 99% 이상을 디오 속에서 살아가던 멀린으로서는 그야말로 비명을 지를 만한 일. 하지만 그가 뭔가 더 반응을 보이기 전에 정천이 물었다.

"그런데 주인, 너희 입장에서 보면 이쪽이 이차원이고 로그

아웃을 해야 현실에 가는 건데 마냥 이 안에 있어도 상관없나?'

"웃!"

"과도한 게임은 건강을 해칠 수 있어."

"큭?!'

"현실에 친구 없지?'

"크억!!!'

연속되는 타격에 내상을 입고 쓰러져 피를 토한다. 완벽한 정론이다. 뭐라 항변할 말이 없었다.

"쯧쯧. 이런 게 주인이라니. 현실에도 좀 충실하시죠?'

"으으. 그 게임 속 펫인 주제에 그런 말 하지 마."

쓰린 가슴을 부여잡고 고통스러워하는 멀린. 그리고 그때 한 줄의 텍스트가 떠올랐다.

> 스타팅 동문에 검존(劍尊) 성묵이 출현했습니다!

"엉? 이게 무슨 소리야?'

"성묵이라면 클로즈 베타 때 쳐들어왔다는 네임드 보스 아냐?'

"아, 나도 들어본 것 같아. 매화검법의 초고수라고 했었던 것 같은데…… 검존은 뭐야?'

텍스트를 본 건 멀린 혼자가 아닌 듯 주위가 시끌시끌해지기 시작했다. 그전에 떠올랐던 공지사항 문제도 있기 때문에 유저들은 잠시 물건 사는 것도 잊어버리고 자기들끼리 웅성거리기 시작했다. 원래 활발한 곳이기는 했지만 무슨 시장바닥 같은 모양새였다.

"성묵……."

그리고 그렇게 소란스러운 유저들 사이에서 멀린은 조용히 자신을 살해했었던 극강의 검사를 떠올렸다.

"끝이다 인간. 흩날리는 꽃잎 속에서 죽어라."

그는 멀린이 디오의 세계에 들어와 처음으로 만난 강자였다. 물론 그는 그전에 머메이드 영웅을 만난 적 있고, 그보다 압도적으로 강력한 해룡 지그문트를 만난 적이 있지만 머메이드 영웅을 마주 본 시간은 10여 초도 되지 않아 제대로 보지 못했고, 해룡 지그문트는 강자라기보다는 항거할 수 없는 괴물이라는 느낌이었기에 비교의 대상이 못 된다. 오직 그만이 상상을 초월하는 경공과 유려한 검기로 그의 목숨을 빼앗았다.

"지금의 나라면… 어떨까?"

물론 상대도 안 된다. 6개월의 시간 동안 멀린은 상당히 강해졌다고 할 수 있지만 어느 수준을 넘어가면서부터는 내공도, 마력도 그 양이 늘어나지 않았고, 마법과 무공 역시 실전과 참오를 반복하면서 그 경지가 깊어졌을지언정 어느 벽을 넘어서거나 하지는 못했기 때문. 하지만… 그에게는 비장의 수가 있다.

까득.

품속에서 꺼낸 세 개의 보석이 서로 긁히면서 묘한 소리를 낸다. 꺼내 든 것은 노란 빛을 띠고 있는 토파즈(Topaz)와 붉은색의 루비(Ruby), 그리고 녹색빛을 띠고 있는 에메랄드(Emerald)다. 그것들은 하나같이 엄지손가락만 한 크기이며 엄청난 가치를 자랑하는 물건이지만 멀린의 손에 들린 보석이란 귀중품이아닌 병기에 가깝다.

"여행 다니면서 여유있게 만들다 보니 세 개뿐이군. 뭐 내가인챈트 기계도 아니고 세 개면 많이 만든 거지만."

그의 손에 들린 보석에 담긴 마력은 그 하나하나가 그의 최대마력을 아득하게 넘어간다. 게다가 정말로 위협적인 건 보석에 담긴 마력이 아니라 그 마력이 형성하고 있는 술식과 구조. 과거 멀린은 이와 같은 보석 하나로 격렬하게 싸우던 크라켄과 망자의 함을 통째로 얼려 버린 경력이 있었다.

"주인? 그 성묵이라는 녀석 알아?"

"뭐 대충은. 아아 진짜 어쩌지? 가볼까? 하지만 여기 유저가너무 많아서 어차피 내가 나설 차례는 없을……."

하지만 무심코 말했다가 멈칫한다. 물론 성묵은 상상을 초월하는 강자지만 만약 스타팅에 혼자 온 거라면 그야말로 죽은 목숨이다. 스타팅에 머물고 있는 유저의 수는 천 명, 만 명의 수를 아득하게 넘어가니까. 못해도 그 수는 수십만이 넘을테고 아무리 디오의 세계에 고 레벨 유저가 흔치 않다 해도 그만한 숫자가 모이면 고수는 있을 수밖에 없다.

하물며 과거 성묵은 열 명도 채 안 되는 유저에게 발목이 잡혔으며 마침내 살해당한 전적이 있지 않은가? 어쩌면 지금부터 부지런히 달려가도 끝나 있을 가능성이 높다. 아니, 아마 그러리라.

"이것 참 괜한 고민을 했네."

머리를 긁적이는 멀린. 그리고 그때 삐빅 하는 소리와 함께 퀘스트 창이 떠올랐다.

Mission

[수성전]

제한시간:없음

수호의 탑을 지켜라!

돌발 이벤트 발동! 몬스터의 스타팅 침략!
요번 공격은 성묵의 단독 공격으로 함께하는 몬스터는 없다. 적은 오직 성묵 하나. 그러나 그 하나는 현존 최강의 오크이자 프리덤 클래스 검존(劍尊)! 제대로 저항하지 못하면 학살당할 뿐이다.

주의!
1. 방어에 실패해 스타팅 가운데에 있는 '수호의 탑' 파괴될 시 이유 막론하고 게임이 다운된다. 복구 기간은 현실 기준 24시간.
2. 수호의 탑이 파괴되고 그 안에 위치한 수호석(守護石)에 몬스터의 손이 닿으면 다운된 게임의 복구 기간이 길어진다. 복구 기간은 현실 기준 168시간. 즉, 일주일이다.
3. 꼭 지금이 아니더라도 수호의 탑이 파괴되면 게임이 다운되어 버리지만 안전을 위해 유저는 수호의 탑을 파괴할 수 없다.

그야말로 난데없는 퀘스트에 멀린의 눈이 휘둥그레졌다.

"뭐야. 꼭 성묵 한 명한테 스타팅의 유저들이 모조리 뚫려 버릴 것처럼 말하고 있잖아? 스타팅에 유저가 얼마나 많이 있는지 잘 모르는 건가?"

"아니. 잘 봐, 주인. 성묵이라는 녀석… 프리덤 클래스라고 되어 있어."

"프리덤 클래스가 뭔데? 영웅보다 높은 건가?"

과연 멀린. 몬스터의 클래스 시스템조차 모르고 있다. 관심 없는 분야라면 조금도 신경 쓰지 않는 성격이기 때문으로, 다른 유저가 봤다면 황당해할 만한 일이지만 긴 시간 동안 그와 함께해 온 정천은 아랑곳하지 않고 설명했다. 게다가 지금 정천은 너무나 큰 충격 때문에 멀린을 탓할 정신도 아니었다.

"프리덤 클래스는… 말하자면 종(種)의 한계를 뛰어넘은 존재들에게 주어지는 명예야. 일단 프리덤 클래스에 도달한 몬스터는 그 원죄(原罪)와 성향에 상관없이 신기(神器)와 새로운 육체를 부여받는 게 가능하고, 원하기만 한다면 원하는 직위로 이동하는 것조차 묵인되지. 그리고 만약 거기서 더 나아가 초월지경(超越之境)에 들어선다면… 만약에 그럴 수 있다면……."

그렇다면 그는 몬스터라는 굴레를 완전히 벗어버리고 이 만들어진 세상에서 탈출할 수 있다. 디오에 묶여 있는 모든 전생자(轉生子)들이 꿈꾸면서도 포기하고 있는 자유를 손에 넣을 수 있게 되는 것이다.

"세상에. 벌써 프리덤 클래스에 도달하는 녀석이 나오다니."

"뭐야. 그거 강한 거야?"

"아주, 아주 강해. 물론 프리덤 클래스라는 것 자체도 종족 레벨이 극렬하게 낮은 오크라서 도달한 일이겠지만…… 그렇다고 약하길 기대하는 건 멍청한 짓이야. 만약 저 녀석을 만난 적이 있다면 완전히 다른 존재라고 생각하는 게 마음 편하겠지."

진지하게 중얼거리는 정천을 멍한 표정으로 바라보는 멀린 이었지만 그럼에도 그는 별로 상황을 진지하게 인식하지 못했다. 어차피 성묵은 그보다 더 강했다. 게다가 아무리 강하다고 해도 유저 중에도 강력한 고수들은 잔뜩 있다.

"그럼 네 말은 성묵이 금방 죽지는 않을 것 같다는 거지?"

"아니, 금방 안 죽는 정도가 아니라……."

"그럼 구경 가보지 뭐."

그렇게 말하며 가볍게 달리기 시작한다. 다행히 도착까지는 오래 걸리지 않을 것 같았다. 비홀더에는 퀘스트 위치가 대략 적이나마 표시되어 있었는데, 어느새 성묵의 위치는 스타팅의 중앙 광장까지 도달해 있었기 때문이다.

"그런데 이거 위험한 거 아닌가? 중앙 광장의 한가운데에는 수호의 탑이 있는데."

물론 중앙 광장은 무지막지하게 넓어서 지름만 해도 1킬로미터에 달하지만 성묵 정도의 경공 실력을 가진 존재에게 1킬로미터, 아니, 지름이 1킬로미터고 반지름만 치면 500미터에 불과한 거리는 그리 대단한 벽이 되지 못한다. 실제로 과거 그는 멀린이 2킬로미터 밖에서 저격을 날렸을 때 그 2킬로미터의 거리를 고작 20초에 주파하지 않았던가? 프리덤 클래스가 되었다는 성묵이 더 느려졌을 리는 없으니 그가 500미터라는 거리를 돌파하는 데 걸리는 시간은 5초 안쪽이리라.

"뭐 분위기를 보아하니 유저들한테 발목 잡힌 모양이지만…… 아, 저쪽인가 보네."

일단 근처까지 가니 찾기는 오히려 더 쉬웠다. 마을에서 느껴질 리 없는 투기가 피부로 와 닿았기 때문이다. 게다가 무슨 일인지 그 장소에는 수백, 아니, 수천은 되어 보이는 유저들이 둥그렇게 거대한 원을 그리고 전투를 구경하고 있었다. 분위기를 보아하니 일대일로 붙고 있는 것 같은데 그 원의 크기가 보통이 아니어서…….

두근.

멀린은 아침부터 기분이 좋았다. 오랜만에 로그아웃해 현실의 맛있는 음식들도 맛보았고 계속 몬스터들 사이에서만 돌아다니다가 스타팅에 올 수 있는 방법을 알게 되어 쇼핑도 할 수 있었다. 매일매일 행하던 여행과 모험이 싫다는 건 아니지만 그 여행이라는 걸 무려 반년이나 해오면서 조금은 식상해하던 차에 오늘은 꽤나 신선하고 즐거운 하루.

두근.

그리고 그렇게나 좋던 기분도 지금까지다.

쾅!

멀린은 멍한 표정으로 정면을 바라보았다. 그리고 그와 마찬가지로 수많은 유저들 모두가 숨죽인 채 충돌하고 있는 두명의 모습을 바라만 보고 있을 뿐. 하지만 멀린은 그들과 조금다른 것을 보고 있었다.

두근.

검이다. 그것도 아름다운 검이다. 약간은 가늘어 보이는 은색의 검신. 투명한 보석으로 치장된 손잡이 장식과 종류를 알수 없는 푸른색 가죽으로 세련되게 만들어져 있는 손잡이.

그것은 마치 전설에서나 나올 것 같은 모습을 하고 있었다. 무기라기보다 차라리 예술품에 가까운 외형. 그 검은 마치 옛날이야기에 나오는 전설의 용사가 사용할 것 같은 아름다움을 가지고 있었지만 동시에 상상을 초월하는 거대한 힘이 담겨있음을 느낄 수 있었다.

—용살검(龍殺劍). 아스칼론(Ascalon).

그것은 언젠가 물속 깊은 곳에서 그가 보았던 물건이다.

"이게 뭘 의미하는 거지? 설마… 잡았다고?"

말도 안 되는 일이라고 고개를 흔들었지만 그러면서도 납득한다. 만약에 그 검을 누군가 얻는다면, 그것은 그일 수밖에 없다고. 실제로 그에겐 레드 드래곤 이그니스를 잡은 전적이 있다.

쩡!

그렇게 생각할 때 거센 충돌과 함께 바짝 붙어 있던 아더와 성묵의 몸이 떨어진다. 어느새 아더는 아스칼론을 한 손으로 들고 있고 검룡 더스틴은 마치 어검술처럼 하늘을 날아다니며 틈틈이 성묵의 빈틈을 찌르고 있었다.

"이 검술…… 분광검법과 상당히 다르군."

"분광검법도 알다니. 뭐 맞아. 분광검법은 물론 훌륭한 검법이지만 그게 뭐랄까. 그래, 너무 틀에 갇혀 있더라고. 그래서 그런지 자꾸 바뀌더라."

"큭큭. 틀에 갇혀 있다고? 여기서 배운 분광검법이?"

아니다. 그럴 리 없다. 분광검법은 디오의 세계에 존재하는 모든 무공이 그러하듯 완전하다. 하지만… 그 완전이라는 것은 어디까지나 [인간이 펼쳐낼 수 있는] 범위를 기준으로 하기 때문에 아더와 같은 규격 외의 존재를 포용할 틀을 만들어내지 못했다.

"그래서 새 검법을 만들었어. 완전히 새로운 건 아니고 분광검법을 나한테 맞게 바꿨지."

핑!

그 순간 빛이 번뜩이고 가느다란 빛이 선이 되어 세상을 반으로 가른다. 성묵은 순간 이동에 가까운 속도로 물러서며 주작신검을 휘둘렀지만 주작신검은 빛줄기를 쳐내지 못했다. 주작신검이 휘둘러졌을 때 이미 빛살은 그의 가슴을 가르고 지나간 뒤였기 때문이다.

촤악!

피가 튀었지만 얕다. 그것은 1센티미터도 채 안 될 정도로 가벼운 상처. 하지만 그럼에도 이 상처가 의미하는 바는 크다. 처음으로 성묵의 절대 영역을 뚫고 들어가 그에게 상처를 입힌 것이다.

"이건……."

"광검결(光劍決)이라고 해. 원래는 왼손으로 펼쳐야 하는데 만들다 보니 너무 창대하게 꾸며 버려서 양손을 쓰지 않으면 펼칠 수가 없게 되어버렸지. 뭐… 한 손으로 쓸 수 있을 때까지는 수련하려고."

태연한 목소리. 그러나 그 빛살과 같은 검격을 목격한 멀린은 혼란에 빠졌다.

"저게… 뭐야?"

어렸을 때부터 그는 눈에 보이는 모든 것을 이해(理解)할 수 있었다. 다른 아이들이 날아가는 비행기를 보면, 단지 볼 뿐이지만 그는 비행기의 날개를 보고 양력의 발생 원리, 즉 비행이 가능한 이유를 알았고 비보이들의 춤을 보면 그 모든 동작과 근육, 뼈의 움직임과 행동 원리를 파악하여 완벽하게 따라 하는 게 가능했다.

그것은 단지 보기만 해도 그 이치를 깨닫는 통찰력(洞察力). 그것을 타고남으로써 멀린에게 있어 눈에 들어오는 세상은 전부 이해 가능한 것들뿐이었다. 항상, 언제나 그랬다.

―그런데 이해할 수가 없다.

"대체… 뭐지?"

알 수 없이. 인지의 범위 밖이다. 단순히 빨라서 그런 것이 아니다. 분명 검끝은 빛살과도 같았지만 그 검을 펼쳐 내는 아더의 몸은 틀림없이 멀린의 눈에 들어왔던 것이다. 뼈와 근육의 움직임, 완전하지는 않지만 내기의 활용까지…… 놀랍게도 멀린은 해석해 냈다. 하지만 그런데도 이해할 수 없다. 불가해(不可解)의 영역이다. 과거에 자신과 같은 존재라는 생각에 그를 기쁘게 했던 청년은, 어느새 아득할 정도로 그를 앞질러 버렸다.

지끈.

"윽……?"

통증을 느낀다. 언젠가 마리가 이마에 새겼던 天자가 불에 덴 듯 뜨겁다. 다른 이유가 아니다. 아더가 사용한 지고한 무리(武理)가 그의 안에 봉인된 기천의 힘을 자극했기 때문이다.

핑! 핑!

두 갈래로 나눠진 빛줄기가 성묵의 양어깨를 긁고 지나간다. 그것은 빠르다. 빨라도 너무 빠르다. 바렛에서 쏟아진 저격을 보지도 않고 튕겨내던 성묵조차 그 검격에는 미처 반응하지 못할 정도였다.

"받아봐. 이것이 광검결 제일초. 천광(千光)이야."

아더는 방심하지 않았다. 검술 실력에 있어 자신과 맞먹을 정도로 뛰어난 성묵과의 대결은 그에게도 큰 깨달음과 즐거움을 주는 것이지만 그렇다면 더더욱 거세게 몰아쳐야 한다. 이 대결을 더 길게 이어나가기 위해 싸움을 질질 끄는 건 상대방을 모욕하는 행위다.

번쩍!

그리고 그 순간 아더의 몸을 중심으로 눈부신 빛이 터져 나왔다.

'본다.'

주작신검의 검집을 던져 버리고 성묵은 오의(奧義), 명경지수(明鏡止水)를 발동시켰다.

'본다.'

멀린의 눈동자가 황금빛으로 휘황찬란하게 빛난다. 그리고 그와 함께 사고(思考)가 가속(加速)되기 시작했다.

콰차차착!

그리고 그렇게 느려진 시간 속에서 그들은 마치 해일처럼 밀려들어 오는 빛의 파도를 보았다. 그래. 그것은 빛의 파도였다. 느려진 시간 속에서도 그 빛의 파도를 만들어내고 있는 검의 움직임은 흐릿하게밖에 보이지 않았다.

'오백 번… 아니, 칠백 번…… 아니다. 천광(千光)이라고 했어. 저건 천 번의 검격이야.'

말이 좋아 천 번이지, 찰나의 순간에 열 번도 100번도 아닌 1,000번의 검격을 날린다는 건 문자 그대로 지독한 농담이다. 검격이 너무나도 빨라 검을 여러 번 휘두르는 게 아니라 그냥 빛나는 검기를 빛의 파도로 만들어 뿜어내는 것처럼 보일 정도. 적어도 이 자리에서 아더의 공격이 천 번의 검격으로 이루어져 있다는 걸 눈치챈 사람은 성묵과 멀린 단둘뿐이었다.

촤앙!

그리고 그 둘 중의 한 명인 성묵은 번개처럼 열 번의 검격을 내뻗으며 극성에 이른 호신강기를 반구형으로 집중시켰다. 자하신공이 대성에 이르러 짙은 보라색을 띠고 있는 호신강기는 마치 자수정으로 만든 방패를 허공에 띄운 듯 아름다웠지만 해일처럼 몰려온 빛의 파도는 노도와 같은 기세로 그를 뒤덮었다. 그리고 그 모습에 멀린은 깨달았다. 나름대로 전력을 다해 막겠지만…… 성묵은 이 공격을 막을 만한 능력이 없다.

키이이이잉!!

"큭?!"

"어?!"

"꺄악! 뭐야?!"

순간 고막을 찢어버릴 듯 울려 퍼지는 날카로운 소리에 주위에 바글거리던 유저들이 귀를 잡으며 고통스러워했다. 그야말로 갑작스러운 기습이었지만 멀린은 괜찮았다.

아더가 뿜어낸 빛의 파도는 초고속의 검격으로 이루어진 천광. 그 천광을 보기 위해 사고를 가속시켰던 그는 천광이 성묵을 덮치려는 순간 원형의 마법진이 떠올라 천광을 막아내는 장면을 볼 수 있었기 때문이다. 물론 그것만 봤다면 내공으로 귀를 보호할 생각까지 하지는 못했겠지만 그 직후 그는 천광과 마법진의 충돌 지점에서부터 음파가 날아오는 것을 보았[觀]

다. 때문에 미리 내공을 움직여 청각을 보호한 것이다.

"후후후. 내가 유저들 무시하지 말라고 했지?"

"…당신은 여기에 오면 안 되는 걸로 알고 있는데."

"어머. 지금 그거 설마 나한테 하는 이야기는 아니겠지? 나는 너랑 입장이 달라. 내가 하고 싶으면 하지."

청아한 목소리가 어느새 중앙 광장을 가득히 메운 유저들의 정신을 때리고 들어온다. 그것은 공격도 무엇도 아니었다. 그것은 단지 영압(靈壓). 고위의 존재가 좀 더 하위의 존재에게 가하는 영적인 압박이다.

"저, 저게 뭐야? 엘프?"

"세상에 대체 이게 무슨 마력……."

상대는 여인이었다. 엘프 특유의 기다란 귀에 훤칠한 키를 가진 그녀는 그 키만큼이나 풍성하게 늘어져 있는 녹색 머리칼을 가지고 있었다. 그녀의 주위로는 축구공만 한 크기의 보석 네 개가 마치 위성처럼 빙글빙글 돌고 있었는데, 그 하나하나에는 그야말로 숨이 막힐 정도의 마력이 뿜어지고 있었다.

"녹색 머리칼에 기다란 귀, 그리고 네 개의 환상석(幻想石)……."

"아니, 잠깐. 설마 지금 네가 생각하는 게 공식 홈페이지에 떠 있는 그건 아니겠지?"

"그럼 뭐로 보이는데?"

"아, 제발 봐줘……. 그건 7대 성지에 있는 그랜드 마스터랑 맞먹는다고. 클로즈 베타 때 왔던 이그니스 급이란 말이야."

디오의 공식 홈페이지의 [캐릭터]란에는 간략하나마 다이내믹 아일랜드에 대한 인물 정보가 실려 있다. 거기에서 다루는 캐릭터라는 건 7대 성지에 존재하는 그랜드 마스터들과 주요 단체의 수장 등 굵직굵직한 인물들. 그리고 그중에는…… 몬스터라고 할 수 있는 존재들도 포함된다.

절망의 숲. 혹한의 대지. 적막의 사막. 망자의 대지.

그렇다. 홈페이지에는 디오의 세계에서 가장 큰 그 네 개의 영역을 지배하는 초고위 몬스터에 대한 내용도 있다. 홈페이지에 써진 그들의 설정과 외견은 워낙 인상적인지라 아직 그 어떤 유저도 그들을 본 적이 없음에도 그 이름은 널리 잘 알려져 있다.

"절망의 숲의 지배자."

온통 녹색으로 화려하게 치장한 여인이다. 목에 걸려 있는 것은 녹옥을 세공해 천사의 모습을 새겨놓은 목걸이고, 양 귀에 매달린 것은 엄지손가락만 한 크기의 에메랄드(Emerald). 입고 있는 것은 은은하게 빛나는 녹색의 드레스였는데 몸에 착 달라붙어 그녀의 날렵한 몸매를 과시함과 동시에 차이나드레스처럼 치마 양쪽이 터 있어 매끄러운 그녀의 다리를 여과없이 드러내고 있다.

"숲의 여왕, 마하아시아(Mahashah)."

7대 성지에 위치하고 있는 그랜드 마스터들과도 동급이라고 할 수 있는 레전드(Legend) 등급의 몬스터다. 천지 간의 이치를 깨달아 수십 가지의 주문을 동시에 엮어내는 게 가능하며 원한다면 하나의 행성조차 파괴할 수 있는 대마도사(大魔道師)!

파밧! 팟!

두두두!

그러나 그때 사방에서부터 패도적인 기세가 모여들기 시작했다. 그들은 유저들에게 있어 너무나도 익숙한 얼굴들이다. 평소 주요 상점이나 성문을 경비하며 도시 곳곳에 위치해 유저들에게 길을 안내해 주거나 소란을 막던 친절한 경비병들.

그러나 오늘 그들의 기세는 전혀 달랐다.

쿠우우우……!

동서남북으로 서른 명씩, 100명을 넘어서는 경비병들이 어마어마한 기세를 내뿜으며 달려왔다. 경공을 펼쳐 질풍처럼 달리고, 바람의 정령에 몸을 실은 채 새처럼 날아온다. 개중 몇 명은 단거리 공간 이동으로 사라졌다 나타났다 하는 것을 반복하며 접근하고 있었는데, 그 속도들이 어찌나 빠른지 그 큰 스타팅을 순식간에 관통해 지나갔다. 그 목표가 자신이 아닐지라도 오싹해 보일 정도로 쾌속한 진격이었지만 마하아시아는 가당치도 않다는 듯 코웃음쳤다.

"호호호. 여기저기에서 모아 복사한 떨거지들로 나를……."

그러나 그 순간 가장 앞에서 달려들던 게인1의 머리 위로 붉은색의 고리가 생겨나 꺼져 나간다. 게인1이 상부에 올린 요청이 허락되었다는 뜻이었다.

"모든 게인 시리즈는 들어라! 듀렌달의 봉인을 해제한다!"

"확인했다. 신기 가동, 듀렌달(Durendal)!"

"신기 가동, 듀렌달!"

거의 스무 명은 되어 보이는 게인들의 손에 약간은 어두워 보이는 빛깔의 신검(神劍)이 잡혀든다. 담겨 있는 마력은 결코 무시할 만한 수준이 아니다. 심지어 신기를 불러들인 건 그들 뿐이 아니다.

"형제들! 슈팅스타의 봉인이 해제되었어요!"

"알겠습니다. 신기 가동, 슈팅스타(Shootingstar)."

"디왈리들아, 손 머리 위로! 위신서의 봉인이 해제되었었구나~!"

"신기 가동. 위신서(僞神書)! 어차피 죽어도 살아나는 거 그랜드 마스터가 얼마나 센지 볼까!!"

쩌저정! 콰아!!!

100명이 넘는 경비병들의 습격은 그야말로 무자비했다. 하나하나가 위험천만한 병기를 들고 있는 그들의 공격은 초월자의 경지에 올라 세계의 법칙을 깨달은 그랜드 마스터라 해도 감히 경시할 수 없는 수준. 마하아시아는 왼손을 좌에서 우로, 오른손을 아래에서 위로 그으며 진언(眞言)을 외웠다. 그녀의 손짓에 따라 거대한 에너지의 파도가 일어나 경비병들을 덮친다.

"으아악!"

"큭! 멍하니 있지 말고 싸우든 피하든 해! 휩쓸린다!"

경비병들의 기세는 강렬했지만 그 우위는 분명하다. 덤벼들었던 경비원의 숫자는 120명. 하지만 단 한 번의 충돌로 그중 1/3 정도가 금빛 연기로 흩어져 버렸다.

"깜짝 놀랐네. 반쪽짜리 신기잖아? 하긴 아무리 여기라고 해도 신기를 마구 찍어낼 수는 없지."

태연하게 말하지만 방금 전의 충돌은 그녀에게도 상당한 부담으로 다가왔다. 반쪽짜리라고는 해도 그들이 사용하는 신기는 강력한 마법 무장. 한두 방이라면 모르지만 수십 방이라면 타격이 없을 리 없는 상황이니까. 게다가 그녀에게 적대하는 건 경비병들뿐이 아니다.

"에라 모르겠다. 공격해! 상대가 안 될까 봐 안 덤볐더니 이건 뭐 몸을 사리다 손도 못 쓰고 죽잖아?!"

"아 놔! 난 쇼핑하러 왔는데 웬 레이드야?"

그녀가 뿜어낸 마력에 휩쓸려 로그아웃당한 유저가 100명에 가까운 상황. 이쯤 되면 아무리 상대가 그랜드 마스터라고 해도 참을 수가 없다. 그랜드 마스터든 뭐든 유저 입장에서 보면 결국 프로그램이라고 할 수 있는 NPC요, 몬스터가 아닌가?

유저들이 아더와 성묵의 대결을 보고만 있던 건 싸움에 끼어들어 봐야 별 도움이 안 될 것 같은데다가 아더가 성묵을 이길 거라 예상했기 때문이지 결코 싸우기 싫어서가 아니다. 심지어 그들에게 죽음은 질색할 정도로 싫을 뿐 공포스럽다거나 두려운 종류의 것이 아니니 '까짓 것 능력치 좀 깎이지 뭐'라고 생각해 버리게 되면 진짜 무서운 게 아무것도 없다.

"경험치는 많이 주나? 아니, 잡을 수는 있으려나?"

"쪽수로 밀어붙여 보자! 피니쉬나 아이템은 못 먹을지 모르지만 그래도 그랜드 마스터 급인데 참가 경험치도 크겠지!"

화살이 쏟아지고 폭염이 뿜어진다. 어느새 검을 빼어 든 전사들이 접근하기 시작하고 그렇게 접근하는 전사들에게 버프 주문이 가능한 마법사들이나 신관들이 온갖 보호 능력들을 덧씌우기 시작한다.

"오호⋯ 이것 봐라?"

처음에는 비웃었다. 그녀는 세계의 이치를 깨달은 대마법사다. 초월자의 경지에 들어선 그 순간부터 이미 적의 숫자에 구애받지 않는 존재. 하지만 막상 버프를 잔뜩 받은 전사들이 단체로 짓쳐들고 뒤에서 마법사들과 정령사, 궁수 등의 원격 능력자들이 본격적으로 공격을 가하기 시작하자 전신을 짓누르는 압력이 느껴진다.

"⋯뭐라고?"

그녀는 저항하려 했지만 그 순간 거대한 힘이 그녀를 땅으로 집어 던졌다.

콰과광!

충돌이 일어나자 태연히 땅 위에 내려섰던 마하아시아의 다리가 땅을 부수며 아래로 박힌다. 마치 거대한 망치로 그녀를 내려친 것처럼 그 몸이 땅을 부수고 들어간 것이다.

"근접 전투 계열은 108명씩 짝지어서 108나한진 갑니다! 술사 분들도 그냥 싸우지 말고 28명씩 마켈의 잠자는 도시 대형 유지하세요!"

"진법 잘 모르시는 분들은 진 사이사이에 자리요!"

유저들 주위로 거대한 기류가 만들어진다. 그것은 적대적인
영력의 소용돌이. 단지 유저들이 진법을 사용해서 그렇다고
치기에는 지나칠 정도로 묵직한 힘이 마아하시아를 덮쳤다.

"이게 무슨……!"

콰릉!

그녀가 땅을 부수며 허공으로 튕겨 올라가자 주위를 맴돌던
환상석에서 광선과도 같은 마력이 뿜어졌다. 적이 많다고는
하나 잠시 시간을 끌면서 궁극마법을 사용하면 충분히 쓸어버
리겠지만 유저들 역시 바보가 아닌지라 그럴 틈을 줄 리 없기
때문에 즉시 발동하는 마법 중에서나마 가장 강력한 술식을
뿜어낸 것이다.

"우와악!!"

"꺄!"

"아 놔. 어제 간신히 마력을 300포인트 넘겼는데……."

잠깐의 충돌로 거의 200여 명에 가까운 유저가 쓸려 나갔
다. 순간적으로 발동했다고는 믿을 수 없을 정도로 강력한 주
문이었지만 마하아시아의 원래 의도는 주변에 있는 모든 유저
들, 그러니까 대략 1,000명 이상의 유저들을 몰살시킨 뒤 공터
를 만들어 궁극마법을 사용할 시간을 버는 것. 하지만 놀랍게
도 유저들과 충돌하는 순간 마하아시아의 마력이 대폭 약화되
어 원래 노리고 있던 효과의 1/5도 간신히 내는 게 아닌가?

'에너지 필드(Energy Field). 이 녀석들을 중심으로 거대한

에너지 필드가 만들어지고 있어.'

세상에는 진법이라는 게 있다. 한 명이 아닌 다수가 모여 1+1이 아닌 그 이상의 효과를 만들어내기 위해 만들어진 이능. 하지만 그 진법이라는 건 결국 한계가 있을 수밖에 없다. 진법을 이루는 이들이 아무리 수많은 연습을 거쳤고 마음이 잘 맞는다 해도 그들은 서로서로가 전혀 다른 별개의 존재이기 때문이다.

때문에 무림(武林)에서는 쌍둥이를 이용한 진법을 만들었다. 세세하게 말하자면 쌍둥이도 완전히 같은 인간이라고 말하기는 힘들지만 진법의 효과를 최대로 뽑아낼 수 있기 때문. 하지만 그래 봤자 대단한 효과를 보기는 힘들다. 세상에 100 쌍둥이나 300 쌍둥이가 같은 게 있을 수는 없는 일 아닌가?

'이건 단순히 저 녀석들이 쓰고 있는 진법의 효과가 아냐. 좀 더 근원적인 효과군.'

유저들이 여기저기에서 진법을 쓰고는 있지만 미리 연습하고 온 것도 아닌데 전투 중에 진법을 실행하기는 매우 어렵다. 다시 말해 진법이 가지는 효과 자체는 별다른 게 없어야 하는데… 그럼에도 마하아시아는 그들의 한가운데 떨어진 것만으로 어마어마한 압박과 마력의 제약을 느꼈다.

실제로 그녀가 뿜어낸 마력은 제대로 된 효과를 내지 못했다. 유저들의 몸 하나하나에서 뿜어지는 영력이 서로 얽히고 얽혀 그물처럼 모든 공간을 점했기 때문이다.

키잉!

마하아시아의 눈이 빛나고 주위의 모든 영기(靈氣)가 읽힌다. 물론 유저들의 영혼과 몸에 관한 내용은 프로텍트가 걸려 있어 대마법사인 그녀조차 읽을 수 없지만…… 적어도 몸 밖에 흘러나온 영력은 프로텍트의 효과가 적용되지 않는다.

"역시."

그리고 깨닫는다. 예상대로다. 유저들 사이로 영적인 연결이 느껴진다. 그것은 유저들의 전의(戰意)에 반응해 깨어나 외부의 충격에서 스스로를 보호하고 마주 선 적을 억누른다. 유저의 수가 두 명, 다섯 명, 열 명 정도일 때에는 잘 느껴지지도 않을 정도로 미미한 효과지만, 그 숫자가 100명, 1,000명이라면 그 효과가 기하급수적으로 강렬해진다는 말.

즉, 유저들은 그 숫자가 [많으면 많을수록] 강해진다.

그리고 지금 여기에 모인 유저는 10만 명이 넘는다. 아니, 사방에서 모여드는 유저들 때문에 그 숫자는 계속 늘어 어느새 20만, 아니, 30만 명을 넘어섰다.

"이건 제법…… 안 좋은데."

도망가야 한다는 것을 깨닫는다. 설마 초월자라고 해도 여기서 맞서 싸우겠다고 충돌했다간 목숨이 위험하다. 주위를 포위하고 있는 유저들을 연신 쓰러뜨리고 있지만 유저란 존재들은 도대체 목숨 아까운 줄 모르고 덤벼드니 어떻게 떨쳐 낼수가 없다. 하늘로 날아올라 원거리 공격으로 적을 박살 내고 싶은데 유저들을 감싼 거대한 에너지 필드가 그녀를 연신 짓누르니 설사 날아올라도 금세 떨어진다. 잠깐이라도 방심하면 땅에 박혀 들어갈 정도다.

"스펠 카운터! 마법사들은 딴것 하지 말고 스펠 카운터요!!"

"신관 9레벨 분들 있으면 무리라도 성휘나 써봐요!"

"마법말뚝으로 주문 파쇄할 수 있는 분들은……. 아, 맞다 마법말뚝은 마스터 레벨 마법사만 쓰잖아? 아니, 왜 이렇게 마스터가 없어!"

분한 듯 소리친다. 사실이 그렇다. 아직 디오가 서비스를 시작한 지 채 한 달이 안 되기 때문에 그 안에서의 시간이 12배라고 해도 마스터는 결코 흔치 않은 존재다. 아무리 마스터 급 유저라고 해도 24시간 게임만 할 수는 없는 일 아닌가? 심지어 마스터 급에 도전할 수 있을 만한 실력자들은 현실에서도 직장을 다 가지고 있기 때문에—심지어 대부분 유능하다—게임에 완전히 몰입하기 힘든 것이다.

"그런데 경비병 오빠 누나들 다 마스터 레벨 아냐?"

"어, 진짜?"

최초 120명이나 되었던 경비병들은 이미 마하아시아의 최우선적인 공격 대상으로 벌써 대부분이 살해당한 상태. 하지만 유저들이 전투에 참가하기 시작하면서 아직 30명 넘게 살아 있었다.

"아리아56님! 어차피 도울 생각이시면 남은 아리아 분들한테 마법말뚝이나 쓰라고 하세요!"

"아, 네……."

"게인4 형! 뒤에서 받쳐 줄 테니 진법 맨 앞에 좀 서줘요!

108나한진은 알죠?"

"……."

시끌시끌한 분위기에 경비병들은 어어? 하는 표정으로 끌려갈 수밖에 없다. 그들 한 명 한 명은 틀림없이 강력한 고수지만 지금 이 공격의 주축은 역시 유저들이다. 일단 그 숫자부터가 압도적으로 차이 나니 분위기부터가 다르다.

"…후. 별수없나?"

그리고 그런 시점, 마하아시아는 피식 웃으며 오른 손바닥을 내뻗었다. 그리고 그런 그녀의 움직임에 맞춰 주위를 맴돌던 네 개의 환상석이 일렬로 쭉 늘어섰다. 그것은 정면으로 충돌하고 있는 아더와 성묵이 있는 방향이었다.

"엎드려."

"무슨 짓을……."

그러나 그 순간 무지막지한 빛줄기가 정면을 향해 뿜어져 나갔다.

쿠아아-!!

빛이다. 그건 분명 빛이었다. 하지만 휩쓸리는 유저들을 빨아들이고 후려쳐 산산조각 내는 성질은 빛이라기보다는 오히려 고속으로 회전하는 수은 덩어리에 가까웠다.

"이런."

막 성묵에게 마지막 일격을 가하려던 아더는 미처 피하지도 못한 채 빛줄기가 코앞으로 밀려드는 모습을 보았다. 성묵은 엎드려 광선의 유효 범위에서 벗어나 있었는데, 성묵이 엎드려서 공격을 피할 수 있는 것은 어디까지나 마하아시아가 그의 존재를 인식하고 피해를 주지 않으려 하기 때문이지 같은 방식으로 엎드려서 피했다간 비명조차 지르지 못하고 절명할 것이다.

"모너크!"

차르륵!

그리고 그런 상황에서 공간이 열리고 금속으로 만들어진 5미터짜리 금강룡이 모습을 드러내더니 이내 자신의 몸을 둥글게 말아 원형의 방패가 되어 빛줄기를 막았다.

쿠아아!!!

마하아시아가 네 개의 환상석을 직렬로 연결시켜 발동시킨 비장의 주문 시니스터 캐논(Sinister Cannon)이 유저들에게 입힌 피해는 막대했다. 그야말로 순간 발동, 영창의 과정조차 없이 발사된 빛줄기는 그 폭만 따져도 100미터가 넘을 정도로 널찍한 길을 수만의 유저 한가운데에 뚫어버렸다. 거기에 휩쓸려 죽은 유저들의 숫자는 짐작조차 하기 힘들 정도다.

"이런 미친! 2천 명이 넘게 죽었어!"

"저게 뭐야? 아무리 대마법사라지만 저런 주문을 무영창으로 쏴도 되는 거야?!"

카운트(Count) 주문이나 맵의 인구 확인으로 주변 유저들의 숫자를 확인한 몇 명의 유저가 비명을 내질렀다. 하긴 굳이 숫자를 확인해야 그 참상을 알 수 있는 건 아니다. 사망한 유저들의 몸에서 뿜어진 황금빛 연기가, 마치 안개처럼 주변을 휩

샀다. 물론 유저의 몸에서 뿜어지는 황금빛 연기, 즉 피의 대체
품은 3초면 흔적도 없이 사라져 버리지만 일순간 주위에 있던
모든 유저가 마하아시아의 모습을 잃어버리기에는 충분한 시
간이다.

그리고 그 순간,

"체크메이트~♡"

시니스터 캐논이 뚫어놓은 길을 따라 중앙 광장의 한가운데
로 이동한 마하아시아의 손이 수호의 탑을 때려 버린다. 그 손
길 자체는 매우 가벼웠지만 그것만으로 수호의 탑에 금이 가
기 시작한다.

콰득. 콰드득.

적극적으로 공격을 감행하고 있던 유저들이 그 모습에 일순
간 얼어버렸다. 어찌할 바를 모르는 상태. 그것은 성묵이 쳐들
어온 순간 날아들었던 퀘스트의 내용 때문이다. 그것은……

방어에 실패해 스타팅 가운데에 있는 '수호의 탑' 파괴될 시 이유 막론하
고 게임이 다운된다. 복구 기간은 현실 기준 24시간.

…라는 내용이었다.

"하, 하하하. 노, 농담. 그래. 그냥 농담일 거야. 그치?"

"맞아. 게임회사도 돈 벌어야 하는데 몬스터한테 졌다고 서
버를 내려 버리는 건……"

끼익—!

그러나 그 순간 하늘에 금이 갔다. 비록 게임이라고는 하지만 평소 극도의 현실성을 자랑하는 디오의 세계에서 절대로 볼 리 없는 극히 이질적인 광경. 그리고 그 모습에 유저들은 식은땀을 줄줄 흘렸다.

　"지, 진정이냐? 레알?"

　"아, 안 돼."

　절망적인 사태에 좌절하는 유저들. 하지만 그게 끝이 아니다.

　콰득!

　마하아시아의 손이 움직이더니 금이 갔던 수호의 탑을 완전히 뜯어버린다. 이미 세계가 [닫히기] 시작하는 상황에선 쓸모없는 행위지만 그 순간 유저들은 퀘스트의 다음 내용을 떠올렸다.

　수호의 탑이 파괴되고 그 안에 위치한 수호석(守護石)에 몬스터의 손이 닿으면 다운된 게임의 복구 기간이 길어진다. 복구 기간은 현실 기준 168시간. 즉, 일주일이다.

　"이런 젠장! 막아!"

　"저거 유저한테 원수 졌나 왜 이래?! 예쁘다고 봐주는 것도 한계가 있어!!"

　"아 근데 마하아시아 진짜 예쁘긴 엄청 예쁘다."

　"정말 뭔 짓을 해도 다 용서해 버릴지도……."

"어이?!"

그 긴박한 순간, 눈치가 빨라 필사적으로 덤벼드는 유저들도 꽤 있었지만 상황 파악이 늦어 버벅이는 유저가 대부분이었기에 그전처럼 적극적인 공세가 쏟아지지는 않았다. 그리고 그렇게 마하아시아의 손이 재차 움직여 수호의 탑을 완전히 파괴하려는 순간, 유저들 사이에서 포격이 쏟아졌다.

쾅! 쩌엉!

포격은 정확히 마하아시아의 머리를 노리고 있었지만 포격이 그녀의 머리에 닿기 직전 무지개의 장막이 펼쳐져 포격을 막아낸다. 상당한 힘을 담은 듯 포탄에 실린 오오라는 강렬하기 짝이 없지만 일곱 개나 되는 무지개의 장막 중에서 부서진 건 단 두 개뿐. 그리고 그 뒤에 이어 아스칼론을 든 아더의 몸이 솟구쳤다.

"잘라내라, 드래곤 슬레이어(Dragon Slayer)!"

시동어. 트리거 보이스(Trigger Voice)에 반응해 아스칼론에 내장되어 있는 네 개의 술식 중 하나가 해방된다. 그것은 여덟 개의 방향으로 고속 회전을 계속하고 있는 적대적인 마력. 아스칼론의 드래곤 슬레이어는 그 앞을 가로막는 것이 드래곤의 목이라도 베어버릴 정도로 날카로운 기세를 뿜어내고 있었다.

"울어라, 주작(朱雀)."

그러나 그 순간 거센 불길이 일어나 드래곤 슬레이어와 충돌한다. 힘은 비등하다. 상쇄(相殺). 그리고 그것은 성묵의 주작신검이 아스칼론과 같은 등급의 고급 마법기라는 증명이었다.

"어쩔 수 없나."

중얼거리지만 그야말로 찰나의 순간. 그의 몸은 이미 정면으로 쏘아지듯 날아가고 있었다. 그리고 그렇게 날아가며 아더는 성묵을 향해 말했다.

"미안."

"훗. 처음부터 쓰라고 했잖은가."

가벼운 사과에 피식 웃어버리는 성묵. 그리고 그 순간 아더의 손목에 걸려 있던 팔찌가 은색의 빛과 함께 기다란 검으로 변했다.

"신기 가동. 엑스칼리버(Excalibur)."

쿠릉!

벼락이 떨어진다. 아니, 위에서 아래가 아니라 수평으로 날아갔으니 떨어진다고 하기보다는 쏘아졌다는 표현이 더 정확하리라. 그 검의 이름이 가진 뜻. [격렬한 번개]라는 의미대로 굵직한 번개가 성묵을 정면으로 후려친다. 당연한 말이지만 아무리 성묵이라고 해도 자신을 유도해 쏘아지는 벼락을 피해낼 수는 없다. 게다가 그 벼락의 위력은,

푸스스······.

검은색 연기가 피어오른다. 결과는 즉사. 수많은 유저들의 목숨을 앗아간 성묵이 일격에 쓰러지는 모습은 다른 유저들의 눈에 충격적으로 다가왔다.

"호신강기를 사용할 수 있는 성묵이 한 방에 쓰러지다

니……."

"대체 얼마나 많은 마력이 담겼……. 뭐, 뭐? 900만 테트
라?!"

"아니, 마력 회로가 어떻게 짜 있어야 한 방에 1,000만 테트
라 가까이 쏠 수가 있지?! 술식을 한 달 동안 새겨도 1만 테트
라면 다 타버리는데!"

마법적 지식을 가지고 있는 유저들이 비명을 내지르거나 말
거나 아더는 땅을 박차 탄환처럼 쏘아져 나갔다. 목표물은 부
서진 수호의 탑 한가운데에서 수호석에 손을 뻗고 있던 마하
아시아였다.

"어머나. 멋지고 올곧은 아이네. 평소라면 말이라도 한번
붙여볼 텐데 그럴 틈이 없구나."

그렇게 말하며 가볍게 손가락을 까닥이자 그녀의 주위를 맴
돌며 바쁘게 다른 유저들을 쳐내고 있던 환상석 중 하나가 포
탄 같은 기세로 내쏘아진다. 그 속도는 음속을 아득히 넘을 정
도였지만……. 그 순간 아스칼론이 화살처럼 쏘아진다.

"날아라, 드래고닉 피어싱(Dragonic Piercing)!"

쩌엉!

날아들던 환상석과 아스칼론이 충돌하며 무지막지한 충격
파가 퍼져 나간다. 그리고 그 틈, 아더의 몸이 공간을 가른다.
그의 손에 들려 있는 것은 신기 엑스칼리버. 다만 엑스칼리버
에 담긴 최강의 공격 기술, 전광(電光)은 사용한 지 얼마 지나
지 않아 쓸 수 없었지만 전광이 없더라도 엑스칼리버는 최상

의 명검이다.

"잘라 끊어라, 백뢰(百雷)."

광검결 제이초식. 백뢰가 터져 나간다. 그것은 한순간에 이뤄지는 100번의 참격. 그러나 천광처럼 면(面)의 범위로 빛의 파도를 만들기보단 분명한 선(線)의 형태로 백 개의 빛줄기가 뿜어져 무지개의 장막을 후려쳤다.

쩌저정!

엄청난 위력이다. 전력을 다한 크루제의 포격조차 고작 두 개의 색밖에 지우지 못했던 무지개 장막을 아더의 검격은 무려 네 개나 박살 냈다. 비록 마지막 보라색 장막이 남았지만 바람 앞 등불. 아더는 벼락처럼 허공을 박차며 소리쳤다.

"마스터 스킬(Master Skill) 발동. 지금 부르나니! 임하라! 용의……."

"어머. 안 돼."

그러나 그 순간 마하아시아의 검지손가락이 그의 콧잔등을 눌렀다. 이해할 수 없는 일이다. 마하아시아는 원래 그 자리에 그대로 서 있는데…… 어느새 또 한 명의 그녀가 그의 코앞에서 나타난 것이다. 그리고 콧잔등을 누르고 있던 검지손가락이 엄지에 걸려 힘을 축적, 그의 코를 때리는 순간,

쾅!

마치 포탄이 발사되는 것 같은 굉음과 함께 아더의 몸이 수십 미터는 날아간다. 전력을 다해 공격을 날리는 절묘한 타이밍에 얻어맞은 반격이었기 때문에 그 타격은 엄청났다. 코뼈

가 단번에 내려앉고 내장이 진탕되어 빈사 상태에까지 몰린 것. 장비한 마법기나 포션 등의 수단으로 초회복이 가능한 그였지만 단숨에 회복하기에는 너무나 큰 타격이다. 적어도 마하아시아가 수호석에 손대기 전까지 부상을 수습하는 건 불가능하다.

"드디어 방해꾼이 없네."

물론 지금 이 순간에도 그녀를 막기 위해 달려드는 유저들의 수가 몇천이 넘지만 주위를 맴돌고 있는 환상석을 넘어설 수 있는 실력자는 아무도 없다. 그리고 그렇게 마하아시아가 수호석에 손대려는 순간… 불타는 갑주의 기사가 모습을 드러낸다.

쿠우우우—!!!

어마어마한 열기와 함께 그는 나타났다. 그 모습은 마하아시아는 물론 수많은 유저들도 보았지만…… 적어도 그들은 그 정체는커녕 그가 유저인지 NPC인지조차도 알 수 없었다.

"저, 저게 뭐야?"

"큭… 뜨거워!"

언뜻 보이는 것은 은빛의 갑주다. 사용자의 몸이 전혀 드러나지 않을 정도로 빈틈없이 둘러싼 풀 플레이트 메일. 게다가 그 재질이라고 하는 건,

"아니, 저거 통짜 미스릴이잖아?"

"무기점에서 파는 건 봤지만…… 와, 저걸 샀어? 돈이 너무 많아서 땔감으로 쓸 정도냐?!"

사람들이 기겁하거나 말거나 불타는 갑주의 기사는 성큼성큼 걸어가 마하아시아의 앞을 가로막았다. 유저들은 어떻게든 그의 머리 위에 떠 있는 아이디를 확인하려 했지만 그의 몸을 완벽하게 뒤덮은 채 맹렬하게 불타고 있는 불꽃 때문에 아이디를 확인할 수가 없다.

　"너 이 마력은……."

　그리고 그런 그의 모습을 보면서 눈을 가늘게 뜨는 마하아시아. 그러나 불타는 갑주의 기사는 그녀의 말에 신경도 쓰지 않고 두 주먹을 마주쳤다.

　"가라."

　나직한 목소리. 그리고 이글이글 불타던 불꽃은 태양이 되었다.

　아폴론의 불타는 홍염(Burning Prominence of Apollon)!

　집결된 마력이 마하아시의 품으로 파고들었다. 물론 마하아시아는 대마법사. 아무리 강력한 마력이라도 마음만 먹는다면 언제든지 대자연에 환원시킬 수 있을 정도로 뛰어난 기량을 지녔지만 안타깝게도 상황이 너무 안 좋다. 맨 처음 덤벼들었던 120명의 경비병의 숫자를 급격히 줄이기 위해 무리를 한 데다 그녀의 주무기라고 할 수 있는 환상석 네 개는 사방에서 압박을 가해오는 수만의 유저 때문에 발이 묶인 상태. 게다가 불타는 갑옷의 기사가 뿜어낸 불꽃에 담긴 마법 체계는 결코 우습게 볼 만한 수준의 것이 아니다.

콰앙!

폭음과 함께 마하아시아의 몸이 하늘로 튕겨 올라갔다. 물론 이건 장기적으로 별로 좋지 않은 일이다. 대마법사인 마하아시아는 영구적인 비행이 가능하며 그런 그녀가 높은 상공에서 날아다니며 궁극주문으로 융단폭격 같은 걸 날려대기라도 하면 아무리 유저들의 숫자가 많아도 저항이 불가능. 그냥 샌드백처럼 맞기만 해야 하는 상황에 처해야 하는 것이다.

그러나 수호의 탑은 이미 파괴되었다. 디오의 세계는… 이미 닫히고 있다. 불타는 갑주의 기사의 목표는 그녀가 수호석에 손대는 걸 막는 것이지, 그녀를 쓰러뜨리는 것이 아니다.

쩌저적—!

하늘에 금이 간다. 마치 호수에 언 얼음 위에 무거운 사람이 올라간 것처럼 하늘에 선명한 금이 가버린 것이다. 그것은 너무나 비현실적이어서 마치 세상이 멸망하기라도 할 것만 같은 광경이었다.

"이런… 늦었네. 뭐 나도 딱히 너희한테 원한이 있는 건 아니니 이쯤하지. 운영자 녀석들이 열받아서 수를 쓰기 시작하면 나도 곤란하고."

그러나 뭔가 하고 싶은 말이 있는 듯 아쉬운 표정으로 멀린을 바라보는 마하아시아. 그리고 그 순간 유저들의 눈앞에 텍스트가 떠오른다.

> 수호의 탑이 파괴되었습니다.

> 서버가 강제 다운됩니다.

그리고 세상이 어두워진다.

*　　　*　　　*

똑똑.

"들어와."

대답과 함께 문이 열렸다. 문을 열고 들어온 것은 훤칠한 키에 늘씬한 몸매를 자랑하는 흑발의 미녀다. 자신감 넘치는 표정에 후광이 비치는 것 같은 효과의 오라에 둘러싸인 그녀는 어디에 가더라도 주목받을 수밖에 없는 존재. 그러나 방 안에 있던 사내는 그녀를 쳐다보지도 않았다. 당장에라도 타오를 것 같은 적발을 가진 그는 푹신해 보이는 의자에 몸을 기대고 있었다.

"오랜만이야, 스승."

"그래. 한 천오백 년 만인가?"

느긋한 목소리에 여인의 눈이 가늘어진다.

"…그렇게 오래되지는 않았어. 이제 겨우 10년 좀 더 되었는데."

"그런가? 시간축이 헝클어진 곳에 있었더니 시간 개념이 없군."

태연하게 말하며 눈을 뜬다. 드러난 그의 눈동자는 갓 태어난 아기의 그것처럼 깨끗하면서도 상상할 수 없을 정도의 지식과 지혜로 은은하게 빛나고 있었다. 상당한 의지력을 가지고 있지 않다면 그냥 바라보는 것만으로 정신을 놓아버릴 정도다.

"소식도 없이 어디에 있다 온 거야?"

"글쎄, 내가 어디에 있었을까."

나른하게 말하는 그의 모습은 당장에라도 잠들어 버릴 것 같다. 그 시선은 분명 여인을 향하고 있지만 바라보고 있는 곳은 아득히 먼 어떤 곳이다.

"스승… 아니, 카인. 괜찮은 거야?"

"물론."

먼 곳을 바라보고 있던 눈이 초점을 찾는다. 그리고 문득 묻는다.

"제니카, 넌 세상의 밖에 뭐가 있는지 아나?"

"철학적인 문제는 별로 안 좋아하는데."

"철학적인 문제가 아냐. 글자 그대로의 문제지. 쉽게 말하자면… 그래. 우주 밖에 뭐가 있는 줄 아나?"

"그야 아무것도 없지."

일말의 망설임도 없이 답한다. 그렇다. 그것이 이미 우주의 비밀과 이 세계의 진실 전부를 깨우친 그녀가 알고 있는 현실이다. 우주의 밖에는 아무것도 없다는, 말하자면 공간조차 없이 아무것도 없는 무(無)의 영역이라는 것을 알고 있는 것이다.

태초에 이 세계는 허무(虛無)였다. 그곳에는 아무것도 없다. 텅 빈 공간이라는 게 아니라 그 텅 빈 공간이라는 것조차 없는 진정한 무의 영역. 그리고 그런 곳에서 [홀로 오롯한 자]라 불리는 창조신이 태어나 자신의 넋을 허무에 던져 거대한 세계를 만들어낸 것이다.

"만약 뭔가 있다면?"

"그게 무슨……."

이해할 수 없는 말에 신음했지만 카인은 아랑곳하지 않고 말을 이었다.

"400년 전 우리 육계(六界)의 대표들은 서로의 뜻을 합쳐 이 세계를 조율하던 아수라를 소멸시켰지. 그건 우리들의 뜻이기도 했지만 동시에 홀로 오롯이 존재했던 [그]의 뜻이야. 애초에 그가 원하지 않았다면 절대의 권능을 가지고 있던 아수라에게 저항하는 건 불가능하지. 물론 우리들을 움직인 것은 자유의지지만… 나는 모든 상황에서 그를 느꼈지."

그가 이야기하는 것은 세계를 만들어낸, 그러나 그 후로는 그 어떠한 의지조차 내비친 적이 없는 창조주에 관한 것이다. 어떤 방식으로도 접촉할 수 없고 그 기척을 느낄 수도 없지만 그럼에도 분명히 존재하고 있는 초월 의지.

하지만 제니카는 눈살을 찌푸렸다.

"무슨 말을 하고 싶은 거야?"

세계가 창조된 후 억겁의 시간이 흘렀지만 창조주가 직접적으로 자신의 뜻을 피력한 적은 단 한 번도 없었다. 물론 이 세계에는 아무런 뜻도 보이지 않는 창조신조차 숭배하고 따르는 신도가 무수하게 많지만, 심지어 그 신도 중에는 초월자들 역시 상당히 많은 편이지만, 그건 지구에서 사람들이 신을 믿는 것과 아무런 차이가 없다. 신의 성향도 모르고 신이 바라는 바도 모르면서 무작정 믿는 것. 정말 아무도—심지어 그들이 믿는 신조차도—바란 적 없는 그런 믿음은 필연적으로 왜곡되며 방향성을 잃어버리게 마련인 것이다.

"아마 머지않은 때에… 큰 변화가 일어날 거야. 그 후폭풍은 가볍지 않을 테지만 동시에 그건 반드시 일어나야 할 일이기도 하지, 과거 아수라가 사라졌듯이."

목소리는 나직하다. 평소 나름대로 유쾌하고 즐거운 삶을 살아가던 그라고는 믿을 수 없을 정도의 무게. 제니카는 물었다.

"그 변화란 뭐지?"

"안타깝지만 말해줄 수 없지. 네가 비밀을 못 지킬까 봐 그런 게 아니라 내 입 밖을 나간 정보가 그 순간 세계에 새겨질 걸 알기 때문이야."

물론 마법의 신인 카인이 뱉어내는 말은 설령 아카식 시스템의 최상위 보안 열람권을 가진 존재라도 알아낼 수 있는 종류의 것이 아니다. 심지어 카인은 자신의 존재마저도 완벽하

게 감출 수 있는 최상위 급 신이 아닌가? 하지만 그런 그마저
도 어떤 정보를 입 밖에도 꺼낼 수 없을 정도라면 그가 조심하
고 있는 상대가 실로 초월적인 힘을 가지고 있다는 뜻이다.

"…카인, 대체 당신의 적이 누구죠?"

"역시 똑똑해서 좋구나, 나의 제자야."

환하게 미소 짓는 카인. 그러나 제니카는 운명에 사로잡힌
수많은 필멸자들처럼 미래에 대한 불안감을 느낄 뿐이었다.

Chapter 21

나를 숨 막히게 하는 것

침대에서 일어나 창가로 향했다. 시간은 아침. 멀린, 아니, 용노로서는 이 시간에 현실에 있는 건 참으로 오랜만의 일이다.

"뭐 하지……."

가장 먼저 든 생각이다. 가슴이 아픈 이야기지만 그는 막상 현실에 오면 할 일이 없다. 과거에는 이것저것 많은 취미를 가지고 있던 그지만 디오에 접속해 플레이를 시작하게 되면서 그런 일들이 전부 시시해지고 말았다.

따르릉!

그리고 그때 고전적인 핸드폰 벨소리가 울렸다.

"누구지? 전화 올 사람 없는데."

물론 학교 친구라는 것도 있긴 하지만 그는 아무하고도 친하게 지내지 않는다. 학교 친구들과의 관계는 철저하게 클래스메이트에 불과하기 때문에 만나면 서로 웃고 떠들지만 헤어지면 기억에도 남지 않는 그런 관계. 휴대폰에는 그들의 이름으로 저장된 번호가 수십 개나 저장되어 있지만 몇 주만 더 지나도 그 이름에서 얼굴을 떠올리지 못하게 되리라.

"여보세요."

―야!! 윤용노!!

"아, 누나. 오랜만."

그는 3남매 중에서 막내다. 그의 위로는 여섯 살 위의 형과 세 살 위의 누나가 있었는데, 그중 형인 태웅은 어릴 때부터 군인을 장래희망으로 삼아 사관학교를 졸업, 전형적인 엘리트 장교의 길을 밟았고 누나인 보람은 명문대에 진학했다. 굳이 부모의 강압이 아니더라도 스스로 자신의 길을 찾아 승승장구하는, 부모의 입장에서 보자면 그야말로 이상적인 자녀상이었다.

― '아, 누나' 가 아냐!! 너 진학 안 해?!

"글쎄."

―그, 글쎄에에에?

수화기 너머로 분노한 듯 파르르 떨리는 목소리가 들린다. 초등학교 때 이미 자신의 미래에 대한 목적을 세우고 구체적인 계획을 수립, 실행에 옮겼던 그녀로서는 미래에 대한 아무 대책 없이 방만한 삶을 살아가는 그를 이해할 수 없을 것이다.

"그런데 무슨 일이야? 누나 미국 가지 않았어?"

―미국이 아니라 독일이야! 어떻게 그런 걸 헷갈리니?

"미국이나 독일이나 외국이지 뭐."

―그걸 말이라고… 아니! 그게 아니라!!!

버럭, 하고 소리 지른다. 마치 윽박지르는 것 같은 상황이지만 어지간히 성격 더러운 이라도 화를 낼 수가 없는 목소리다. 왜냐하면 그렇게 화낸다 해도 상대방을 걱정하는 마음이 느껴지기 때문이다.

'언제나 그랬지만 정말 기운 넘친다니까.'

용노가 피식 웃거나 말거나 보람이 말했다.

―어쨌든 너 당장 집으로 올라와!

"멀어."

―아, 글쎄 와! 마침 오빠랑 아빠 휴가라서 집에 온다니까 오랜만에 가족들 좀 모여보자. 어머니도 너 보고 싶어서.

어머니께서 보고 싶어하신다. 일반적인 가정에서 흔히 할 수 있는 말이지만 용노는 자신도 모르게 한숨 쉬었다.

"뻥치긴."

―뭐?

"아니, 아니야. 뭐 마침 나도 쉬는 날이니…… 갈게."

―좋아! 꼭 와!

딸깍.

호탕한 목소리와 함께 전화가 끊어진다.

"거침없구만."

하지만 용노는 그런 그녀를 좋아했다. 언제나 밝고 유쾌하며 자신이 정한 목표를 향해 거침없이 달려가는 그녀는 그야말로 태양을 머금은 듯 눈부시게 빛났다. 한 점 어둠 없이 빛나는 그녀는 언제나 주변 모든 사람들의 사랑과 관심을 받으며 살아오면서도 약한 자들과 소외받는 자들을 외면하지 않고 살아왔다. 그녀 주위에서 외톨이처럼 살고 있는 인간은… 아마 그 혼자일 것이다.

"뭐 잘됐네. 어차피 다른 날은 곤란하고 차라리 오늘 전화가 온 게 다행일지도."

중얼거리며 외출 준비를 한다. 깨끗하게 씻고 적당한 옷을 입는다. 그의 부모님이 살고 있는 장소는 서울에서 상당히 먼 곳이다. 물론 그곳 역시 제2의 수도라 불리는 대도시이기 때문에 교통편은 나쁘지 않은 편이지만 그래도 꽤 오랜 시간이 걸릴 테니 서둘러야 한다.

딸깍.

후웅.

시원한 바람과 함께 탁 트인 도시의 조경이 눈에 들어오자 용노는 순간 묘한 감상에 빠졌다. 집 밖으로 나선 것은 꽤나 오랜만이다. 단지 현관을 나섰을 뿐인데도 마치 다른 세상에 몸을 던지는 것 같은 착각에 빠져 버릴 정도다.

"그 넓은 바다를 누비고 다니던 내가 현관문 나서는 것도 오랜만인 폐인이라니."

그러나 별수없는 일이다. 디오 속에서 아무리 치열한 삶을 산다 해도 현실에서는 하루 종일 침대에 누워 있을 뿐이니까.

우뚝.

그리고 그렇게 중얼거리며 출발하려다 문득 발걸음을 멈추었다. 그의 시선이 멈춘 곳은 바로 앞집. 거리로 치면 고작 3미터밖에 떨어지지 않은 장소다.

딩동!!

"......?!"

무심코 초인종을 누른 후 스스로의 행동에 경악한다. 왜냐하면 단 한 번도 벌어진 적 없는 일이기 때문이다. 다른 사람도 아니고 은혜의 집 초인종을 누르다니 이게 대체 무슨 짓이란 말인가? 굳이 먼 옛날이 아니라 10분 전만 해도 상상조차 하지 못했던 일이다.

"도, 도망갈까?"

덜덜덜 떨면서 기다린다. 조마조마한 눈으로 자신의 앞에 있는 현관문을 뚫어지게 바라본다. 민감한 그의 감각에 문 너머에서 성큼성큼 걸어오는 기척이 느껴진다.

"어라? 아니 잠깐. 이건 은혜가 아닌……."

덜컹.

"뭐냐?"

"에… 아줌마?"

"왜 온 거지? 설마 아직도 우리 은혜랑 연락하고 지내는 거야?"

현관문을 열고 나온 것은 그리 크지 않은 키에 파마머리를 하고 있는 중년 여인으로, 약간은 마른 몸을 가지고 있었는데 한껏 치켜뜬 눈초리 때문에 서글서글한 그녀의 인상이 신경질적으로 보인다.

"아뇨. 그냥 지나가다가… 옆집이니까요."

"……."

그러나 돌아오는 것은 적의와 짜증만이 가득한 눈초리뿐이다.

"아, 그런데 아줌마 이제 여기서 지내시게 된 거예요? 은혜는……."

"알 것 없어."

쾅!

부서질 듯 닫히는 현관문을 멍한 표정으로 바라본다. 돌아온 거냐고 묻기는 했지만 그가 알기로 은혜는 자신의 부모와 그리 사이가 좋지 않았다. 만약 집에 은혜가 있었다면 부모가 그녀의 집에 방문하는 일 따위 절대 일어날 수 없었으리라.

"…간 건가."

눈이 오던 날, 그 투명한 눈동자로 자신을 바라보던 단발머리 소녀를 떠올린다.

"메리 크리스마스."

어쩌면, 그것은 작별의 인사였는지도 모른다.

"쳇. 언제 가는지도 좀 말해주지."

투덜거렸지만 자신의 잘못이라는 것을 알고 있다. 타인과의 교류를 꺼려하는 은혜에게는 크리스마스의 고백조차 큰 용기

를 내서 한 것이었을 테니까. 평소 한 적도 없는 잡담을 했던 것
만 봐도 그렇고, 결코 남의 집 안에서 머무르지 않던 그녀가 잠
든 용노가 깨어날 때까지 기다린 것 또한 마찬가지의 일이다.

"정말… 떠나가 버렸나."

물론 지구촌이라고 불리는 시대다. 아무리 먼 나라라도 비
행기를 타면 하루 안에 도달할 수 있고, 원하기만 한다면 언제
든지 목소리를 들을 수 있다. 어디 달나라나 문명이 닿지 않는
오지에 간 것도 아닌데 영영 헤어지는 것처럼 느낀다면 오히
려 웃기는 일. 용노는 피식 웃었다.

"하지만 바로 옆집에 살면서도 접촉이 거의 없었는데 이제
와서 빈번하게 연락하는 것도 웃기는 일이지."

은혜도 용노도 그런 성격이 아니다. 타인과 접하는 걸 싫어하
며 혼자만의 세계를 즐긴다. 어떻게 보면 자폐증에 가까운 성향
을 가진 것이 바로 그들인 것이다. 다만 고도의 지적 능력과 의
지력으로 그런 감정을 제어하거나 숨길 수 있기에 문제는 없지
만 사실 그들 상태는 심리치료도 먹히지 않을 정도로 심각하다.

삑!

[감사합니다.]

버스에 올라가 빈 좌석에 앉은 후 고개를 흔들어 잡념을 떨
쳐낸다.

"그나저나 점심때까지는 가고 싶은데."

버스에서 내려 역에 들어가 급행열차를 탄다. 다행히 사람
이 많지 않아 자리에 앉을 수 있었다.

"할 것도 없고. 책이라도 들고 올 걸 그랬나?"

무료한 표정으로 좌석에 등을 기대며 눈을 감는다.

번쩍!

떠올리는 것은 해일처럼 일어나던 빛의 검기다. 그것은 극한의 해석 능력을 지닌 용노조차 이해할 수 없을 정도로 드높은 무리에 도달한 내공의 정화로, 그 강력하던 오크 히어로조차 압도적으로 짓누르던 무공. 그 공격이야말로 진정한 의미의 베기다. 그는 베기라는 동작을 완성에 가깝게 가다듬어 초음속을 아득하게 넘어서는 참격을 날릴 수 있게 된 것이다.

'내 수공 중 가장 빠른 기술은… 매화수네.'

그러나 매화검이 빠르다 하나 변검과 환검으로 유명한 만큼 매화수 역시 극쾌의 수법이라고 볼 수는 없다. 게다가 대력금강수는 강맹한 위력을 가진 대신 속도는 느린 편이며 밀종대수인도 그 준비 단계에 두 개의 공정(工程)이 추가되기 때문에 일단 발동된 후에는 총알만큼 빠르다 해도 쾌속의 기술이라 보기는 힘들다. 하물며 오직 방어하는 상대를 향해 활용되는 태극신수는 더 말할 필요도 없다.

'차라리 그 광검결이라고 하는 검법을 수공으로 펼치면……'

그러나 고개를 흔든다. 무리다. 절정의 매화검법조차 단번에 통찰해 낸 그지만 그럼에도 광검결을 받아들일 수가 없다. 애초에 내공을 광자화(光子化)한다는 그 기상천외한 방식은 그 원리조차 이해할 수 없다. 열이나 냉기, 하다못해 전격까진 이해하겠지만 빛이라니 대체 무슨 수를 쓴 것이란 말인가? 내공이 그

형태를 자유롭게 변화시키는 게 가능한 힘이라지만 기본적으로 고체, 액체, 기체의 형태에 제한된다. 거기서 응용을 해도 음과 양의 기운으로 방향성을 주는 게 고작이니 사실 뇌정신공같이 전격을 띠게 하는 방식만 해도 대단히 희귀하다 할 수 있는데 광자화라는 건 문자 그대로 어느 한계를 넘어서 버린 개념이다.

"이것 참."

신음한다. 머리가 아파올 정도니 그만두는 게 나을 것 같다는 생각이 들었다.

"됐어. 자자."

안 되는 건 관둔다. 지극히 편리주의적인 생각을 하며 용노는 눈을 감았다.

*   *   *

파학!

대걸레의 자루 부분을 잘라 만든 봉이 빠르게 내찔러진다.

파학!

동작은 자로 잰 듯 정확하다. 속도 역시 예사롭지 않은 수준. 그러나 팔은 부들부들 떨리고 봉을 잡고 있는 손은 찢어져 피가 흐르고 있다.

"역시 현실의 몸으론 100번도 어렵군. 하지만 자세 자체는 별문제없이 취할 수 있다는 건… 역시 그 동작을 기억한다는 건가?"

파앙!

계속해서 봉을 내지른다. 계속. 계속……. 그러나 현실의 육체는 오오라를 깨우친 랜슬롯의 육체와 전혀 다르다. 정신이 아무리 강하고 끈질기다 해도 현실의 정신이 육체를 초월하는 건 불가능. 영성을 깨치지 못한 영혼에게 육체란 절대로 벗어날 수 없는 감옥이다. 제아무리 강성한 정신과 영혼이라 해도 한낱 육체의 화학 작용에 지배당할 수밖에 없는 것이다.

탕그랑!

마침내 봉이 손아귀에서 벗어나 땅을 구른다. 동수는 팔을 움직여 봉을 주우려고 했지만 근육이 찢어지는 고통을 느꼈을 뿐 원래의 목적을 이루지 못했다.

"하아… 하아…… 잘못하면 큰일 나겠군. 안 될 걸 알면서도 억지를 부리다니."

헛웃음을 지으면서 바닥에 누워버린다. 그리고 바닥에 누워 빛살같이 퍼져 나가던 검기를 떠올린다.

"푸훗!"

문득 실소한다. 그리고 이내 그의 몸이 가느다랗게 떨리다가, 이내 미친 듯 광소한다.

"푸하! 푸하하! 푸하하하하하하!!!"

믿을 수가 없었다. 이상(理想)의 무학이 거기에 있었다, 눈앞에서 펼쳐지고 있음에도 조금도 이해할 수 없는. 아무리 많은 시간을, 아니, 어쩌면 자신의 인생 전부를 다 투자한다 해도 그 깨달음의 편린조차 얻을 수 없을 정도로 드높은 경지다. 그런데 그러한 경지를 수십 혹은 수백 년의 시간을 무학에 바친 일대 종사가 아닌 자신과 또래로 보이는 청년이 도달할 수가 있다니.

"정말… 정말…… 불공평하군."

물론 그 정도야 예전부터 잘 알고 있었다. 세상은 절대 공평하지 않고 이 세상 모든 존재들은 태어나 전혀 다른 출발점에 선다. 똑같이 갓 태어난 아기라고 해도 재벌 2세와 찢어지게 가난한 가난뱅이 사이에서 나온 아기의 인생이 다를 수밖에 없고, 독수리가 나이를 먹음에 따라 자연스럽게 하늘을 나는 것을 쥐나 토끼가 따라 할 수 없는 것처럼 이 세상에는 단지 노력하는 것만으론 도저히 넘을 수 없는 벽이 존재한다.

"하지만, 하지만……."

알고 있다. 세상은 불공평하고 평등이라는 단어는 추상적인 환상에 지나지 않는다. 하지만 그렇다 해도 이렇게나 불공평하다는 건 너무하지 않은가? 아무리 그래도 같은 인간인데 어떻게 이렇게까지 차이가 날 수 있단 말인가?

불가능해.

마음속 깊은 곳에서 누군가가 속삭인다. 무리라고, 가능할 리없는 일이라고. 어느새 억대의 유저가 플레이하는 디오 속에서도 다섯 손가락 안에 들어가는 천재와 너는 똑같이 팔다리 두 개씩 달린 인간이 아니다. 태생부터 전혀 다른 존재인 것이다.

"끄응."

그러나 동수는 그런 목소리를 못 들은 척하고 몸을 일으켰다. 온몸의 근육이 비명을 내질렀지만 이 정도 고통쯤은 일상

생활처럼 견뎌왔던 그다. 디오의 시스템은 고통을 더 강하게, 그리고 반복해서 느낄수록 고통제어가 적용되는 수준을 점점 높여 나가기 때문에 지금의 그는 사실상 고통제어의 보호를 못 받는 상황이다. 즉, 지금도 움직이려 마음먹으면 그럴 수도 있다는 말이지만…… 아무리 그의 정신이 고통을 견딘다 해도 육체가 상할 위험이 있다면 그만두는 편이 현명하다.

"수련 시간을 조금 더 늘려봐야겠군."

이미 하루의 대부분을 게임에 투자하며 다시 그 시간 전부를 수련에 쏟아붓고 있는 그다. 여기서 수련을 더 하고자 한다면, 뭔가 '다른' 시간을 벌어야만 한다.

"그리고 강도도."

*　　　*　　　*

[다음 역은 평양, 평양역입니다. 내리실 문은 왼쪽입니다.]

[This stop is Pyeongyang, Pyeongyang. You may exit on the left.]

쉬이익.

전철에서 내려 걷기 시작한다. 그를 지나쳐 가는 수많은 사람들. 역을 나와 고개를 돌리자 국내 최대 높이를 자랑한다는 대한 빌딩이 보인다.

"수연 아파트요."

"네. 거기 사세요?"

"제가 아니고 부모님이요."

슬쩍 관심을 보이는 택시기사의 물음에 순순히 대답하자 택시기사는 작게 휘파람을 불었다.

"이야~ 좋은 곳에 사시네요. 거기 연예인도 많이 산다고 하던데."

"그래요?"

그러나 감흥없이 앉아 창밖의 모습을 바라본다. 도시 전체에 빽빽하게 들어차 있는 고층빌딩들은 서울과 별로 다를 게 없다. 서울과 평양은 서로가 문화의 중심지라고 생각하는 묘한 경쟁심 같은 게 있어서 어떻게든 더 새롭고 신선해 보이려고 꾸민다고 하는데, 용노의 눈에는 그게 그거였다.

"3만 4천 원입니다."

"네, 수고하세요."

어째 거리에 비해 묘하게 비싼 느낌이었지만 별로 돈에 궁한 것도 아니어서 순순히 금액을 치른 뒤 택시에서 내린다. 그의 앞에 있는 것은 엄청난 규모의 아파트였는데, 아파트에서 거의 500미터는 떨어진 지점부터 [이곳은 사유지입니다.] 같은 표지판이 세워 있었다.

"용노야!"

"엑. 누나?"

별생각없이 걷고 있다가 자신을 부르는 목소리에 고개를 돌리자 20대 초반으로 보이는 여인이 시야에 들어온다. 174센티

미터의 훤칠한 키에 늘씬한 몸매, 약간 웨이브진 장발에 오목
조목한 이목구비가 인상적인 미녀다. 굳이 그의 누나라서 하는
말이 아니라 길 가다가도 눈에 확 뜨일 정도로, 실제로 단지 서
있는 것만으로 여러 사람들이 그녀의 모습을 훔쳐보고 있다.

"이야, 오랜만이네."

"와. 입구에서부터 기다리고 있는 거야?"

"당연하지. 여기 외부인들은 함부로 못 들어간단 말이야."

그렇게 말하며 성큼성큼 다가온다. 늘씬한 몸매에 아름다운
외모를 가진 그녀지만 걷는 모습은 영락없이 군인. 그것은 그
녀의 겉모습을 홀린 듯 보고 있던 사내들을 단숨에 현실로 되
돌릴 정도로 확 깨는 모습이었다.

"아, 누나, 아빠처럼 걷지 말라고 좀."

"어? 으하하! 나 또 그렇게 걸었니? 진짜 이게 습관이라 어
쩔 수가 없다. 그래도 남들 앞에서는 조심하니까 괜찮아."

호탕하게 웃으며 어깨를 두드린다. 팔 힘이 어찌나 좋은지
용노가 아니라 비실비실한 다른 사내였다면 휘청거릴 정도다.

"여전하네."

"뭐 그렇지. 하지만 넌 꽤 멋있어졌는데? 요즘 운동 같은 거
라도 해?"

"운동은 무슨, 방구석 폐인이지."

"하긴 생각해 보면 예전부터 몸이 좋았지. 별로 그렇게 사는
것 같지는 않은데. 몰래몰래 운동 같은 거라도 하는 건가? 무
술이라던가."

"그럴 리가."

어깨를 으쓱이는 그였지만 아닌 게 아니라 실제로 그는 굉장히 좋은 몸을 가지고 있다. 기본적으로 몸의 무게중심이 잘 잡혀 있는 데다가 어깨가 떡 벌어져 체격이 좋고 골격이 가장 이상적인 형태로 발달해 있다. 게다가 천생신력(天牲愼力)이라도 타고난 것처럼 어릴 때부터 힘이 좋고 조금만 운동해도 근육이 몸 안이 좁다는 듯 오밀조밀하게 형태를 잡는다.

용노가 별로 의식하지 않고 드러내지 않아서 그렇지 그의 몸은 문자 그대로 신이 내렸다 해도 좋을 정도로 이상적인 육체다. 영적인 문제나 기감(氣感) 쪽으로 가면 그 몸의 무시무시함은 병기에 가까울 정도의 강력함을 가지게 되지만 굳이 그게 아니라도 피지컬(Physical), 즉 물리적인 면만 봐도 절대 보통의 몸이 아니다.

"저 들어갈게요~!"

"그래 아가씨. 그런데 누구야? 애인?"

"하하. 죄송하지만 애인 같은 건 안 키우거든요? 남동생이에요."

"집안 형제가 다 훤칠하니 잘생겼네."

사람 좋게 웃으며 말하는 사내는 딱 봐도 뭔가 무술을 하고 있다는 걸 알 수 있을 정도로 단단한 몸을 가지고 있다. 분위기를 보아하니 하는 역할은 경비원에 가까운 것 같은데도 이런 인물이 있는 걸 보면 과연 비싸긴 비싼 아파트다.

"하하. 저희 집안 유전자가 좀 우월하긴 하죠."

문이 열리고 아파트 단지 안으로 들어서자 잘 꾸며진 인공 정원이 눈에 들어온다. 때는 겨울이지만 건물 안쪽인데다 온도 조절이 잘되는 건지 풀과 나무가 푸르다.

"늘 느끼는 거지만 우리 집 참 돈 많아, 이런 데서 살고."

"응? 아냐, 아냐. 진짜 돈 많은 사람은 이렇게 잔뜩 모여 사는 아파트에 안 살지. 저번에 그 현우네 집 못 봤어? 부자는 단독주택이라고."

현우라면 보람의 친구 중 한 명으로, 용노도 잘 아는 인물이다. 그는 세계에서도 알아준다는 대성그룹 회장의 아들이면서도 학문에 능해 최고의 대학에 수석으로 들어갔다. 물론 음모론을 좋아하는 네티즌들이 학벌을 샀다는 비난을 만들어냈지만 어이없게도 그는 무려 11개 국어를 원어민 수준으로 구사, 외교관으로 활동함으로써 그 모든 논란을 잠식시켰다. 뿐만 아니라 얼굴도 잘생긴 편이고 전용 트레이너가 있는지 몸도 조각같이 만들어 잡지 같은 곳에도 실리곤 한다. 전형적인 엄마 친구 아들의 표본인 인간인 것이다.

"그게 또 그렇게 되는 거야?"

"응. 뭐 그래도 난 여기처럼 여러 가지 편의를 봐주는 곳이 더 좋긴 해. 솔직히 여기도 집 자체는 지나치게 넓은 편이고."

띵~!

그렇게 말하던 보람은 엘리베이터에 올라타 7층 버튼을 누르고 다시 입을 열었다.

"아, 맞다. 너 그러고 보니 그거 해?"

"그거라니. 디오 말이야?"

"응. 맞아, 그거! 그거 완전 대박이더라!"

보람은 흥분해서 디오에 대해 떠들기 시작했다. 디오는 현대의 과학으로 도저히 구현 불가능한 개념을 모조리 이룩해 버렸으며, 믿을 수 없을 정도로 환상적인 세계를 만들어냈다고 말이다. 말하는 내용을 들어보니 그녀가 선택한 영력은 내공과 오오라인 것 같다.

"자, 그러면 여기서 문제! 나 몇 레벨이게~!"

"7레벨."

"……."

한참 신나게 떠들고 있던 보람의 얼굴이 딱딱하게 굳어버린다. '땅' 하는 소리와 함께 엘리베이터가 열려도 상태 이상에서 풀려 나오지 못했기 때문에 용노가 직접 끌고 나오자 이제야 정신을 차린 듯 울상을 짓는다.

"우우… 찌, 찍지 마아……."

"정답이네."

"으."

보람은 아무래도 용노가 깜짝 놀라기를 기대한 듯 몹시 실망한 표정을 지었지만 용노는 별로 신경 쓰지 않고 주변을 둘러보았다. 그곳은 복도였는데 그 앞으로 문이 하나밖에 없다. 이 층 전체가 한 가정의 소유라는 뜻이다. 그리고 복도 양끝에는 카메라가 있어 실내에서 복도의 모습을 볼 수 있다.

"문 열어."

"응? 아, 어… 잠시만."

보람은 고개를 흔들어 충격을 떨쳐 내고 지갑에서 카드를 꺼내 현관에 달린 카드 리더기에 긁고 비밀번호를 입력했다.

삐리리~

덜컹, 하고 문이 열리고 그 안으로 들어선다. 하지만 못내 의문이었던 것일까? 보람이 물었다.

"그나저나 내 레벨은 어떻게 알았어? 누가 인터넷에 동영상이라도 올린 거야?"

"아니, 그냥 그쯤 돼 보여서."

"찍었다는 말이잖아."

투덜거리는 보람이었지만 찍은 건 아니었다. 그냥 그녀의 모습을 보는 순간 마치 높은 곳에서 내려다보는 것처럼 그녀의 경지를 훤히 알 수 있었다. 물론 영력도 기감도 없는 현실이기에 그녀가 다루는 힘 같은 건 알 수 없지만 경지 자체는 왠지 모르게 알 수 있다. 느낌이라고 해도 좋으리라.

'뭐지, 이건.'

의혹을 느낀다. 이건 명백히 예전에는 알 수 없던 문제다. 물론 예전부터 그의 눈썰미는 대단해서 누군가 걸어가는 모습만 봐도 그의 직업이 무엇인지, 몸 상태가 어떠하며 어떤 운동을 하는지, 심지어는 성격이나 무슨 일 때문에 가고 있는지 대략적이나마 짐작할 정도였다. 하지만 그건 어디까지나 추리력과 직관력의 문제지 현실과 상관도 없는 이능력의 경지까지 알 수 있다는 건 이상하다. 이건 명백히 초능력에 가까운 영역이 아닌가?

'뭐 이런 재주가 처음은 아니지만······.'

사실 용노는 초능력에 가까운 몇 개의 재주를 예전부터 가지고 살아왔다. 열 살이 되기 전에 이미 터득했던 고속 사고도 그렇고 단지 팔을 젓고 물을 차는 것만으로는 도저히 설명할 수 없던 수영 실력. 그리고 최근 3년에 걸쳐 깨우쳤던, 아무 이능조차 없는 현실에서 명백하게 물리법칙의 틀을 벗어난 무변일보.

일단 용노가 흥미를 느끼고 긴 시간 동안 파고들었던 일들은 최종적으로 이능의 영역에까지 도달했다. 그 스스로는 그다지 신기하게 느끼지 않았지만 이건 어디에서도 볼 수 없는 경악스러운 일이다. 영맥(靈脈)이 굳어 있는 데다 기감이 봉쇄된 현대의 육체로 이능을 일깨워 내는 건 그 옛날 예수나 붓다처럼 극한의 깨달음을 손에 넣었다는 뜻이니까.

하지만 그럼에도 그의 의식은 과거의 성인들은커녕 초월지경의 근처에도 닿지 못했다. 그것은 그가 아는 것[知]과 깨우친 것[覺]의 균형이 전혀 맞지 않기 때문이다.

"엄마~! 저 왔어요!"

"응, 그래. 어디 갔다 온 거야?"

"손님을 데리러 갔다 왔죠."

"뭐 손님? 보람아, 오랜만에 온 가족이 다 모였는데 손님을 데려오는 건······."

그렇게 말하며 주방에서 나오던 중년의 여인, 미란은 현관에 서 있던 용노의 모습에 돌처럼 굳어버렸다. 당혹과 경악, 그리고 약간이지만 공포에 담겨 있는 그 눈은 농담으로라도 어머니가 아들을 바라보는 종류의 것이 아니었다.

"안녕, 어머니. 오랜만에 뵙네요."

"야, 엄마한테 어머니가 뭐야, 어머니가. 그런데 엄마, 어디 아파? 안색이 별로⋯⋯."

"으응? 아, 아니란다. 호호호. 정말 우리 아들 오랜만이네. 몰라보게 컸는데? 아, 잠깐 지금 저녁 준비 중이라⋯⋯. 그이한테도 가서 인사하렴."

그렇게 말하며 후다닥 주방으로 들어간다. 어떻게 봐도 도망간다고밖에 표현할 수 없는 모습이었다.

"음⋯⋯. 이거 생각보다 더 심각한데."

그리고 그 모습에 보람이 약간 낭패한 표정으로 중얼거렸다. 물론 그 목소리는 매우 작고 표정 역시 금세 수습했지만 예민한 감각의 용노는 충분히 잡아낼 수 있었다.

'가족들과 화해시키고 싶은 건가? 나를?'

물론 화해라는 표현은 정확하지 않다. 딱히 그가 가족과 싸웠거나 큰 갈등을 겪거나 한 건 아니니까. 하지만 그의 가족은 아주 옛날부터 그에게 일종의 두려움 비슷한 감정을 가지고 있었으며, 어째서인지 용노는 그런 가족을 볼 때마다 영문을 알 수 없는 기묘한 감정에 휩싸였다.

'그러고 보니⋯⋯ 왜지?'

이유를 알 수 없다. 인간이 자신과 다른 존재에게 두려움을 느끼는 건 당연한 일이다. 나이 차이가 고작 세 살에 불과한데다 어릴 때부터 유학을 가 별로 마주치지 못한 보람과 다르게 그의 양친과 형인 태웅은 세상에 절망하기 전의 용노를 기억하고 있다. 두려움을 느낀다 해도 어쩔 수 없는 일인 것이다. 하지만 그런데도, 어째서, 대체 왜—

"음."

"용노……."

"안녕하세요, 아버지. 형, 오랜만이죠?"

왜…… 그들의 모습을 보는 것만으로 이렇게나 분노와 미움이 끓어오른단 말인가?

"와~! 그나저나 진짜 오랜만에 온 가족이 다 모인 것 같다. 그치? 솔직히 우리 별로 모일 일도 없는데 이렇게 있으니까 너무 좋다."

급격하게 굳어가는 석우와 태웅의 모습에 보람이 애써 웃으며 분위기를 풀어내고자 했다. 용노를 초대하기 전에는 단지 어색한 분위기 정도를 생각했을 뿐 이렇게까지 공기가 얼어붙을 거라고는 예상하지 못했기 때문에 그녀도 좀 당황한 상태였다.

"식사하세요."

그리고 그때 주방에서 미란의 목소리가 들렸다. 지금 시간이 2시라는 걸 생각하면 조금 늦긴 해도 아마 점심 식사일 것이다.

"일단 식사부터 하지. 점심은 먹었나?"

"아버지."

태웅이 약간 놀란 표정으로 석우를 바라보았지만 그는 무거운 표정으로 얼굴을 끄덕인 후 앞서 주방으로 향했다. 주방은 그 절반 정도를 거실과 겹쳐 놓고 있는 구조였는데, 집 크기가 크기인만큼 그 넓이가 상당했다. 테이블이 두 개가 있는데 좀 빽빽이 앉으면 열 명 이상도 앉을 수 있을 정도였다.

"와~ 진수성찬이네요. 갈비 맛있겠다."

어떻게든 무거운 분위기를 띄워보려는 듯 밝게 웃으며 냄새 맡는 시늉을 하는 보람. 그 모습에 용노가 작게 실소했다.

"누나, 꼭 음식 CF 찍는 것 같다."

"어, 그래? 여배우 같나?"

농담이라도 고맙다는 듯 웃는 보람이었지만 실제로 그녀는 어지간한 여배우보다 더 인상적인 외모의 소유자다. 남자보다 더 훤칠한 키에 그 키가 그리 어색해 보이지 않을 정도로 완벽한 밸런스를 갖추고 있는 몸. 만약 그녀가 학문에 뜻을 두지 않았다면, 아니, 학문에 뜻을 두었더라도 마음만 있었다면 취미 삼아서라도 인기 연예인이 되었을지 모른다.

"그러고 보니 네가 수능이 끝났다면 은혜도 마찬가지 상황이겠군. 녀석은 잘 지내나?"

"어? 형이 은혜를 어떻게 알아?"

"무슨… 은혜를 어떻게 아냐고?"

물음표와 물음표가 맞물린다. 무언가 핀트가 어긋나는 대화에서 오는 이질감에 용노는 뭔가 더 묻고 싶은 욕망을 느꼈지만 그전에 석우가 먼저 입을 열었다.

"태웅아, 그 이야기는 그만해라."

"아… 네, 아버지."

석우는 엄숙한, 좀 더 구체적으로 이야기하자면 권위있는 가장이다. 개성 넘치고 뛰어난 태웅과 보람도 순순히 따를 정도로 묵직한 그의 카리스마는 과연 일군(一軍)을 통솔할 만한 수준의 것이었다.

달그락. 달그락.

그리고 그 후 묵직한 침묵이 찾아온다. 미란의 음식 솜씨는 상당히 뛰어나 음식들 모두 별미라고 할 수 있는 수준이었지만 그 맛있는 음식 모두가 얹혀 버릴 것 같은 분위기에선 밥이 목으로 넘어가는지 코로 넘어가는지 알 수 없었다. 하지만 유일하게 그 분위기에 지배되지 않던 용노가 태연하게 입을 열었다.

"그러고 보니 연락을 안 드렸네요. 저 대학에는 진학하지 않기로 했어요. 어차피 수능도 망쳤고."

수능을 망쳤다고 하기에는 너무나도 당당한 목소리다. 수능을 망쳐 자살하는 수험생들만큼은 아니어도 수능을 잘 치르지 못한 대부분의 학생이 으레 가지는 그 특유의 부끄러움이 전혀 없다. 애초에 고등학교에 다니면서도 수험생의 마인드를 가져보지 못한 용노는 잘 느끼지 못했지만 바로 기술을 배우거나 뭔가 특별한 목표를 정하지 않은 인문계 학생으로서 그 태도는 명백히 비정상적인 것. 하지만 그걸 받는 석우와 미란의 태도 역시 정상이 아니다.

"그런… 가."

"그래. 네 생각이 그렇다면 어쩔 수 없구나."

순순한 수긍. 그리고 그 모습에 분위기를 살피고 있던 보람이 마침내 참지 못하고 반박했다.

   "아, 아니, 뭐라고요? 엄마, 그거 진심으로 하는 말이에요?"

   "……."

   "아, 아빠?"

   "……."

   보람이 기가 막힌다는 표정으로 따졌지만 그러거나 말거나 석우와 미란은 대답이 없다. 마치 이것으로 이야기는 끝났다는 태도였지만, 보람은 그 태도에 수긍할 생각이 전혀 없었다. 그녀는 보통의 부모라면 당연히 반발해야 할 상황에 손쉽게 수긍해 버리는 양친과 아무 말 없이 그 광경을 묵인하는 자신의 오빠의 모습을 납득할 수가 없었다.

   "익……!"

   화가 끓어오른다. 그것은 대학에 진학하지 않음은 물론, 미래에 대한 아무런 대책도 세우지 않는 동생 때문이 아니다. 너무나 자애로우며 다재다능한 어머니와 엄숙하나 합리적이고 존경스러운 삶을 살아온 아버지, 그리고 한결같은 성실함과 정직함으로 엘리트 코스를 밟고 있는 오빠. 언제나 가장 이상적이라고 생각했던 그 가족들이 그 가족 중 막내를 따돌리는 이 상황을 용납할 수 없기 때문이다.

   "애초에 오늘 온 가족이 다 모이는데 용노를 안 부른 것부터 그래요. 고등학교 때야… 뭐 그래. 공부하는데 방해하지 않기 위해서라고 쳐요. 하지만 이제 수능도 끝나고 시간이 분명히 있을 텐데도 온 가족이 모이면서 연락조차 안 한다는 게 말이나 돼요? 게다가 아들이 다른 이유도 말하지 않은 채 대학 진학을 안 하겠다는데 네 생각이 그렇다면 어쩔 수 없다니, 이건 대체……!'

"보람아."

미란이 보람의 손을 잡았다. 이제 그만하라는 몸짓이었지만 보람은 말을 듣지 않았다. 그녀로서는 난생처음 해보는 반항이었다.

"왜죠? 어째서 그렇게까지 쩔쩔매는 거예요? 무슨 잘못이라도 한 것처럼……."

그리고 그 순간 보람은 석우와 미란의 눈동자가 흔들리는 것을 보았다. 그리고 태웅의 입가가 지금까지 한 번도 본 적 없는 추악한 방향으로 뒤틀리는 것도. 그것은 자조와 냉소, 그리고 회한이 담겨 있는 모습이었다.

"그만하자, 보람아. 제발 그만……."

"아빠, 이건?"

"…미안하다."

"……."

보람은 충격에 휩싸였다. 그녀는 석우가 사과하는 모습을 단 한 번도 본 적이 없으며 앞으로도 절대 볼 일이 없을 거라고 생각해 왔다. 그런데 그 모습을 이런 자리에서 보게 되다니.

"이제 그만해, 누나."

그리고 그때 가만히 식사하고 있던 용노가 수저를 내려놓았다. 주변의 혼란한 상황에도 휩쓸리지 않았던 그는 어느새 밥

공기를 깨끗이 비운 상태였다.

"감사히 먹었습니다. 역시 집에서 먹는 밥이 맛있기는 하네요. 하지만 제가 여기 오래 있어봐야 서로 어색하기만 하겠죠?"

그렇게 말하며 자리에서 일어난다. 보람이 그런 그의 어깨를 잡으려고 했지만 용노는 왼발을 반보 정도 옮기는 것만으로 물 흐르듯 그녀의 손을 피해 버렸다.

"용노야."

"됐어, 누나. 무리하지 마. 지금까지 살던 대로 살면 편한데 서로 힘들 필요 없지."

그렇게 말하며 신발을 신는다. 어차피 챙겨온 짐도 없어서 거치적거리는 게 없다.

"좀 늦었지만 새해 복 많이 받으세요."

텅!

현관문을 닫고 집을 나와 버린다. 운이 좋은 것인지 엘리베이터가 8층에 서 있다. 이곳이 7층이니 금세 내려갈 수 있으리라.

"괜히 왔나?"

엘리베이터 버튼을 누르며 문득 그렇게 중얼거렸지만 이내 어깨를 으쓱인다. 다른 가족들이야 그렇다고 쳐도 보람을 만난 건 나름대로 괜찮은 일이다. 이 세상에서 순수하게 그를 생각해 주는 몇 안 되는 사람 중 하나니까.

띵!

엘리베이터가 열리고 그 안으로 들어선다. 엘리베이터 안에는 10대 후반으로 보이는 소녀와 40대 중, 후반으로 보이는 중년 사내가 있다. 조금 전 엘리베이터가 8층에 서 있었으니 이 둘 중 하나 혹은 둘이 위층에 사는 사람들이리라.

"응? 7층이라면 석우 씨네 집인데 못 보던 얼굴이군. 보람 양 애인인가? 수많은 경쟁자가 있을 텐데 대단하군."

"왜 보는 사람마다 그 생각부터 하는 건지… 아들이에요. 막내죠."

아아, 누나 이 죄 많은 여자, 하고 중얼거리며 뒤통수를 벽에 기대자 옆에 있던 소녀가 의아한 표정을 지었다.

"에? 막내라니. 태웅 오빠하고 보람 언니하고 둘해서 남매 아니야?"

"삼남매야. 단지 내가 내놓은 자식… 근데 왜 반말이야?"

"비슷한 나이로 보여서. 몇 살이야?"

"올해로 스무 살."

"그럼 동갑이네. 반가워 리프(Leaf)라고 해."

상당히 활달한 성격에 다시 모습을 보니 165센티의 적당한 키에 날렵한 몸매를 가지고 있는 미소녀다. 금발로 염색한 머리를 나뭇잎 모양의 브로치로 장식한 그녀는 백색 바탕에 노란색 선이 그어진 탱크탑을 입고 있었는데, 약간 노출이 있는 디자인인지라 그녀의 잘록한 허리가 다 드러났다.

"무슨 이름이 그래?"

"그야 가명이지, 가명. 나 몰라?"

"누군데?"

용노의 입장에서는 그냥 모르기에 물은 말일 뿐이지만 그 반응에 소녀의 환한 미소에 금이 갔다.

"하, 하하. 왜 장난하고 그래. 나 리프라니까? 네가 아는 그 리프."

"내가 뭘 안다는 거야. 너 유명해?"

"유, 유명하냐고? 내가 유명하냐고?"

덜덜 떤다. 하지만 필사적으로 진정하며 다시 말한다.

"그, 그래도 [멈추지 않아!] 정도는 알겠지? 요번에 5대 음악 프로에서……."

"아, 너 가수야?"

"……."

순간 그녀, 리프의 머릿속에서 뭔가가 끊어졌다. 차라리 나이 많은 노인이나 외국인이라면 앞으로 더 열심히 하겠다고 생각하기라도 할 텐데 동갑의 청년이 자신을 모르다니!!

"야, 이 개나리 십장생. 집에 인터넷 개통도 안 했……."

"자자, 진정. 내가 큰 일 당하고 싶지 않으면 그 성격 고치라고 안 했던가?"

막 발작하려는 리프의 앞으로 중년 사내가 끼어든다. 그리고 그 모습에 리프는 단박에 정신을 차렸다. 세상에! 아무리 화가 나도 자신의 옆에 그가 서 있다는 사실을 잊다니!! 그녀가 인기를 끌고 있는 건 사실이지만 그에게 밉보이면 밝게 빛나던 연예 생활이 나락으로 떨어진다. 애초에 용노에게 말 건 것도 그와 단둘이 있는 숨 막히는 상황에서 벗어나기 위해서가 아니었던가?

"아저씨는 매니저예요?"

"뭐 매니저? 이분은……."

"리프."

"아 네. 죄송해요. 조용히 할게요."

활기차던 그녀가 시무룩해지자 반짝이던 금발도 빛을 잃어 버리는 것 같았다. 하지만 기가 완전히 죽은 건 아닌 듯 중년 사내가 볼 수 없는 각도에서 용노를 마구 쏘아본다. 입도 무슨 말을 하는 것처럼 달싹거리고 있었는데 소리가 없어 들리지는 않아도 입 모양을 보아하니 나쁜 놈, 못된 녀석, 천벌을 받아라, 너 같은 건 3대가 고자야… 등의 말을 하고 있다.

띵!

그리고 그러는 사이 엘리베이터가 1층에 도달하고 셋은 엘리베이터 안에서 걸어나왔다. 그리고 출구를 향해 걸어가는데 문득 중년 사내가 묻는다.

"이름이 뭐지?"

"용노예요, 윤용노. 아저씨는요?"

"성연이다, 김성연."

별 표정이 없이 답하는 성연의 뒤에는 리프가 불만에 찬 표정으로 서 있었다. 아마도 성연에게 용노가 너무 가벼운 태도를 가지고 있기 때문에 할 말이 많은 모양이었다.

'뭐 소속사 사장쯤 되나?'

용노도 눈치가 없는 건 아니라서 그 사내가 뭔가 높은 위치에 있다는 걸 알 수 있었지만 그래 봐야 그가 아쉬울 건 하나도 없다. 그는 연예인도 아니고 그쪽 세계에 관심도 없는데 거기에서 아무리 높은 상대든 무슨 상관이란 말인가? 어차피 다른 사람과 별다른 접점을 가지지 않는 그는 소속사 사장이 아니라 대통령이라도 관심없다.

"이놈의 건물은 쓸데없이 넓네."

거의 100미터는 떨어져 보이는 출구를 보며 투덜거린다. 분명 실내일 텐데 그 규모가 상당하다. 1층부터 3층까지는 그 상위층보다 네 배 이상 넓게 만들어 휴식처라던가 식당 같은 것들을 위치시켰기 때문에 더욱 그렇다.

"흠. 역시 목소리가… 좋아, 용노."

"네?"

"노래해 보게."

"싫어요."

뜬금없는 요청을 가볍게 거절한다. 그로서는 당연한 일이었지만 사내의 뒤에 있던 리프는 뜨악한 표정을 지었다. 어떻게 그럴 수 있냐는, 넌 아주 큰 잘못을 했다는 표정이지만 성연은 별 충격을 받지 않은 듯 웃었다.

"후후. 자네도 보통 사람은 아니군."

"네? 죄송하지만 이 상황에서는 거절하는 게 보통 사람이죠. 이유도 없는데."

어깨를 으쓱이는 용노였지만 성연은 고개를 흔들었다.

"아니. 보통 이런 상황에서는 '왜요?' 라거나 '여기서 말이에요?' 같은 답변이 나온다네. 바로 거절하는 경우는 없거든."

"그럼 제가 개성 넘치는 모양이네요."

용노도 별로 말을 많이 섞고 싶은 기분이 아니었다. 신경 쓰며 살지 않던 가족이지만 그들이 자신을 두려워한다는 걸 재확인한 심정이 즐겁다면 그건 정신병자일 테니까. 그런데 그런 그에게 상관하고 싶지 않은 사람이 자꾸 말 걸고, 심지어 노래도 불러보라는데 좋을 리 없지 않은가? 하지만 입을 다물고 있던 금발의 소녀는 그렇게 생각하지 않는지 눈초리가 날카로워진다.

"야, 너 듣자 듣자 하니 너무……."

"별로 기분이 안 좋은 모양이구나. 자꾸 귀찮게 해서 미안한걸."

"대표님? 하지만 저 녀석이."

"리프."

"…죄송합니다."

성연의 얼굴이 엄하게 굳어지자 다시 시무룩해져서 고개를 숙인다. 용노는 그런 그녀의 모습에 살짝 미안해지는 걸 느꼈지만 어차피 다시 볼 사이도 아니라는 생각에 꾸벅 고개를 숙였다.

"어쨌든 저는 슬슬 가보죠. 수고하세요."

"그래. 조심히 들어가게."

끄덕, 하고 고개를 끄덕인다. 물론 뒤에서는 리프가 사나운 표정으로 마구 노려보며 입을 달싹거리고 있다. 입 모양을 보아하니 악마 같은 놈, 넌 어머니가 없는 것 같아, 길 가다 교통사고나 나라… 등등의 말이었다.

"재미있는 녀석이네."

그러나 그런 저주의 말을 들었음에도 별로 기분이 나쁘다거나 하지 않다. 오히려 저렇게 솔직하게 부딪쳐 오는 녀석들은 싫어하는 편이 아니다. 만약 평소의 그였다면 좀 더 그녀와 그의 말을 들었을지도 모른다. 어쩌면… 노래도 불렀을지 모른다. 노래 부르는 것도 좋아하니까.

"됐어."

그러나 고개를 흔들며 몸을 돌린다. 디오의 오픈 시간이 얼마 남지 않았다. 칼같이 접속하려면 슬슬 서둘러야 하리라.

*   *   *

[여러분들의 여행길을 호서항공과 함께해 주셔서 감사합니다. 이 비행기는 뉴욕까지 가는 호서항공 011편입니다. 목적지인 뉴욕까지 예정된 시간은……]

흘러나오는 기내방송을 들으며 좌석에 몸을 묻었다. 별로 움직인 것도 아닌데 몸이 나른하다.

'떠나는 건가.'

그렇게 생각하니 문득 떠오르는 모습이 있었다. 그것은 세상에 상처 입고 스스로를 억누르며 살아가는 소년이다. 그녀를 지옥 같은 세상에서 구해준 태양 같은 소년. 그러나 이제는 그 모든 빛을 다 잃어버리고 하루하루 꺼져 가는—

"예전부터 느끼던 거지만 너희 항상 붙어 다니는구나?"

"후후. 제 애인이에요. 예쁘죠?"

"귀여워라. 정말 찰싹 붙어 있네."

어렸을 적의 그녀는 항상 용노의 뒤에 붙어 다녔다. 학교를 다닐 때도, 학교가 끝난 후에도 그녀는 항상 그와 함께 있었다. 그가 없는 세상은 너무나 두려운 곳이다. 학교도 거리도 집도 그가 없다면 견딜 수가 없다.

"다녀왔습니다!"

"그래. 은혜도 같이 왔니?"

"네! 뭐 시원한 거 없… 아차, 오늘 형 생일이죠?"

용노를 따라 들어간 그의 집에는 맛있는 냄새가 물씬 풍겨 나오고 있었다. 냄비에서는 미역국이 끓고 있었고, 테이블 위에는 커다란 케이크가 보인다.

"선물은 준비했니?"

"에헴. 제 준비성 모르세요? 당연히 준비했죠. 앗. 도와드릴 게요."

그렇게 말하며 성큼성큼 걸어가 미란이 하고 있는 요리들을 그릇에 담아 테이블로 옮기기 시작한다. 능숙한 동작이었지만 미란은 깜짝 놀란 표정으로 손을 들었다.

"괘, 괜찮으니 가서 쉬고 있으렴. 아, 그이가 찾으니까 방에 들어가 보고."

"아빠가 저를 따로? 왜요?"

그의 물음에 미란은 고개를 돌려 슬쩍 은혜를 바라보았다.

물론 그 시간은 아주 잠깐이었지만 눈치가 빠른 용노는 그 뜻을 알아듣고 고개를 돌렸다.

"은혜야, 잠깐만 기다릴래?"

"가, 같이 가면 안 돼?"

"아빠가 따로 할 말이 있으신가 봐. 금방 올 테니까 기다려."

"으응……."

자신이 고집을 피우면 용노가 곤혹스러워할 수도 있다는 생각에 고개를 끄덕이자 그는 환하게 웃으며 그녀의 머리카락을 쓰다듬어 준 후 안방으로 들어갔다.

"저, 저기… 도와드릴까요?"

"괜찮으니. 소파에서라도 쉬고 있으렴."

그녀를 향해 자상하게 웃는 미란이었지만 그 미소는 어딘지 모르게 어색하게 굳어 있었다. 마치 뭔가 잘못이라도 한 것처럼 조마조마한 표정. 그리고 그 표정에 뭔가 불안감을 느낀 은혜는 다른 곳에 가지 못하고 종종걸음으로 안방의 앞에 섰다. 용노가 나오길 기다리기 위해서였는데 문득 문 안에서 용노의 목소리가 들린다.

"그래서 이제 함부로 데리고 다니지 말라고 한다고요? 겨우 두 달 지났다고 자기 입장을 잊어버리다니 살짝 돌아버렸나?"

"용노야, 말이 거칠다."

"아. 네. 뭐, 사실 어쩔 수 없는 일이죠. 그따위 인간들이라도 부모라면 만에 하나라도 정신을 차릴 수도 있죠. 아무 관련도 없는 데다 나이도 어린 제가 언제까지 은혜를 데리고 다닐 수도 없는 일이고. 하지만 그 인간들은⋯⋯."

거기까지만 듣고 깜짝 놀라 거실로 달아났다. '언제까지고 은혜를 데리고 다닐 수도 없는 일이고'라는 말이 머릿속에서 빙빙 돌았다.

'함께 있을 수 없는 거야?

그런 상황은 생각만 해도 두렵다. 그녀에게 평온한 장소는 오직 그의 곁뿐이다. 괴물처럼 징그러운 아버지와 도깨비처럼 무서운 어머니는 최근 들어 조심스러워졌음에도 마주 서기 어렵다.

"늦었지? 미안, 미안."

"다녀왔습니다."

"어? 형 왔다! 생일 축하해!"

"응? 으응."

그다음부터는 어느 가정집에서도 흔히 볼 수 있는 조촐한 생일이었다. 생일 축하 노래를 부르고 초를 끄고 이어 식사를 한 후 케이크를 자른다. 그야말로 행복한 가정의 전형적인 모습이지만⋯⋯ 예전부터 남의 눈치를 보며 살아온 은혜는 묘하게 긴장된 분위기를 느낄 수 있었다. 초조함과 불안감. 그 알 수 없는 기류가 그들 사이에 있었다.

"오, 초코 케이크. 형 생일인데 저 좋아하는 케이크 사도 되는 거예요?"

"응? 아, 뭐 난 아무 케이크나 상관없어."

"생크림을 좋아하는 줄 알았는데."

그렇게 말하면서도 싱글벙글 케이크 나이프를 들어 케이크를 자르려 한다. 하지만 그가 막 자르기 전에 미란이 말했다.

"용노야, 가서 우유 좀 꺼내오지 않을래?"

"우유요?"

"그, 그래. 초코 케이크는 그냥 먹기에는 너무 달아서."

"네~"

은혜는 빙글 돌아 냉장고로 달려가는 용노의 뒤를 따라갔다. 그냥 기다리기에는 가족들의 긴장된 분위기가 너무 무겁다.

"저기, 용노야."

"알아."

"으… 응?"

막 뭔가 말하려던 은혜가 당황하자 용노가 우유를 꺼내며 작게 속삭였다.

"분위기가 이상하다고 말하고 싶은 거지?"

"으응."

"나라고 마음을 읽을 수 있는 건 아니니 정확한 이유는 몰라. 생일 파티가 끝나면 뭔가 중대 발표라도 하려나… 별로 좋은 쪽은 아닌 것 같은데."

그의 말에 은혜는 불안감을 느꼈다. 어른들이 그와 그녀를 떨어뜨리려 할까 봐 두렵다. 사실은 알고 있다, 자신의 보호자인 아버지와 어머니에게서 완전히 벗어나기 어렵다는 것을. 때문에 용노가 그들의 약점을 틀어쥐어 그들이 자신에게 함부로 하지 못하도록 보호하고 있지만…… 그게 얼마나 갈지는

모르는 일. 하지만 그때 용노가 그녀의 손을 꼭 잡으며 자신만
만한 표정을 지었다.

"걱정하지 마, 은혜야. 내가 무슨 일이 있어도 지켜줄게."

"…응."

고개를 끄덕이는 은혜의 머리를 슥슥 쓰다듬는다. 사실 은
혜는 초등학생치고는 상당히 큰 키와 성숙한 몸을 가지고 있
었지만 용노 역시 나이에 비해 덩치가 커 키는 비슷비슷하다.

"짠! 저지방 우유가 왔습니다!'

"그래. 잘했어. 여기 네 케이크."

"응?"

대뜸 케이크 조각을 내미는 미란의 모습에 살짝 당황한 용
노였지만 사소한 문제였기에 고개를 갸웃거리면서도 케이크
를 잘라 먹었다.

그리고 뱉었다.

"용노야?"

"잠깐 다들 먹지 마요."

용노의 말에 가족들의 분위기가 완전히 얼어붙는 게 느껴진
다. 눈치 빠른 용노 역시 그걸 못 느꼈을 리 없지만 그는 추궁
하는 대신 다른 케이크들을 한 입씩 먹었다. 그리고 이번에는
뱉지 않았다.

"왜, 왜 그러니, 용노야? 맛이 이상하기라도……."

"뭘 넣으셨죠? 그것도 제 케이크에만."

용노의 목소리는 싸늘했다. 보통 이 정도 나이의 소년이 이

런 일을 당하면 당혹과 경악으로 혼란스러워할 뿐이겠지만 그는 놀라운 통찰과 판단력으로 자신이 처한 상황을 이해했다. 단 한 번도 상상해 본 적 없는 최악의 사태였지만 그는 당황하지 않았다. 하지만,

덜컹.

"아, 이것 참 가능한 한 얼굴 안 마주치고 끝내려고 했는데 눈치채다니. 저 마취제 불량품 아냐? 막 냄새 나고?"

"사용 직전에 확인했지만 이상은 없었습니다. 무색(無色), 무취(無臭), 무미(無味). 개나 곰이라면 또 모르겠지만 일반적인 인간이 감지하긴 불가능하죠."

"하지만 눈치챘잖아?"

"상정했던 것보다 더 대단한 샘플인가 보군요."

현관문이 열리고 양복을 입은 두 명의 사내가 들어왔다. 무슨 운동이라도 한 것처럼 건장한 체격을 가진 그들은 남의 집에 들어오면서도 아랑곳하지 않는 태도다. 심지어 집 안에 들어오면서 신발도 벗지 않았는데, 그 뒤로 무표정한 사내가 셋 정도 더 따라 들어왔다.

"엄마."

"……"

"아빠?"

"……"

바짝 긴장한 상태에서도 자신의 부모의 얼굴을 바라보는 용노였지만 그들은 그 시선을 피할 뿐. 마침내 상황을 완전히 파

악한 그의 입에서 헛웃음이 새어 나왔다.

"하, 하하하. 이것 참 벌써 이야기 다 끝난 거예요? 아빠 꽤 높은 위치인 걸로 아는데. 그것보다도 더 위에서 내려온 명령인가요?"

"…미안하다."

"사과를 듣자는 게 아니잖아요!!"

마침내 침착이 깨지고 분노가 터져 나온다. 하지만 양복 사내들은 별로 기다려 줄 생각이 없는 듯 성큼성큼 다가왔다.

"어차피 글러 버린 거 그냥 잡아가자. 상황 파악이 빨라 보이니 오히려 잘됐네. 떠들지 못하게 입 막아서……."

쿵!

그러나 그 순간 막 용노의 몸을 잡으려던 사내가 허공에서 빙글 돌아버리는가 싶더니 낙법도 제대로 펼치지 못하고 땅에 충돌했다. 목 부분부터 떨어져서 그런지 쓰러져 움직이지 않는다.

"어?"

초등학생으로 보이는 꼬마가 185센티미터가 넘는 거한을 날려 버리는 모습은 그야말로 상식 이상의 광경. 하지만 사내들은 그 놀라운 광경을 그냥 보고만 있을 수 없었다. 용노가 이미 앞으로 뛰쳐나가고 있기 때문이었다.

"이 녀석이!"

쓰러진 사내 옆에 있던 다른 사내가 용노의 멱살을 향해 손을 내뻗었다. 뭔가 재빠른 움직임을 보이고 있었지만 신장 차이가 압도적인만큼 일단 잡아버리면 끝난다고 생각했기 때문이었는데, 그의 체중이 앞으로 실리는 그 순간 용노가 먼저 그의 옷깃을 잡아당겨 버린다. 물론 격투기를 배운 사내는 순간적으로 무게중심을 뒤로 빼 엎어지는 상황을 방지했지만······ 그 순간 오히려 용노의 팔이 그의 몸을 밀어버린다.

우당탕!

"맙소사, 이게 뭐야. 유술? 하지만 이 녀석은 그런 걸 배운 적이 없을 텐··· 컥!"

순간 용노가 또 뭔가를 하나 싶더니 마지막 수행원이 나뒹군다. 무술도 무엇도 모르는 은혜의 눈으로 보면 그야말로 마술 같은 광경이었다. 그리 크지도 않은 소년이 몇 번 팔다리를 움직이는 것으로 휜칠한 떡대들이 이리저리 뒹군다. 그건 실로 놀라운 광경이었지만 용노의 움직임은 뒤쪽에 있던 사내가 품속에서 뭔가를 꺼내면서 끝났다.

철컥.

"웃?"

거침없이 움직이던 용노가 멈칫한다. 사내는 총을 겨누고 있었다.

"가짜··· 는 아닌 것 같네요. 하지만 저 같은 꼬맹이를 상대로 어른이 총을 쏘려는 거예요?"

"글쎄. 그건 생각해 볼··· 필요도 없지!"

피슛!

방아쇠가 당겨진다. 소음기가 장착된 듯 굉음은 나지 않았지만 성인 남성이 어린아이에게 총을 쏘는 그 경악스러운 사태에 가족들의 몸이 한차례 떨렸다. 실로 충격적인 광경이었지만 더 놀라운 장면은 다음이었다.

빠악!

"미친?! 총알을 피해?"

낮게 파고들어 채찍 같은 발차기로 손목을 후려치는 타격에 사내가 경악한다. 놀랍게도 용노는 자세를 낮춰 총알을 피해 들어온 것이다!

피슉!

"웃!"

그러나 그때 그의 등에 탄환이 박힌다. 하지만 피는 튀지 않는다. 그가 발사한 총의 탄환이 일반적인 탄환이 아닌 마취탄이기 때문이다.

"좀 냉정해지라고. 사람이 총알을 피할 수 있을 리 없지. 네 움직임하고 총구 방향을 보고 피한 거야."

"하, 하지만 무술의 고수라면 모를까, 초등학생이… 말이 안 되잖아요?"

"말이 안 되는 녀석이니 우리가 이렇게까지 하는 거… 어라?"

태연하게 말하던 사내의 눈이 휘둥그레진다. 마취탄을 맞는 순간 정신을 잃어버려야 할 용노가 비틀거리면서도 쓰러지지 않고 있었기 때문이다.

"이건… 정말 믿을 수가 없군. 애초에 이 마취탄은 성인 기준으로 즉시 발동하게 만들어져 있는데 안 쓰러지다니. 저렇게 작은 몸으로 약효를 억제한다는 건가?"

그들은 기가 막힌다는 표정으로 용노를 바라보았다. 차라리 덩치가 엄청나게 큰 거인이라면 몰라도 이건 비정상적인 일이다. 단순히 지능 높고 반사신경이 좋다는 문제가 아닌 수준. 그리고 그렇게 그들을 놀라게 한 용노는 비틀거렸지만 용케 쓰러지지 않고 중심을 잡았다.

"수단 방법을 안 가리시네요. 이렇게 험하게 데려가서 신사적으로 대할 리는 없고…… 아마 비인도적인 짓을 많이 당하겠죠?"

"그거야 우리도 모르지. 우리 역할은 너를 데려가는 것뿐이니까."

"뭐 좋아요. 어차피 부모한테도 버림받은 제가 저항할 수단 같은 게 있을 리 없고. 아, 잠깐 마지막 말을 남길 시간 정도는 주실 수 있나요?"

막상 피할 수단이 없다는 걸 깨닫자 차분해진다. 사실 조금 전의 저항도 이 믿을 수 없는 사태에 분노를 표시한 것뿐 냉정하게 생각해 보면 그들이 원하는 대로 해주는 편이 현명하다는 걸 알고 있다.

"…죽이지는 않을 거다."

"아마, 라는 단어가 숨어 있는 말이네요."

그렇게 말하며 고개를 돌려 자신의 가족들을 바라본다. 그들은 용노의 얼굴을 제대로 마주 보지 못한 채 그의 시선을 고개를 돌려 외면했다. 자괴감과 부끄러움이 담겨 있는 얼굴들. 과묵하지만 신중하고 배려 많던 아버지도, 배 아파 난 아들에게 두려움을 느끼면서도 항상 최선을 다하던 자상한 어머니도, 무뚝뚝하지만 사려 깊었던 형도 이미 거기에 없다. 남은 건 단지 두려움을 이기지 못했던 몇 명의 인간뿐이다.

"나, 나는 잘못없어. 네가 이상한 거야. 나는……."

"그만둬라."

석우는 태웅의 앞을 막았다. 이러니저러니 해도 이번 일의 최종 결정권을 가지고 있는 이는 그다. 미란과 태웅이 용노에게 두려움을 느끼고 있던 건 사실이지만 상황이 이렇게까지 극단적으로 치달은 건 어디까지나 그 때문이다. 그가 상부에서 받은 압박과 회유는 가볍게 무시할 만한 수준이 아니지만 그의 계급 역시 낮은 수준이 아니다. 그 역시 충분히 자식을 위해 자신의 모든 것을 걸고 싸울 수 있는 입장이었던 것이다. 하지만 그럼에도 그러지 못했다는 것은, 결국 그의 잘못이란 말이다.

"사실 원망 같은 것도 하고 싶지만 이 상황에서 그런 건 서로 상처가 될 뿐이겠죠? 대신 차라리 부탁을 하죠. 은혜를 보살펴 주세요."

"하지만 나 역시 그녀에게 타인일 뿐이야."

"그 인간들이 막나가지 않게끔 막아주실 수는 있잖아요, 수단도 있고. 아차, 비디오랑 녹음 파일은 책상 맨 아래 서랍에 있어요. 열쇠는 지갑에 있고요."

"용노야."

상황을 제대로 파악하지는 못했지만 그래도 분위기 정도는 읽어낸 은혜가 불안한 눈빛으로 용노의 옷깃을 잡는다. 그 연약한 손길이 너무나도 애처로워 용노는 한순간 슬픈 기분에 빠져들었지만 아쉽게도 여유 시간 같은 게 없다. 그녀의 상황이 안쓰럽고 걱정된다 해도 더 이상 해줄 수 있는 게 없다.

"가자."

"요, 용노야."

은혜는 용노와 자신을 떼어놓는 사내들의 손길에 깜짝 놀라 앞으로 뛰어나가려 했지만 의식을 되찾은 사내들이 그런 그녀의 움직임을 막았다.

"용노야!"

"미안. 되도록… 되도록 금방 올게. 그러니까 절대 울면 안 돼. 알았지?"

"가, 가지 마. 가지 마아. 용노야, 용노야. 우우… 으…….."

"벌써 울면 어떻게 하니. 네가 그러면 내가 걱정을…….."

털썩.

"용노야?!"

쓰러진 용노의 모습에 깜짝 놀라 비명을 지르는 은혜였지만 검은 양복의 사내는 기가 막힌다는 표정을 지을 뿐이다.

"150킬로그램이 넘는 뚱보들도 즉시 기절했던 물건인데 이제야 약효가 돌다니… 앞으로 쏠 일이 생기면 최소 두 발은 쏘라고 해야겠군."

"팀장님, 취급 설명서를 보셨으니 아실 테지만 그랬다가는 쇼크사의 위험이 있습니다."

"놓치는 것보다야 낫지. 하여튼 소장님이 엄청 좋아하시겠군. 옮겨."

"아, 안 돼! 용노야! 이거 놔! 용노야!"

"음료는 뭐로 드시겠습니까?"

"아."

불현듯 들려온 목소리에 10년 전 과거에서 현실로 돌아온다.

"커피로 주세요."

"알겠습니다. 좋은 여행 되십시오."

스튜어디스의 말을 들으며 다시 몸을 좌석에 깊숙이 묻는다. 눈을 감으면 아직도 그 모습이 훤하다, 검은색 양복 사내들에게 들려 나가던 그의 모습이. 그때는 어려 잘 이해하지 못했지만 이제는 알고 있다, 그의 가족들이 뭔가 알 수 없는 단체에게 자식을 팔아넘겼다는 것을.

은혜는 예전의 기억을 떠올렸다. 그가 떠나가고, 그녀는 다시 지옥에 내던져졌다. 물론 용노의 부탁을 받은 석우가 손을 써주기는 했지만 항상 그녀를 지켜주던 방벽이 없어진 그 순간부터 매순간이 고통의 연속. 때문에 그녀는 혼자서 강해져야만 했다. 자신을 둘러싼 모든 고통을 이겨내기 위해 끊임없이 상처 입으면서도 앞으로 나아가야 했던 것이다.

"더러운 기억."

용노가 돌아온 것은 반년의 시간이 지난 후였다. 그즈음의 은혜는 이미 수많은 고난 끝에 지금의 성격을 손에 넣은 상태였다. 언제나 차분하고 무슨 일에도 상처받지 않으며, 끊임없는 노력으로 자신을 단련해 나가는 철의 마음. 그리고 그런 마음을 손에 넣고도 그녀는 그의 모습에 눈물 흘렸지만 돌아온 용노의 반응은 상상도 못했던 것이었다.

"아, 저기 미안한데… 혹시 나 알아?"

그의 기억은 지워져 있었다.

그 후 용노는 전혀 다른 사람이 되었다. 활기차고 지혜롭던 그는 폐쇄적이고 비활동적인 성격이 되었다. 물론 그 천재적인 재능은 어디 간 것이 아니어서 가끔 깜짝 놀랄 정도의 일을 아무렇지 않게 처리하곤 했지만 그것들도 이내 모두 안으로 억누르게 되었다. 짐작일 뿐이지만 그녀는 그가 뭔가 좋지 않은 인체실험을 당했을 것이라고 생각했다.

"강해져야 해."

때문에 그녀는 결심했다, 그를 그렇게 만든 누군가에게 복수할 것이라고. 그리고 그가 예전 자신을 지켰던 것처럼 그를 지킬 수 있는 존재가 되겠다고. 물론 아직은 한참 모자라다. 오랜 시간 노력해 왔지만 그녀는 조금 뛰어난 학생일 뿐. 더욱더, 더욱더 강한 존재가 되어야 한다.

"더."

굳게 다짐하며 은혜는 주먹을 쥐었다.

『D.I.O』 5권에서 계속…